古着吉他

VINTAGE

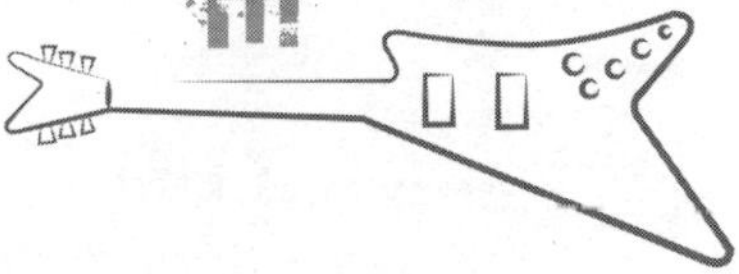

Grégoire Hervier

[法]格雷瓜尔·埃尔维耶 著
黄欣桐 译

西南師範大學出版社
国家一级出版社 全国百佳图书出版单位

万墨轩图书
WIPUB BOOKS

蓝调音乐、乡村音乐、介于两者之间的靡靡之音、摇滚乐，在这四种音乐形式之间存在着一个根本且具有侵略性的共通之处，那就是荒诞。从本质上讲，它们都是一种疯狂的音乐，而非一种沉稳之音。

——尼克·托什（Nick Tosches）

《被遗忘的摇滚英雄》

（*Les Héros oubliés du rock'n'roll*）

我爱上了这种甜蜜的幸福，我将自己的心交给了一个简单的和弦，我将自己的灵魂敬献给了一门新的宗教。你又怎么了？我们的摇滚乐，你究竟经历了什么？我的摇滚乐，你究竟经历了什么？

——黑色叛逆摩托俱乐部（Black Rebel Motorcycle Club）

《无论我的摇滚乐遇到了什么情况》

（*Whatever Happened to My Rock'N'Roll*）

目录

Contents

楔子

第一章

第二章

第三章

楔子

巴黎，皮嘉尔（Pigalle）

“但是，摇滚已死，它现在已经变成了一个老掉牙的玩意儿了，你赶紧醒醒吧！摇滚乐是属于那些喜欢抽烟喝酒、不带避孕套做爱、携款潜逃的家伙们的音乐。摇滚乐再也不是流行趋势了！你难道会相信埃尔维斯（Elvis）会每天吃五种水果蔬菜吗？这家伙只会让人们给他空运花生酱三明治！”

“你好，一张检测表。”

那个站在柜台后面叱责着什么的人一头灰色的头发，眉毛浓密，蓝色的眼睛泛着光芒，有点儿大腹便便，他就是阿兰·德·谢维涅（Alain de Chévigné）。这个62岁的老头儿曾经写过一本《耶耶派歌手的吉他》（*Les Guitares des yéyés*）的书，还编过一些参考书目，他还是埃迪·米切尔（Eddy Mitchell）的朋友，是“魔力吉他”的店主，这家店位于巴黎的杜埃路上。他面前的这个男人留着中长的咖啡色头发，身材纤细，气质高雅，穿着一件版型很好的皮夹克，这个人就是我，托马·迪普雷（Thomas Dupré）。我是一个25岁的音乐人，是蓝调阿加特与骗子乐队（Agathe the Blues and the Impostors）的前吉他手，我会为一些不出名的音乐杂志写稿子，获得一些稿酬。除此之外，我一无所有！我临时接替了这家店首席导购的工作，因为这家店的首席导购尝试着在一家超市的卡车上做杂耍般的滑板动作而受伤，需要休息几个月。这算是一段还不错的视频！简而言之，多亏了我同事的冒失，我才有幸在6个月的时间里与这些华美的吉他为伴，特别是这之中的古着[①]吉他——我最迷恋的事物。

但是，不好的一面就是需要直面阿兰的坏脾气，而最近他的脾气似乎更大了。造成这一现象的罪魁祸首就是他的戒烟运动，还有就是由于经济危机店内人迹罕至给他造成的经济损失。我很久之前就认识阿兰了，我曾经为了自己的演唱会在他这里买过一把吉他，还曾经向他租借过一些高档吉他。在我还未曾想当然地擅自闯入他的店之前，我们相处得很好。每天，我都可以接触到最好的或至少华丽的吉他。

电话响了，我趁着这个机会回到了工作室。在我躲开之前，我注意到电话那头的人可能是个英国人，或者即便不是英国人，那么他至少也是个外国人，因为我听到了阿兰那十分有趣且支离

①古着：英文单词“vintage”，指保存良好的，有历史价值，能代表某个时期特征的“古董”。之所以为“古董”，是因其年代不及古董（antique）遥远，其年代通常在百年以内。

破碎的英文。

在我看来,“魔力吉他”是全巴黎最棒的吉他店,我甚至还会认为它是全巴黎最棒的店,仅此而已。这是位于皮嘉尔区中心的一个平和港湾,从某种意义上来说,这是一种时空的断层。此外,对于黄金时代的摇滚世界而言,这还是一个带有救赎性质的邀请,在有需要的时候,这也是一个无偿的邀请。挂在墙上的吉他并非属于一个已经过去的时代的不可触碰的圣物,不过,它们却是沾上了斑斑“血迹”的武器。这些“血迹”属于一场重大的、猛烈的文化变革,但是这场文化变革也带有让人愉悦的色彩。从某种意义上来说,这些吉他也是一些幸存者,这些幸存者并无丝毫懊悔之意,反而更加渴望将自己那如同史诗般的经历与痛苦的秘密传递出去,它们只希望人们可以给予它们一些必要的关注。这些吉他中的某一些在到来的时候就闪烁着灿烂的光芒,也有一些吉他已经微微带有一些岁月的痕迹,还有一些吉他干脆就处于一种非常糟糕的状态。最后这一类吉他引发了我特殊的感同身受。我非常喜欢满世界找寻那些原装零部件来修复它们,经过巧妙的调音与仔细的清洗后,这些吉他再次新生。每当我与这些吉他单独相处的时候,我从来都不曾意识到时间的流逝。如果不是门口那提醒有客光临的门铃响起的话,我还无法从自己的梦里回到现实中来。

但是这一次,我听到了一声尖叫,一声高亢的“是的”。这一声尖叫从店另一端的阿兰·德·谢维涅的口中发出。显而易见,阿兰非常满意。片刻之后,他出现在我面前,嘴角挂着一个大大的笑。

“猜猜是谁赢得了一个免费去苏格兰欢度周末的机会?”

“我猜应该是你吧?”

“不,是你!”

“什么?”

“我刚才接到了一位顾客打来的电话,他买走了我店里的一把超级棒的吉他。他提出的唯一要求就是——我们亲自把这把吉他送到他苏格兰的家中。由这位顾客来承担一切费用。周六你就坐飞机去苏格兰吧。”

“周六?你是说这周六吗?”

“是的,没错。”

我列了一个周末必须要做的事务清单。我的速度非常快,因为这个清单上空无一物。一想到可以躲开我的合租者们还有他们一整天无时无刻不在收听的可恶电台,我觉得这会让我很开心。

“成交!”

“等等,事情还没有结束呢!我还有第二个好消息要告诉你——我要将‘金顶’托付给你了。”

“‘金顶’?你是把‘金顶’卖了吗?”

“是的!”

“这简直让人难以置信……你卖了多少钱?”

“啊……这个……那个家伙甚至都没有跟我讨价还价。他的唯一要求就是我,哦,不,是我们亲手把这把吉他交给他。这可不是什么哄骗我们玩儿的话,他直接就在网上把钱给我打过来了。”

这件事情非常奇怪。这把大名鼎鼎的金顶吉他是一把1954年的Les Paul奢华吉他，它得名于自己周身金黄色的釉漆。这把吉他是"魔力吉他"店里最非同寻常的一件宝贝，也是限定系列"全金色"的组成之一。这把吉他上的夹板、背板与琴颈都被漆上了金色，因此它的周身散发出一种极具感染力的光晕：它的光辉、它的稀有、它传递的梦想也会折射到其他吉他上。在"魔力吉他"店，无论你买了一块什么型号的拨片，你都可以在这里看到真真正正的金顶吉他，而这里也是巴黎唯一一家可以看到一把真正的金顶吉他的店。我的意思是可以欣赏，因为没有人可以获得特权触摸这把吉他，就连商店导购也不例外。这把吉他被放在了一个单独的橱窗里，这个橱窗还配备了报警器。此外，人们还小心翼翼地调整着橱窗里的温度与湿度，并且只有阿兰才有打开橱窗的钥匙。由于金顶吉他的价格一直在不断攀升，因此实际上这把吉他并非用于出售。如果有人非常坚持要知道这把吉他的价格，阿兰会根据当时心情的好坏，在官方价码的基础上将价格提高两到三倍。无论如何，这足以让任何一位吉他爱好者或者身经百战的收藏家心灰意冷。因此，很少有人会在不知道真伪的情况下，愿意并有能力拿出这么一大笔钱将这把吉他买下来。在我看来，这种情况的发生只有两种可能：一是买主是一位不理智的有钱人，他醉心于这把不同寻常的吉他的美丽，并极度渴望得到它，价钱对他而言并不重要；二是与它的官方价码相比，这把吉他有着更大的价值，比方说，曾经有人用这把吉他创造了摇滚音乐史上的一部传奇。

很快，未来就会打破我做出的两个推测。不过，将金顶吉他售出无论对于阿兰还是他店里的经济状况而言都是一个好消息。

“这个幸福的买家到底是何方神圣呢?”我问道。

阿兰皱了皱眉。

“的确,这是个问题,啊……我记得他没有把自己的名字告诉我。你等一下……”

他离开我这里去查看自己的电脑。不一会儿,他回来了。

“没有,我没有找到他的名字……”

“那他的地址呢?”

“我也没有他的地址……他说过他会把机票给我寄过来,然后还会有一辆车在机场等着接人去他那里。”

在普通的销售领域里我基本没有什么经验,在国际销售领域,我更是一片空白,但我完完全全可以感觉到这就是一场骗局。

“但是,你真的可以确定这个人已经把钱打到你的账户上来了吗? 不管怎么说,这件事情还是有些古怪。”

“他已经完成了转账。”

“要是这样的话,一切都应该会进行得非常顺利。”

我非常清楚地记得自己说过“一切都应该会进行得非常顺利”,我甚至对此还报有少许确信。

第一章

Premier couplet

1. 苏格兰因弗内斯机场

即将到达目的地的时候,在狂风暴雨的冲击之下,我乘坐的这架小飞机颠簸得越来越剧烈。我很想紧紧地抓住座椅扶手,我旁边的座位是为放置吉他预留的,因为这是唯一一种可以避免将吉他托运的办法。但是,机舱里开着冷气!

这是一个多么奇怪的送货上门服务呀!我对收货人的信息一无所知,不过,就在我出发之前,阿兰如同一位预言家一般坚持跟我说明道:"我觉得这个买家可能想给我看一些东西……如果真的是这样的话,那么你就告诉他说你是我的正式官方代表。此外,如有需要的话我本人也可以赶过去。"实际上,回程票上的时间是第二天晚上。这样看来,与其说是简单的送货上门,更不如说我在奔赴一次约会。

飞机在我猝不及防之间就停在了跑道上,随后机舱里响起了一阵热烈的掌声。这看上去有些老套,但是在一些极端情况下,这样的掌声会再次出现。

在机场大厅中，我看到了一块姓名牌，上面写着“德·谢维涅先生”，名字的拼写没有任何错误，连字母上的重音标识都没有弄错。举牌子的是一个身材高大的男人，根据他头上戴的头巾，我判定他应该是一个锡克族人。直到此刻我才明白，原来阿兰溜了，他没有通知“金顶”的买主，也就是这把吉他的收货人。我走到了这位身材高大的锡克族人面前，用英语混乱地向他解释了送货人的变动。看上去，他的脸上并没有出现任何波澜，他一言不发。我的手里提着一个吉他盒，这应该与他所等待的人身份相符。他漫不经心地晃了晃脑袋，他示意我跟上他。他想替我拿着这把吉他，但是我谢绝了他的好意。因为，没有这把吉他加持的话，我似乎就失去了一切的可信度。

我一边跟随着他，一边因为没有时间欣赏那些带有尼西[①](Ness)肖像的小玩意儿而遗憾。尼西就是生活在尼斯湖的一头天性害羞的怪物，这是闻名于世的骗局之一，显而易见，这也是骗局史上最成功的案例。

机场外面，等待着我们的是一场狂风暴雨。幸运的是，临时停车场和车仅在距离我们20米开外的地方，接我的车是一辆于20世纪60年代出产的豪华劳斯莱斯。

我敢打赌，这是一辆劳斯莱斯幻影5系，约翰·列侬(John Lennon)让它闻名于世，因为他将这款车漆成了黄色，还用错乱的“迷幻”图案对这款车进行了装饰。在通常情况下，幻影5系是国

①“尼西”意为“奇怪的东西”。早在1500多年前，就开始流传尼斯湖中有巨大怪兽常常出来吞食人畜的故事。——译者注

家元首的专用车型，而披头士乐队将这款车转换成真真正正的反传统文化标志。不过，等着我的那辆劳斯莱斯幻影5系要更加传统一些，它的黑色身躯被雨水淋湿，似乎更加具有威慑力。

司机拉开了劳斯莱斯幻影5系的巨大后备厢，将吉他放了进去，然后，万分恭敬地请我上车。通过一扇反方向打开的车门，我坐进了车的后座。我坐进了车中，将我那半湿的屁股放在了白色的皮座椅上。戴头巾的男人坐到了驾驶座上，一道玻璃将我们隔开。也许我需要等等才能跟他说几句话。无论如何，他正忙着不与任何车辆发生碰撞，安全地汇入离开因弗内斯机场的车流之中。

现在有十几个问题在折磨着我：这个我甚至都不知道姓甚名谁的神秘又古怪的买主究竟是什么人？这台已经过时的车载收音机还可以使用吗？他为什么会在试都没有试过的情况下就买了这样一把昂贵的吉他呢？今天晚上我会睡在哪儿？是不是所有的劳斯莱斯车上都配有脚凳与伸缩桌板呢？司机反方向绕行交叉路口处的圆形转盘是正确的吗？此外，这个司机究竟是不是哑巴？他究竟是效忠于弗兰肯斯坦（Frankenstein）男爵，还是德古拉（Dracula）伯爵，或者说他是金手指的贴身护卫呢？我可不可以给自己倒上一杯30年代的苏格兰威士忌？因为它就被显眼地放在了小吧台里。为什么我会讨厌车里的胡桃蔓纹装饰呢？甚至连车外的胡桃蔓纹装饰我都很讨厌！我们究竟要去哪里？为什么这条路会变得如此崎岖，如此昏暗又阴森可怖？这场狂风暴雨会不会在某一刻有所缓和？就出现交通事故而言，左驾驶与右驾驶之间又有什么区别呢？

最后，在这些问题中，我只找到了一个问题的答案，这个问题与放在小吧台里的苏格兰威士忌有关，这个答案非常确定以及肯定，双重确定。

我们的车行驶于隐藏在茂密树林中的一条小路上，路上唯一的光源来自劳斯莱斯的车头灯。一片巨大的黑色物体在车辆的右边铺开，在转弯的时候，我看到了一片银色的光，我这才意识到我乘坐的这辆车正沿着尼斯湖行驶。早在一个小时前我们就离开了因弗内斯市，在离开城市的时候，车减速向左行驶，驶入一条林间小路。在穿过了一扇柱石上饰有一对两两相对的鹰雕大门后，我乘坐的这辆车攀上了一条小土路。在轮胎的碾压下，小碎石子儿发出了噼里啪啦的爆裂声；然后，车又绕过了一片石头环绕着的小树林；最后，它在一座造型怪异的白色房子门口停了下来。这座白色房子只有一层，不过它的形状比较狭长，这座房子被笼罩在一种阴森凄凉的气氛之中。

司机从车上走了下来，给我打开了车门，随后又打开了后备厢，以便我从那里取出吉他。他示意我让我走向白色房子的大门口，自己又回到车上将车开到稍远一些的地方停好。我面对着这座房子，这座乡下小城堡站立了一会儿，除了右侧的房间之外，其余房间里并没有亮灯。这座房子既吸引着人靠近又让人感到不安。如同阿梅（Hammer）的一部老电影中的场景，一道道闪电划开了夜晚的天空，随之而来的还有气势汹汹的沉闷雷鸣。这一切让我为另一个问题找到了答案——尽管我的手中拿着一把金色的吉他，但是，我将要面对的人并不是金手指，而我要与之打交道的更有可能是弗兰肯斯坦男爵或者德古拉伯爵。

倾盆而下的暴雨解释了我为什么会踟蹰不前，我躲在了花岗岩门廊下。这座小城堡的名字就被刻在了双重门的一侧——博莱斯金之屋（Boleskine House）。

我被一种奇怪的感觉吞噬。我曾经在某个地方看到过这个名字……一个场景突然出现在我的脑海中：在一张画质粗糙的黑白老照片上，一个头发乱蓬蓬的男人站在这座白色大理石堆砌成的如同幽灵般的小城堡前，他那深邃而神秘的目光看向镜头。这个男人是……哦，是的……就是他！与其说这是一个男人，倒不如说他被人们视为半个神明，他是一个传奇，是一个彻彻底底的摇滚乐天才，是一个忧郁脆弱的贵族，在短短的几秒钟内，他可以将最优雅的旋律变换成浮夸的节奏。

这个男人就是吉米·佩奇（Jimmy Page）。

我就站在吉米·佩奇的小城堡前面，这是他在加入齐柏林飞艇乐队（Led Zeppline）初期购置的房产。

2. 尼斯湖畔博莱斯金之屋(1)

一个人突然出现在我面前,原来是锡克族司机。他走到我前面,打开房门让我进入门厅。他向我示意之后,就一言不发地退进了走廊的右侧,只留我一个人孤零零地待在这空荡荡的房子中央。借着壁灯的光,我看到在房间的一角摆放着一张独脚小圆桌,小圆桌上摆放着一把造型怪异的小吉他,这把小吉他上还罩着一个玻璃钟罩。我走近仔细观察这把小吉他。原来它并不是一把吉他,而是一把粗重的曼陀林,也叫曼多拉,螺旋状的琴头上刻着"吉普森"的字样。我只是在书中见过这种曼陀林:这是由劳埃德·洛尔(Lloyd Loar)制作的举世闻名的乐器之一,其地位与一把斯特拉迪瓦里制作的小提琴相同。我应该补充一句,对于蓝草音乐(bluegrass)曼陀林来说,情况就不一样了,因为它与米兰地区或者是那不勒斯地区的文艺复兴时代的曼陀林之间有着相当大的不同。

19世纪末期,在阿巴拉契亚山脉中的某个地方,那些来山区煤矿工作的意大利移民跟被称为土包子的当地土著人之间一定发生了什么事情。这应该发生在一个晚上，人们围坐在火堆旁边，为了舒缓一下心情，一位矿工取出了自己的曼陀林——在他背井离乡，穿越大西洋来到阿拉巴契亚山脉中携带的为数不多的几件物品中的一件，演奏了一首思念故乡意大利的乐曲。山民们很喜欢这首乐曲。他们接纳了曼陀林，并将这种乐器引入了自己的民俗音乐之中，就像他们将小提琴引入自己的音乐中一样，但是他们对曼陀林进行了大肆的删改。他们拉长了曼陀林的琴颈，弄扁了它的琴身。在制作曼陀林的时候，一个名叫欧维尔·吉普森（Orville Gibson）的人在1902年创立了自己的公司。几年之后，进入20世纪20年代，他雇用了一个名叫劳埃德·洛尔的人，这个人有着音乐人、作家、作曲人、工程师和杰出的管弦乐器制造者的五重身份，由他制作的F5系列曼陀林在蓝草音乐创立者比尔·门罗（Bill Monroe）的影响下闻名于世。很快，数百件曼陀林被制造出来，它们中有不少被人们收藏了起来。因此，现如今人们可以比较容易寻找到它们，并且能够以一个相对合理的价格将它们买走。但是，在这些曼陀林中也有一个非比寻常的系列，那是劳埃德·洛尔在其艺术巅峰时期的作品。要想鉴别一把曼陀林是否属于这个系列的办法非常简单，就是查看在吉普森标志的正下方是否有一个极其美好的凤尾草形状的贝母镶嵌，如果有的话，那么这把曼陀林就属于这个非比寻常的系列。我看到的这把曼陀林就属于这个系列，并且这把曼陀林的状态简直可以用无懈可击来形容。它那拱起的弧面非常奢华，所有的配件都是镀金的，看起来这是一把原装吉普森曼陀林。这把精品曼陀林究竟价值几何呢？估计会是我带来的这把需要交给买主的吉他价格的四到五倍吧……

“这是1924年10月7日23把曼陀林中的最后一把，非卖品。”

我猛地转过身，那个说英语的男人年纪应该70岁上下，但是他的目光依旧锐利透彻，他坐在轮椅上。他不是吉米·佩奇。

“我是查尔斯·温斯莱勋爵（Lord Charles Winsley）。”他一边介绍着自己，一边向我伸出手。

“我是托马，”我一边自我介绍一边握住了他伸向我的手，“我非常非常抱歉，德·谢维涅先生在出发前的最后一刻遇到了一点儿麻烦，为了不让您等待太长的时间……”

“他承诺会亲自将这把吉他给我送过来的，这也是我的唯一要求。我完全可以等到德·谢维涅先生解决完自己的事务后再过来。”

“我不太清楚。”我回答道，我由衷地感到意外。同时，我也一下子就明白了为什么阿兰的话只说了一半。这简直太尴尬了！我继续说道：“我猜想阿兰应该是没有完全弄清楚您的诉求，因为他向来都不会让他的顾客们感到失望。”

“可能吧。”

“这一次，他委托我代表他将您买下的吉他送过来，他还承诺等到时间允许的时候，他本人会亲自过来，如果您还希望见他本人的话。”

一道光从勋爵的目光中闪过，借着这个机会，我重新找回自己的优势。

“请允许我以德·谢维涅先生的名义将这把吉他交给您。”我一边用一种商人才会有的镇定对他继续说道，一边将吉他盒交给了他。

“麻烦您跟我过来一下，谢谢。”

我跟着他进入了一间布置得非常英式的书房中。书房墙上挂着颜色暗淡的壁毯，摆放着雕花家具，还有几张契斯特菲尔德沙发。

“请坐吧，您想喝点儿什么呢？”他一边问我，一边转动轮椅来到了一个装饰奢华的吧台前，“一杯苏格兰威士忌可以吗？”

“这简直再好不过了。”

他拿出两个郁金香形状的酒杯，继续说道：“按照您的说法，您是代表德·谢维涅先生来到这里的。那么，您也是一位古着吉他的专家吗？”

“专家？不，我大概不能这么定义自己。我只是一个导购和临时修理工。实际上，我是一个音乐人，一个摇滚乐吉他手。吉他会让我疯狂，特别是电音吉他。”

“我可以给您展示几把吉他，它们都是我的心头好，不过这些吉他都是20世纪五六十年代制造的。现在，人们虽然可以制造出质量极好的乐器，但这不过是炫技而已。对于我这样一个怀旧的人来说，它们没有任何价值。”

“我可以理解，我相信阿兰也有着跟您如出一辙的看法，虽然出于经济原因他不得不做出一些妥协。”

我发现自己这话已经蠢到了家，马上补充道：“我说的当然不是这把我给您带过来的金顶吉他，这是阿兰店里的镇店之宝。”

“德·谢维涅先生是一个很懂行的人，他的品位也很不错，虽然我对那些耶耶派歌手用的意大利吉他并不苟同。‘耶耶派歌手’是你们法国人给他们的称呼。就像所有的好商人一样，他也是一个精明的战略家。此外，我还知道，放在您脚边的这把吉他毫无疑问就是一把真正的‘金顶’。”他一边继续着自己的话题，一边将苏格兰威士忌注入了我的酒杯。

“您想看看这把吉他吗？”

“啊，不，现在不要把它拿出来。我明天早上再欣赏这把美妙的吉他吧。我担心这个旅途让它有些过于劳累，我希望等到琴盒里面的空气变得与室温一样的时候再将琴盒打开。那么，亲爱的托马，现在就让我们为了这次相遇而干杯吧。”

“为我们的相遇干杯。”我一边说着，一边将酒杯送到了唇边。

这是苏格兰威士忌，是真正的烈酒。我尽自己最大的努力小心翼翼地轻咳着，但我的主人装作什么都没有看到、什么都没有听到的样子。

“这样说来的话，您是一位摇滚乐吉他手了……”

“是这样的，没错。”

“您在乐队里演出过吧？”

“我曾经有过一个乐队……不过我们的意见有些相左。”

“你们的乐队不太成功吗？”

“可以这么说。”

“您也作曲吗?”

“是的。”

“您作的曲子是您自己喜欢的,还是您认为可以取悦别人的呢?”

“啊……这是一个很好的问题。我觉得我写的曲子都是我自己很喜欢的。”

“那这就不对了,不过你们这群法国人一直都是这样做的。你们喜欢依靠理论的力量,并且亘古不变地力求维持它的精华与纯粹。而我们这群撒克逊人则要更加注重实效:当我们心中有了一个想法的时候,我们尽最大努力弄清楚这个想法的可行性。我们还会将自己的想法讲给别人听,我们会根据其他人的意见来修改自己的想法,虽然付出的代价是可能会与自己的想法产生偏差,甚至是忘记自己的初衷。当概念论与经验论产生碰撞的时候,你们所采用的方式会带领你们找到某种惊艳的事物,唯一的问题就是并非人人都拥有才华。您知道,才华非常罕见。无论如何,您的才华并不足够让您变成百万富翁。”

“啊,我未曾想过自己会成为百万富翁。对我而言,以音乐为生我就很知足了。”

“在您这个年纪的时候,我们没有办法推测未来,没有人会得到成功的庇护。关于这一点,我们打开电视就可以窥见一斑。但是,有一件事情您说得很对——不要局限于别人的期待,我们要去做自己想做的事情。我们唯一需要去面对的真实问题就是知道自己想要些什么。”

随之而来的就是一片死寂，如果不是勋爵打破了这片死寂，场面将变得非常尴尬。

“那么，您只会演奏自己谱的曲子，还是也会演奏些别人写的音乐呢？”

“您也是一位吉他手吗？”我问道。

“曾经是。”他用带有一丝遗憾的语气说道，“实际上，我只是一个很平庸的吉他手。不过，在20世纪60年代中期的伦敦，也许还有很多更好的事情等着我来做——我经常与那个时代的一些音乐人交往，我指的是那些很出色的音乐人，他们让我明白了自己最好还是转去做其他的事情比较有优势。但是，我依旧跟他们保持着联系。我对于摇滚乐的热爱并未减少，同时摇滚乐传递出来的力量一直没有远离我。”

“请原谅我的好奇，我想问一下，这间别墅曾经是不是某一位名人的房产呢？”

“确实如此。”这位勋爵在回答我的问题时，眼睛里闪过一丝光芒，“您想到了谁呢？”

“是这样的，我似乎曾经看到过一张照片，在那张照片上，站在这个院子里的是吉米·佩奇。我记得在他还是齐柏林飞艇乐队的成员时，他就在苏格兰置下了一处房产。”

“非常准确。从20世纪60年代末我就一直很想将这处房产买下，但是那个时候我的经济状况过于拮据。因此，当吉米有一天跟我说自己想在一个安静又不会引人注意的地方买一处居所，好补充自己的创作灵感，我就把这处房产推荐给了他。1971年，在他第一次参观了这座小城堡的几天之后，吉米就将它买了下来。他经常邀请我和其他朋友来这里做客，在这里我们一起度过了很多美好的时刻。在吉米从事的所有艺术中，接待客人绝对是他最擅长的一项。他拥有这座博莱斯金之屋长达20多年，然后，当他表达出想将自己的小城堡出售的想法时，我将它买了下来。明天您就可以看到屋后的悬崖，这座悬崖就是吉米在电影《永远的齐柏林飞艇》（*Led Zeppelin: The Song Remains the Same*）中爬上的那一座。不过，我说得太多了。说得太多了，也许，您已经饿了，您愿意跟我过来一下吗？"

我们穿过了前厅，进入饭厅。两副餐具已经摆放在巨大的长方形桌子的两端，在桌子的中心处并没有摆放烛台。这间屋子非常阴冷，从坚硬的地面传来勋爵电动轮椅以及我脚步声的轻微回响。

我已经记不住我们所谈过的所有话题，但是温斯莱勋爵的一句话让我印象深刻。就在我也许很天真地提到了世界的进程，或者更确切地说是这个世界在无秩序的金融与中世纪式的后退之间摇摆不定、方向缺失时，温斯莱勋爵这样回复道："如果人们不能够将这个世界控制住的话，那么就控制住那些可以将这个世界控制住的人就可以了。"我觉得这个想法既有点儿像阴谋论又有些有趣。就我个人而言，我是不会跟那些有能力控制世界的人产生任何瓜葛的。他想要说的会不会是那些统治者需要通过民主机构或者是其他的一些机构来加强对这个世界的控制呢？

我忘记了那天我们究竟吃了些什么。无论如何，那绝不会是肉馅儿羊肚——苏格兰名菜,因为要是真有这道菜的话,我一定会记忆犹新。我甚至都不确定我是不是跟温斯莱勋爵一起吃的晚餐,因为我感觉那天晚上只有我吃了东西。

饭毕,温斯莱勋爵邀请我跟他一起去他的书房喝一杯烧酒。他递给我一根雪茄,尽管我只是偶尔抽烟,但我还是欣然接受了。

“如果您愿意的话,明天我们可以去尼斯湖那里逛逛。”

“荣幸至极。”

“您相信尼斯湖水怪的存在吗?”

“啊……实话实说,我更倾向于相信自己亲眼看到的东西。”在犹豫了一段时间后,我回答道。

“您的态度跟您的名字相得益彰,只相信自己亲眼所见的东西。”他出神地说道,“这着实是一个少有的哲学思想。从理论上来说,这种哲学思想传播广泛,但从实践上来看,人们并没有尊重这种思想。这种思想一直名声在外,可是不管怎么说,这种思想都很奇怪,不是吗?”

“我……不知道。”

“直到现在,这种哲学思想都占据着您的思想,因为您看上去很依赖这种思想。不过,很显然它在很大程度上限制着人的思想。”温斯莱勋爵停顿了一下,继续说道,“这个想法单纯得与世界的运行无法兼容,人们无法公平地从这两者中的任意一者看出些什么。我坚信,人们的行事应该朝着相反的方向发展:不要为了相信一些什么而去观察,而是应该因为相信而去看。”

“这种观点很有意思……我从来没有这么想过。”

温斯莱勋爵推动轮椅向我靠近:“比方说,如果您想成为一位摇滚明星的话,您需要相信自己可以成为一位摇滚明星,难道不是这样吗?”他的目光直视着我的双眼。

“确实如此。”

“如果我告诉您我曾经接触到的那些摇滚明星究竟信仰些什么的话,估计您一定会为此大为震惊。不过,现在已经很晚了,您应该也累了。我也不想用那些老掉牙的故事来打扰您的休息。”

“不,完全不会,恰恰相反,您完全不会打扰到我的休息。”

“这样的话,也许,明天我们可以继续这个话题。最后,祝您度过一个美好的夜晚。”

温斯莱勋爵看了一眼他的随从,这位随从示意我跟着他。他将我带到了小城堡左翼的一个房间里,点亮了房间的灯才告辞。这个房间很大,虽然陈设有些过时,但是依旧非常有魅力。我费了很大的劲儿才让自己找到了一丝困意,可能是因为我喝了太多的酒,而且苏格兰乡下的安静会让人感到窒息。我反复地消化着那个神秘的疑问:“人们究竟是需要通过观察来相信,还是需要因为相信而去看呢?”

3. 尼斯湖畔博莱斯金之屋(2)

睡前,我取消了自己手机里的闹钟程序,所以第二天早上我从自己的睡梦中醒来已经是九点半了。我冲了个澡,迅速地穿上衣服,离开自己的房间。匆忙之间,我的头发依旧是湿漉漉的。

我右手边的房门微微敞开着,那里是厨房。一位穿着女佣制服的女士向我问好,然后陪着我来到了餐厅。她询问我是想喝茶还是咖啡,然后,她又操着自己那尖锐的苏格兰腔问了我一个问题。虽然我并没有听明白她想表达的意思,但我还是积极地回应了她。

放眼望去,穿过层层树林,我看到了壮观的尼斯湖,平静的深蓝色湖水。在安逸的田园氛围中,我品尝着自己的咖啡,直到那位穿着女佣制服的女士将烤烟熏鲱鱼和水煮蛋——我点的餐食,送到我的面前。这一切已经足够将笼罩在我心中的最后一丝迷雾驱散——对于我来说,吃下的每一口食物都让我想到了一件事情——每一丝差距都需要用金钱来填补。

用完早餐后，那位穿着女佣制服的女士告诉我查尔斯·德克斯特·温斯莱勋爵正在他的书房等我。因此，我才知道我的这位买主的全名。我跟着她来到了勋爵的书房，他正在读一份报纸。我才刚刚进入书房，温斯莱勋爵就将手中的报纸折叠了起来，放在了一张小矮桌上。我们互道早安，然后勋爵开口说道："给您订了今天晚上出发的飞机，因此，我们还有点儿时间。不知道您是想看一看我那些微不足道的吉他收藏呢，还是想现在就去那个小小的尼斯湖畔走走呢？"

"如果可以看一看您的吉他收藏，这将是我莫大的荣幸。"

"这简直太好啦，那么，我们现在就去看看吧。"

"那您有没有试过'金顶'呢？"我焦急地问道。

"它从头到尾完完全全就是我想要的那一把。这笔买卖就此达成了。"

"听您如此说，我很开心。"

温斯莱勋爵将我领到了书房旁边的一间屋子里，尽管在阿兰那里我已经看到过很多精品吉他，并且对于精品吉他也早已司空见惯了，但是摆放在这间屋子里的吉他还是让我极为诧异。在这间屋子里摆放了差不多30把吉他，每一把吉他都极尽奢华，状态也是极佳的。这里摆放着一把白色的电吉他，毫无疑问，这应该是里奥·芬达（Leo Fender）最初制作的几把电吉他中的一把。旁边摆放着一把漂亮的蓝色Lake Placid Stratocaster吉他，从款式来看，这把应该是20世纪50年代中叶制造的。这里甚至还有一把完全可以被称为全世界吉他收藏者梦想的吉他——1959年的

Les Paul Standard吉他，它的售价曾经高达50万美金。这把吉他就放在一张让人觉得不可思议的有着火焰般花纹的桌子上。与桌子下方格子里的一把白金相间的Gretsch White Penguin吉他相比，Les Paul Standard吉他的价格虽然低一些，但更加罕见。就我的鉴别来说，这些吉他全部为原版。这些都是在最好的年代打造的最好的型号！让人觉得更加不可思议的就是它们还都处于极佳的状态。这位勋爵也收藏了一些并不是很奢华的吉他，但是绝大多数吉他上面都留有签名，比如布莱恩·威尔逊，基思·理查兹，等等。最后，在一个玻璃罩里，我发现了一把被砸碎的Les Paul Deluxe吉他，吉他上还有着一行小字："送给查理-皮特。"这个皮特只能是谁人乐队（Who）的皮特·汤森，不会是其他人。我的这一猜测也得到了温斯莱勋爵的肯定。

对此，我感到非常诧异。我又一次走到了Gretsch White Penguin吉他旁，因为这真的是一把极其神秘的吉他，神秘程度甚至超过了我的认知范围，它似乎从来没有被当作录音吉他使用过。我非常好奇它的音色会是什么样子的。温斯莱勋爵似乎看出了我内心的想法，他对我说道："您可以试一试这把吉他，不要有任何的顾虑。它被制作出来就是供人们演奏的。"

"不了，谢谢您。我还是太害怕会……"

"您大可不必害怕，您非常了解这些吉他，不是吗？"他反手一挥，继续说道，"有些吉他会让您感到局促不安，有些吉他需要您小心谨慎地对待，有些吉他则需要在演奏的时候投入激烈的情感。有些吉他花里胡哨，有些吉他则平淡无奇；有些吉他颜色耀眼夺目，有些吉他颜色比较阴沉。有些吉他的状态旧得非常糟糕，人们难以用它们进行演奏，抑或是一直以来人们都难以用它们进行演奏，但是，另一些吉他将会为您开启未知领域的大门。所以，您可以试一试这些吉他，无须顾虑任何事情。如果您愿意的话，您可以试弹这里所有的吉他。”温斯莱勋爵的话语打消了我的一切顾虑。

我迫切地渴望演奏这些吉他，但我依然十分犹豫，我应该接受这个邀请吗？温斯莱勋爵继续说道：“我的这些吉他收藏与其他的收藏并不一样。它们并不是埋葬了我少年时光的墓地，也不是为那些不可触碰的回忆设立的纪念碑。这间屋子里的每一把吉他都有着属于自己的故事，都有着属于自己的辉煌往事。这些吉他都希望自己的往事可以时不时地被人们讲起。这一点，我可以向您保证。请您赋予它们生命吧，或者是让它们复活吧！音箱就在这里。”

温斯莱勋爵指了指房间中的一个角落。在那里，我看到了一些音箱，各种大小都有，最引人注目的当属那个体积庞大的马歇尔音箱。温斯莱勋爵收藏的这台音箱的体量是吉米·佩奇或吉米·亨德里克斯(Jimi Hendrix)在演唱会上使用的音箱的两倍，这台音箱也许曾经为他们两位所有。

“非常抱歉，”温斯莱勋爵继续说道，“我要暂时告辞一下，我得去市里处理一些非常棘手的事情。我的管家也要外出采买一些物品。我大概在正午时分回来。”他边说边向我致意告辞。

“谢谢您……”

“我只有两件事情想要叮嘱您。”温斯莱勋爵又加了一句，“第一件事情就是在我的家中任何形式的拍照与录影都是不被允许的。”

“这是自然。”

“第二件事情就是您真的可以试弹这间屋子里所有的吉他，不过，我并不建议您去试弹那把曾经属于皮特(Pete)的吉他。”他边说边指着那把几乎半损毁的吉他给我看，“那么，除去这一把，您可以试弹任何一把。”温斯莱勋爵边说边对我眨了眨眼，然后就离开了。

我花了几分钟环顾收藏在这间屋子里的吉他，不知道应该从哪一把开始试起。从窗户向外望去，我看到那辆劳斯莱斯驶离了小城堡。上帝啊，我现在是孤身置身于吉米·佩奇的小城堡中吗？我是被那些最传奇的摇滚乐吉他包围了吗？我是有两个小时的时间可以随意试弹这些吉他吗？

我决定先试弹一下Gretsch。我尽可能小心翼翼地拿起了这把吉他，畏首畏尾地轻轻地拨了一下琴弦。它的音色完美至极！当我又稍微用力地拨弄琴弦的时候，我发现它似乎有了生命一般颤动着。是时候打开音箱，给它通上电了。那台Vox AC30向我伸开了双臂，当我将这台音箱打开的时候，它发出了嗡嗡的声音，随后，这个嗡嗡声变低。我知道，它已经准备就绪。我首先演奏的是披头士乐队的歌曲，第一首就是好听的老歌《过客》(*Day Tripper*)，然后就是《当我的吉他轻柔地哭泣》(*While My Guitar Gently Weeps*)、《我要你》(*I Want You*)。在这几首歌曲之后就是地下丝绒乐队(The Velvet Underground)的独奏曲《哦,甜蜜的》(*Oh Sweet Nothin'*),这首歌和吉米·佩奇在英国广播公司举办的演唱会上演绎的《谢谢你》(*Thank You*)都是我非常喜欢的歌曲。要是想要演奏《谢谢你》,我需要那把Les Paul 1959,用那把吉他弹奏的效果可能会更好些。我想:为什么不试一下那只孤零零地待在一旁,看上去有些烦闷的双倍体积的马歇尔音箱呢?我放下了手里的Gretsch,打开了马歇尔音箱,拿起了那把吉普森吉他,第一首歌曲就是《年少轻狂》(*Dazed and Confused*)。上帝呀,有多少吉他手梦寐以求可以像我一样弹奏这些吉他呢?时间过得太快了,还有好多把吉他等着我去试弹呢。借助着这间房间里的音箱与吉他,我几乎可以寻回那些属于20世纪五六十年代的所有艺术家们的歌声,我感觉自己似乎真的身处那个年代,就像电影《克里斯汀魅力》(*Christine*)中开着那辆红白色的普利茅斯复仇女神轿车的艾尔尼·坎宁安(Arnie Cunningham)一般。

所有的吉他都被调配得非常好,没有任何一把吉他的琴颈被缠绕了起来,没有任何一根琴弦打起了卷儿,没有任何一个旋钮会发出噼啪的噪声。这些吉他被完美地套箍起来,或者是被完美地重新套箍起来,它们被精心擦拭得发亮,在琴身的清漆上找不到任何手指留下的印记,琴颈还散发出了杏仁油的清香味道。显而易见,它们受到了精细且定期的养护,并且养护这些吉他的人还是一个内行。

两个小时的时间过得像闪电一般,我甚至还没有试弹过收藏在这间房间里的一半吉他。

至今我还记得我用Stratocaster的L系列电吉他试弹了《嘿，朱迪》(*Hey Jude*)，这是我学会的第一首歌曲。我还记得在那把绝妙的吉普森ES-345吉他上我弹奏出了一条疯狂的连复段。当我正准备用这把吉普森ES-345进行自己的音乐创作时，我看到了劳斯莱斯小轿车回到了院子中。一会儿之后，温斯莱勋爵进入房间，我还在弹奏着。

“啊！您使用了这把ES-345，这也是我最喜欢的一把吉他。动物乐队(The Animals)的希尔顿·瓦伦丁(Hilton Valentine)在1966年的时候用这把吉他跟我交换了一件东西，但是我已经不记得他用这把吉他从我这儿换走了什么。您尝试过用立体声来弹奏吗？”

“没有，我没有想到可以用立体声来弹奏。”

“那么，尝试一下吧，我的朋友。尝试着用立体声来弹奏这把吉他。”

我按照温斯莱勋爵的建议尝试了一下，借助几个和弦测试了新的声音。

“用力一些，我的朋友，用力一些。我几乎听不到你在弹奏些什么。”

我将音量调到在小型音乐厅演奏才会用到的大小。

“请不要犹豫，您可以大胆地拨动琴弦。这把吉他就像一匹纯种的阿拉伯马一样，我买下它并不是为了让它大材小用。”

在听到这些建议之后，我微微一笑。无论如何，那时的我就是一个尴尬得不知道到底应该再演奏些什么的吉他手。我的双手被汗水浸湿,随后,在我的大脑完全没有反应过来的情况下,这双手开始拨弄出了《给我庇护》(*Gimme Shelter*)这首歌曲开头的几个和弦。不过,在弹奏这首歌曲结尾的独奏部分时,我不由自主地将其与《同情魔鬼》(*Sympathy for the Devil*)这首歌混合在了一起。温斯莱勋爵合上双眼,手在大腿上敲打着节奏,看上去他似乎陷入了癫狂之中,而我则觉得那天的演奏是我一生中发挥得最为极致的一次。灯光散发出来的光线饱满柔和,完完全全是我追求的状态,我手中的吉他似乎也将我给予它的一切双倍地返还给了我。上帝啊,这音效简直太棒了!但是,我也需要重新回到现实中来,我弹奏出《谢谢你》的最后几个和弦,当作是对这座小城堡两位主人的致敬。

“可以听到如此富有生命力的音乐是一件多么开心的事情呀!我亲爱的朋友,您真的非常有天赋,当然也很有品位。我果然没有看错人。”

“要是可以在这里待上整整好几天就好了。”

“这谁又能知道呢?也许,您真的有这个机会也不好说。”温斯莱勋爵神秘地补充了一句。

看起来他似乎在思考着什么,犹豫着什么。

“请随我来,我有些东西想给您看看。不过,您首先需要让开一下。”

我站了起来。

“麻烦您走到我的后面,谢谢。如果可以的话,能麻烦您把这个脚凳移到过道上去吗?”

我照温斯莱勋爵说的做。这位勋爵将自己的轮椅移向房间堆放着音箱的一角，从自己的口袋中取出了一个遥控器，在上面按了一下，然后，这个巨大的马歇尔音箱就像一扇门一样打开了，露出了在墙上开凿出来的一个密室。温斯莱勋爵进入一间密室，并且要求我跟随他进去。

这个密室有点儿像一个电梯间，这里只比温斯莱勋爵的轮椅大那么一点点。温斯莱勋爵将自己的食指放到了一个感应器上，密室的门关了起来，我们陷入了彻底的黑暗之中。这间密室里散发出了一种发霉的气味儿，我有一种缺氧的感觉。在我们并没有做出任何动作的情况下，正对着我们的房门打开了。这里并不是一处电梯间，而是一个十分安全的小内室。灯光亮了起来，救命的通风系统发出了嗡嗡的声音。我们进入一间很小很小的房间，这里没有门也没有窗户。这间屋子从地板到天花板都被一种深粉色的厚重天鹅绒包裹，这里的色调与吉普森公司的老旧吉他盒子的内部色调一模一样。这间屋子里只放了两把吉他，这两把吉他头朝上挂在最里面的墙上。凭借着它们的几何形状，我立刻就认出了这两把外形特殊的吉他，它们分别是 Flying V 和 Explorer。它们琴身上的配件均为金黄色，制作琴身时都精心选用了带有大理石花纹的木材。这种木材看起来非常清亮，与吉普森公司其他款型的天然桃花芯木有着很大的区别。凭借这一发现，我想起了这些神秘吉他最初是用有着特殊音质的热带木材打造的。

很明显，墙上悬挂的这两把吉他应该是最原始的两把样品，它们的制成时间应该在 1958 年左右，因此它们的价格已经远远超过了所有现存的电吉他。作为一个 Flying V 吉他的狂热粉丝，我感到更为惊奇。阿兰的店里有一把同款，我曾经与那把吉他一道度过了很多幸福的时光。不过，阿兰店里的那把吉他制作时间更晚一些，质量也要稍微差一些。同样，这款吉他也陪伴亨德里克斯度过了他短暂人生的最后一段时光。

我一言不发地转向了温斯莱勋爵，即便如此，我的面部表情还是逗笑了这位勋爵，因为他和善地对我微笑着。

我想起了制作这两把吉他所用的极其罕见的热带木材，于是我问道："这两把吉他想必就是非常著名的用科里纳(korina)制成的吉他吧？"

"的确如此，科里纳是榄仁木的商业名称。这种木材来自非洲，这种木材属于艳丽榄仁。在当时，这是一种非常罕见的珍稀木材，这也是人们第一次将这种木材用于吉他制作。"

"我觉得同一批次制造的吉他应该数量很少吧？"

"一共有 120 把。不过，其中的很多已经遗失了，每款现存不过三四把，它们之间还有着细微的差别。出现在您面前的这两把吉他还要更为珍贵，它们是这两款吉他样式最初的样品。因此，这两把吉他均为孤品。尽管这两把吉他只是打样模型，但不管怎样，它们都做工精良，可以被弹奏，这一点您可以证实。"

"我简直不敢相信我的眼睛……"

"哈哈，人们需要通过观察来相信，这是您自己说过的话。不过，现在看来，这句话的论点已经不够充分了。托马，您有一些极端了。不过，这两把吉他就在这里，但是这里缺少了一个最为重要的组成部分。”

“此话怎讲?”

温斯莱勋爵的脸色黯淡了下来。

“在这个系列的收藏中缺少了一把最为重要的吉他。实际上这个系列中一共有三把,而您只看到了其中的两把。我并没有将这个系列收集完整。”

直到此时我才看到,在这两把吉他中间,墙上尚余有一处空白的支架。我回想起了这个传奇系列吉他的故事。在当时,其实只有两把闻名于世的吉他样品。现如今,这两款吉他已经量产。不过,据我所知,第三把吉他完完全全被纳入了计划之中,它的制造完全在计划之中。可是所有人都说,如果这把吉他可以被打造出来的话,它就会成为最稀少、最神秘的一把吉他,也许还会成为全世界最为昂贵的吉他,成为古着吉他领域的圣杯。

“缺少的那把吉他应该就是Moderne吉他了……”我低声说道。

“是的,就是Moderne。”

突然之间,我明白了为什么温斯莱勋爵会向阿兰·德·谢维涅发出这样的邀请。温斯莱勋爵收藏的这个特别系列中缺少一把最为重要的吉他,因此,他想方设法希望得到它。他除了知道自己缺少的是Moderne吉他之外,什么线索都没有。但是,根据阿兰的说法,那把Moderne吉他只是一个传说,它的存在几乎如同尼斯湖中的水怪……不管怎样,在跟我提及这把Moderne吉他的时候,温斯莱勋爵就好像是在说着一件非常严肃的事情般。

“不过,我觉得Moderne的存在只是空穴来风而已……”

“不,Moderne吉他确确实实存在于这个世界上。实话实说吧,就在现在。当我凝视着这面墙上空无一物的位置时,我几乎可以看到它的身影。因为就在两个星期前,Moderne就在这里。”

4. 尼斯湖畔博莱斯金之屋(3)

我所听到的一切都令我很吃惊。

“您的意思是您曾经是Moderne吉他的所有者,是吗?”

“没错,就像我依旧还拥有着其他两款吉他最初的打版样一样真实。1964年,我同时买下了这三把吉他。不过在那个时候,Moderne吉他还没有成为一个传奇,还没有引起任何人的兴趣。”

“但是,在这些年间,您没有跟任何一个人提起过自己拥有这把Moderne吉他,也不愿意将这把吉他展示给任何人看,也许您只愿意把这把吉他的照片拿给别人看,我说得对吗?”

“坦诚来说,我曾经想永远地保守这个秘密。实际上,一切都很好。很遗憾,有一天,我做了一个错误的选择。好吧,我们还是去用午餐吧,现在已经挺晚了。至于这间房间,它曾经是一处可以让我安心的港湾,但是现在对于我来说,这里成了一处炼狱。”

我们通过那间私密隔间,又一次穿过了温斯莱勋爵的主收藏室。房间里的吉他依旧精美壮观,不过,我的思想已经完全被刚刚看到的东西占据了，或者更准确地说，是被自己没能够看到的东西占据了。

午餐已经摆放在餐桌上。温斯莱勋爵提议下午去尼斯湖泛舟，这样我们就有时间聊聊尼斯湖，聊聊苏格兰的生活，或者聊聊我还知道的什么东西。不过，我可能是看得太多了，以至于我没有办法去思考除了那把Moderne吉他之外的任何事物。或者是我看到的还不够多吧！因为在这把梦想吉他的背后隐藏了一个离奇的并且不为人知的故事。对此，我深信不疑。作为音乐人和记者，我只渴求一件事情——挖掘这个故事，将它讲述出来。

因此，我请求温斯莱勋爵将他曾经拥有的那把Moderne吉他的渊源仔细讲给我听，他是怎样找到那把Moderne吉他的，是怎样获得了它，那把吉他又变成了什么样子。显而易见，温斯莱勋爵很乐意接受我的这些"拷问"。1957年，泰德·麦卡蒂(Ted McCarty)，时任吉普森公司董事长，决定设计发行一系列外观具有未来主义色彩的吉他，以便重新提升品牌形象。因为那时吉普森公司打造的吉他都无一例外地凭借优良品质而闻名于世，但是在20世纪50年代，对于那些头脑发热、爱冒险的摇滚音乐人而言，它们的外观都有些过于古典、传统，甚至过于老气。

泰德·麦卡蒂根据自己的想法挑选出了三种对于那个时代而言外形别出心裁的吉他样式——其中一把是"V"形的，那一把就成为日后的Flying V；还有一把是"X"形的，被命名为Futura，不久之后被更名为Explorer；最后一把吉他的外形就更为奇特了，它的外形呈现字母“K”的模样，左右并不对称的琴头看起来不算优雅，这就是Moderne吉他。

但是，在1957年于芝加哥举办的一年一度的美国国际乐器展上，只有前两款（Flying V与Explorer）的模型出现在大众的视线之中。这两款吉他有些超前的样式引发了公众的震惊。就像那些引起了人们的注意又让人们吃惊的艺术品一样，人们并不渴望将其收入囊中，因此，并没有多少人下单。这两款吉他的销售额非常惨淡——Flying V吉他售出了不到10把，而Explorer吉他的销量则更为可怜，只有一两把。吉普森公司放弃了大批量制造这两款吉他的初衷。根据销售记录来看，1958年至1959年，吉普森公司只制造了98把Flying V吉他与22把Explorer吉他，随后这两款吉他就停产了。至于Moderne吉他，它的名字自始至终都没有出现在任何一本销售记录或者当时的产品目录中。所有的线索都暗示了这款吉他在还没有投入制造之前就已经被吉普森公司遗弃在一旁。

吉普森公司很快就从这个惨痛的失败中走了出来，因为同一时期另一些更加中规中矩的吉他款式被推到市场上，并且获得了巨大的成功。吉普森现代主义吉他系列遭遇了滑铁卢，在那时，除了知名的朗尼·麦克（Lonnie Mack）与阿尔伯特·金（Albert King）之外，没有任何一位著名艺术家会选择使用这些外形奇特的吉他。如此一来，所有人或者是几乎所有人都忽略了这两款吉他的存在。

温斯莱勋爵在最初的时候也不知道这两款吉他的存在，从

1962年起，他开始接触到伦敦的摇滚音乐人圈子。他最初的身份是吉他手和摇滚乐团团长，但是他拒绝告诉我自己摇滚乐团的名字；然后，他成为一名音乐制作人，在音乐制作人这个岗位上，他曾经获得过短暂的成功；最后，他成为演唱会策划人，这是他从事的最赚钱的工作。他经常会在金钱方面与那些音乐人产生一些分歧。有一天，已经开始收藏吉他的温斯莱勋爵将其中的一把送给了一位音乐人来拓宽他的视野。那位摇滚音乐人十分喜欢温斯莱勋爵送给他的这份礼物。通过这件事，温斯莱勋爵发现自己找到了一种可以完美地解决某些冲突的方式：只要他送出的吉他很罕见或者别出心裁，要求再多的吉他手都会变成乖巧的小绵羊。简而言之就是温斯莱勋爵送出的吉他一定要和他同行拥有的吉他有所区别。温斯莱勋爵开始大量购入吉他，将自己买入的吉他送出去，或者是跟那个时代的某一位巨星进行交换。他伺机买下那些制作工艺特殊、颜色与众不同、性质奇特的吉他。1963年，温斯莱勋爵在翻阅一份有关音乐器材的旧杂志时，第一次看到了Flying V与Explorer这两款极具未来风格的吉他。他开始寻找这两款吉他，但是在那个时候，他还不知道第三款，也就是Moderne吉他。一开始，他联系了几个卖家，然后又联系了吉普森公司在英国和美国的几位经销商，但是他们的回答都出奇的一致——这两款已经停产，而且也没有办法查到曾经的买主。温斯莱勋爵暂时放下自己的寻找。不久之后，也就是在1964年，当他陪着披头士乐队在美国进行巡回演出的时候，他借机去了一趟芝加哥，去了位于卡拉马祖（Kalamazoo）的吉普森公司的工厂。他提出想要买下 Flying V 和 Explorer 这两款吉他，但他得到的回复却是这两款吉他已经停产很久了。温斯莱勋爵非常坚持，商务部门经理回想起这两款吉他的试制版样品作为礼物被送给了公司的一位员工。温斯莱勋爵去了这位员工的家中，在那里他不仅看到了 Flying V 与 Explorer，还看到了同属于吉普森公司的现代主义系列吉他中的第三把。这位员工并不清楚第三把吉他究竟叫什么名字。温斯莱勋爵花了将近 1000 美金从这位员工手中买下了这三把吉他。在那个时候，1000 美金可是一笔为数不小的数额。就这样，温斯莱勋爵收齐了这个系列。

温斯莱勋爵回到伦敦之后一直忙于其他事务，所以他只能将这三把吉他放入仓库，甚至连弹奏它们的时间都没有，然后他就慢慢将它们遗忘了。但是一年之后，奇想乐队（The Kinks）的戴夫·戴维斯（Dave Davies）只花了 60 美金就买到了一把非常罕见的 Flying V 吉他，他将这把吉他带上了舞台。多亏了他的这一举动，吉普森公司可以给这一款吉他第二次在市场上流通的机会。1967 年，吉普森公司推出了一款没有那么奢华的 Flying V 吉他。从此之后，这一款吉他的材质就变成了简单的桃花芯木，穿透了整个琴身的特有系弦板也消失不见。很遗憾，这款吉他的销售量并没有什么起色，直到吉米·亨德里克斯在演唱会上用这款吉他伴奏。吉米·亨德里克斯曾经借助 Stratocaster 吉他弹奏出一种惊艳、精致且具有毁灭性的声音，现在这种声音遭遇了一个竞争对手。用这把新款吉他，吉米·亨德里克斯弹奏出了一种全新的声音。借助这位史上最具有影响力并且最有天赋的摇滚吉他手代言,Flying V吉他开始声名鹊起。

这时温斯莱勋爵突然想到自己也拥有一把Flying V吉他的样品,他将自己的吉他从吉他盒中取出,拨弄着琴弦,他几乎是立刻就爱上了它们弹奏出来的声音。根据温斯莱勋爵自己的说法,这些吉他的音色"既自然又沙哑",他决定留下它们。几年之后,20世纪70年代初的几年间,吉他制作的质量极速下滑,以吉米·佩奇与埃里克·克莱普顿(Eric Clapton)为代表的很多音乐人开始调转方向,弹奏古着吉他。因此,20世纪50年代末制造的Les Paul吉他售价已经可以跟吉普森公司在鼎盛时期制造的吉他价格相媲美,这在无形中就坚定了温斯莱勋爵收藏这三把吉他的兴趣。1976年,吉普森公司再版Explorer吉他,两年之后,爱尔兰都柏林摇滚乐队U2的吉他手选用了一把再版Explorer吉他。20世纪80年代,这些带有未来主义色彩吉他的再版与仿版被一些美国的重金属乐队接纳。吉普森公司推出的现代主义系列吉他终于开始风靡全球,其中20世纪50年代老版的价格开始一路飙升。1982年,吉普森公司决定再版现代主义系列的几款吉他。值得一提的是,吉普森公司有史以来第一次推出了该系列中的Moderne吉他。但很不幸,如果说Flying V与Explorer这两款吉他的销量还算正常的话,那么Moderne吉他便遭遇了失败。吉普森公司只制造了143把Moderne吉他。

"这是一把被诅咒的吉他。"温斯莱勋爵总结道,"不过,那些在20世纪80年代制造的吉他,除去外观,它们的质量无法与最初的原版吉他相提并论。圈内音乐人对此心知肚明,因此我的那三把吉他的价格也就不断飙升。至于一把原版的Moderne,它的售价有可能会超乎这一领域里所有人的想象。”

5. 尼斯湖上

午餐结束了。温斯莱勋爵因为在饭桌上一直和我说话，几乎没有吃什么东西。他又一次跟我提到了一起到尼斯湖上泛舟，我欣然接受了他的提议。在司机阿维纳什(Avinash)的帮助下，温斯莱勋爵坐进了一辆高尔夫车中。“您可以顺着公墓右边的那条小路走下去，我们在下面见。”在那辆高尔夫驶离之前，温斯莱勋爵对我说道。我沿着这条小路步行到下方，离开了温斯莱勋爵的庄园，走到庄园的大门口。如同指示牌的标识，在这条小路的另一旁就是博莱斯金公墓。放眼望去，这些坟墓看起来已经很古老，其中的一些已经荒废，但是我的注意力已经完全被深蓝色的尼斯湖所吸引。我一路下行，一直走到了陡峭的河岸处。在那里有一处极其狭窄的堤岸，温斯莱勋爵已经坐在了一只木质小艇的后座上，这应该是一只20世纪五六十年代制造的小艇。这时，他的司机正忙着为泛舟湖上做准备工作。“上来，托马，到小艇上来。”温斯莱勋爵对我说道。

我与温斯莱勋爵面对面坐在小艇上，风猛烈地吹来，尼斯湖微微晃动了起来。在我看来，这样的天气来得非常突然，但是温斯莱勋爵看起来显得非常怡然自得。尼斯湖上的景色异常秀丽，在这片湖上，只有我们这只小艇。不过，我的心里只有一个念想——温斯莱勋爵可以继续将自己的故事讲完。

“那您拥有的那把Moderne吉他到底经历了些什么呢?”当小艇驶离河岸的时候，我问温斯莱勋爵。

“有人将它偷走了，我遭到了背叛。”温斯莱勋爵在情感的冲击下中断了自己的讲述。

“我很抱歉，但这个故事实在是过于离奇，以至于每每提及都会让我因为愤怒而全身颤抖……我早已习惯了自己维护保养那些吉他，不过，在一次事故之后，我需要别人帮我维护保养它们，可是一直以来我都坚持自己来照管Moderne吉他和其他两把。至于养护其他吉他的工作，我都托付给了一个从因弗内斯聘请的优秀弦乐器制造商，每个月的第一个周一他都会来我家帮我维护保养它们。尽管一直以来他都以一个从不饮酒的形象出现在我面前，但是我知道他酗酒的情况非常严重。这样的情形在他正式退休后变得更加糟糕，特别是在去年他的妻子突然去世之后，这样的情形愈演愈烈。”温斯莱勋爵将自己的目光从前方的尼斯湖移开，看向我，说道，“您可能不知道，托马，一直以来我都对被某些人视为原罪的事情抱有极大的宽容，比方说贪吃与淫荡。在我看来，贪吃仅仅就是吃吃喝喝已经远远超过了维持生活所必需的量，但是我们的生活一定要被限定在生存的范围之内吗？我们生活在这个世界上难道不就是为了探索极限，特别是我们自身的极限吗？我曾经接触过太多的天才，他们身上都带有一些小毛病，而这些小毛病都会发展成为放纵。我们可以认为正是因为放纵，他们才创造出了如此多的杰出作品，孕育出了各种各样的艺术。那些'非常聪明的人'，或者更加准确地说是那些最虚伪的人，假装不知道这种放纵，他们一边享受着放纵给他们带来的成果，一边为这种摧毁了创作过程的精神辩护。因此，这一切都属于宽容。但是，与之相反，那些摧毁了自己的聪明才智、自己的意志力甚至是自爱的人，还有那些无法控制自己行为的人都不值得人们的任何宽恕。这个弦乐器制造商就如同一条按照计划行事的毒蛇一般出现在我面前，因为这个家伙一直都相当警觉，不让自己傻乎乎地丢掉性命。"温斯莱勋爵的话语中带有极度的愤怒与无情的决断。

他的声音几乎马上又轻柔了起来，他继续说道："这个弦乐器制造商不仅酗酒，此后我得知他欠了一屁股赌债。他对自己人生的控制力已经无可救药地低到了零点。因很久之前便认识他的缘故，一直以来我都对他抱有某种同情。不过现在我跟您保证，对于同情心这个弱点我不会再放任自己继续下去了。简单来说，尽管他的慌乱看起来并没有影响到他的工作质量，但我还是一直都在叮嘱我的司机让他看牢这个家伙。我个人也尽可能在他过来给我的吉他进行养护的时候陪在一旁。我还想跟您强调一下，我从来没有告诉过他那间存放着 Moderne 吉他的房间的存在。但是，在一次偶然的意外中，我违背了自己定下的这个规则……"

“这又是一次怎样的意外呢?”

“在相当长的一段时间里我都不曾给我拥有的任何一把吉他上过保险。在2000年年初的时候,我个人认为给吉他上保险是一件非常必要的事情。我联系了一个我认识的保险经纪人,并且与一家英国公司签订了一份合同来为我所有的收藏品投保。在为Moderne吉他登记造册的时候,我使用了一个模棱两可的名字‘Modernistic吉他样品’,因为我有些被节节攀升的价格以及需要缴纳的保险费吓到。长久以来我都让人给我收藏的吉他做出低于它们实际价格的估值,但是随着我的老去,我越来越惧怕危险的出现。近十年,我希望可以给我收藏的吉他按照其真实的价格上保险。根据它们的样式,我收藏的吉他的官方价格在3万到60万美金不等。可以想象,我收藏的吉他都足以使收藏家为之狂热不已。但是我又该如何评定Moderne吉他的价格呢?我该如何评定一件从未流通过的,甚至可能是全世界独一无二的物品呢?您知道,乔治·格鲁恩(George Gruhn)每年都会出版一本收藏吉他的价格指南,他在书中写明Moderne吉他的价格无法估算。但是,我得给我收藏的这把Moderne吉他估价。鉴于这把吉他会是全世界的收藏家们的梦想,我为它估价1000万美金,我的保险公司非常明智地调整了我应付的保险金额。但是,两个月后,我收到了一封信。这封信告知我,我的经纪人做出的某些合同涉嫌舞弊,因此可能会导致保险公司和我解除合同。为了避免这种危险给我造成的损失,保险公司向我推荐了一位新的专家,并会在一个月内重新对我所有的吉他藏品进行鉴定评估,但是在这段时间内，保险公司保证会按照之前的估价对我的吉他提供担保。这个消息并没有将我迷惑住，可是我别无选择。您也知道这群所谓的专家究竟是什么模样，我并非对您有所微词，我想说的是那些保险公司的专家——有时候，为了否认一样物品的价值，他们会揪住一些没有什么价值的细节不放。这样一来，我希望我收藏的吉他可以完美无缺，闪闪发亮。因此，我让弦乐器制造商戈尔东接连三天来到我家为我的吉他进行养护，这次的养护要比平时的养护精细得多。

"最后一天，在看到一切都进行得非常顺利的时候，我将自己收藏的那三把样品吉他送到了他的面前。他坐在那间被临时改造成工作室的餐厅里，并不知道这三把样品吉他究竟从何而来。当他看到Moderne吉他的时候，吃惊到几乎昏厥，但是，他努力将这种情绪隐藏了起来，也没有向我提出任何问题。当然了，那个时候，阿维纳什陪着我一道坐在餐厅里。不过，因为我的吉他从来没有接受过专业的校准，所以护养工作耗费了相当长的一段时间。一个小时后我接到了一个电话，我不得不离开餐厅前往书房。电话那头的人问我要一些材料，而这份材料被我放到了高处的一个档案袋中。我试图用一柄长长的手杖将这个档案袋钩下来，我这一举动非常成功，成功到整个书架都向我砸来。倒下的书架发出的嘈杂声引起了阿维纳什的警觉，他立刻就跑进了我的书房。那时候，我已经陷入了半昏迷的状态，在阿维纳什的帮助下，我恢复了意识。我的头部受了伤，流了一点儿血，在对阿维纳什表示谢意之后，我让他立刻回到餐厅，回到那个弦乐器制造商的身边。从我跌倒到恢复意识这之间可能也就不过两分钟……非常不幸的是，这两分钟的时间已然足够让这家伙完成一些事情。

“当阿维纳什回到餐厅的时候，发现戈尔东已经消失不见了，Moderne吉他也跟着他一起消失不见了……我们听到了他的汽车驶离小城堡的声音，阿维纳什立刻冲了出去想驾驶劳斯莱斯追上去，不过我阻止了他。戈尔东的车已经开出了太远，尽管劳斯莱斯的性能很好，但是它的性能没有办法和一辆正在逃亡中的现代小汽车媲美。更重要的一点是，从我头部流下的血越来越多，我需要赶紧去医院。尽管如此，我还是打了一个报警电话，警察局立刻派了一个警员去到了弦乐器制造商的家中，试图将他人赃俱获抓个现行。但是，那个家伙根本没有回到家中……从此之后，也没有人再见过他。”

“那之后您又做了些什么呢？”

“我去医院让医生给我处理了一下伤口，然后对弦乐器制造商戈尔东提出了偷窃、抢劫的指控，在之后我又联系了我的保险公司。但是……在保险公司那里，事情开始变得复杂起来。”

“保险公司是不是不想给您赔付呢？”

“略有此意。”

“保险公司认为警察可以重新为您找回Moderne吉他？”

“啊，我并不这么认为。Moderne吉他应该已经被戈尔东送到很远的地方去了。就算要把它找回来，也不会是因弗内斯警察局可以做到的。”

“那么,保险公司为什么不愿意对您进行理赔呢?”

“您问得正中要害。我的保险专员声称,瑞士的分保人没有办法在没有最新的专家鉴定的情况下,仅凭我中间人的信用对我进行赔付。我联系了我的律师,以我同保险公司签订的保险合同以及保险公司给我寄来的确保我收藏吉他价值的信件为依据,我的律师为我赢回了应得的权利。保险公司在第一时间就按照原来与我约定的那样,派了一位鉴定师来我家里。他个人就可以确认之前做出的估价确确实实与我收藏的吉他的真实价值相符。他甚至还叮嘱我让我给其中的某几把吉他重新估价,因为这几把吉他非常稀有,并且状态保持得无懈可击。但是,那位鉴定师并不能为Moderne吉他理赔负责,因为他无法实际地对这把吉他进行鉴定。”

“您之前没有给Moderne吉他拍下一些照片吗?”

“我的经纪人对此全权负责。只不过根据保险公司的说法,他提供的材料非常不全。此外,更为巧合的就是,在这些材料中居然连一张Moderne吉他的照片都没有。而我自己也从未给Moderne吉他拍过照片,因为只要我想,我随时都可以看到它。”

“是的,这是自然。”

“考虑到我收藏的其他吉他都是独一无二的真品,鉴定师也将我其他两把样品吉他的估价定为每把50万美金。保险公司提出了一种商业形式的理赔建议——50万美金,外加上保险金额溢出款项的赔偿,因为Moderne吉他之前的估价为1000万美金。我的律师建议我接受这样的理赔建议,但是我个人完完全全地拒绝了。这家保险公司居然只为Moderne吉他估价50万美金……但是它为那些膨胀的冒牌货,那些我都不知道出自哪个所谓的艺术家手下的塑料制品估价保值上百万美金。那些家伙甚至胆敢将这些东西称为艺术品!这简直就是荒谬……"

"我理解您的感受。"我的话语中既有一丝沮丧,又有一丝愉悦。

"我告诉保险公司,与其他两把样品吉他相比,我拥有的这把Moderne更加与众不同,更加稀有。在我看来,甚至1000万美金的估价都无法与它的真实价值相匹配。简单一点儿来说,就是1000万美金的赔偿是我唯一可以接受的理赔价格,也是与我最早签订的合同相符合的价格。保险公司给我的回复则是他们坚持最早提出的50万美金,外加上保险金额溢出款项赔偿的建议,如果我不能接受这样的理赔方案,那么我只能通过司法途径来解决这个问题。保险公司还告诉我说,如果我决定走司法程序的话,花费的时间大约为十年或者是十五年,这一说法得到了我律师的证实。此外,保险公司还重申他们已经取消了一些通过我的经纪人与保险公司签订的合同,这样一来,就会导致相关被投保的吉他完全没有办法获得任何赔付。这些合同被取消的原因在于,某些合同涉嫌保金诈骗,这些合同甚至已经被移交司法程序,遭到了处罚。我受到了这些极其卑鄙的威胁,我认为司法途径是我唯一可以依靠的手段。不过您知道,我不可能不做任何准备就与保险公司对簿公堂。我需要证明我的那把被弦乐器制造商戈尔东偷走的Moderne样品吉他就是吉普森公司在1957年制造的真实样品。那么,为了证明这一切,只有两种办法:一是找回那把被偷走的吉他样品;二是以一种无可辩驳的方式证明我的那把被偷走的样品吉他就是在那个时代制造出来的。如果我可以将这个证据提供给保险公司,我就能获得1000万美金的赔付款,并且这一赔付不需要通过司法程序。我可以跟您保证,要是我真的可以将这个证据提供出来的话,我一定会让这家保险公司就它的言而无信、卑鄙无耻的猜疑与可恶的威胁深感遗憾并且付出代价。但是,我也知道可能上天留给我的时间不多了。作为一个完美的享乐主义者,我更倾向于享受当下,而非将赌注放到未来。因此,我希望可以尽快拿回我的那1000万美金。当然,也不排除这样的可能——在最终谈判时将这些证据抛出以获得优势。这样的话,我可能将赔偿金额提升到1200万美金或者是1300万美金。”

“我明白了,也许这就是您为什么希望可以与阿兰直接面谈的原因之一。您希望阿兰可以借助他与那些吉他收藏家们建立起来的联系给您提供一些信息。”

“迪普雷先生,您有着非常敏锐的洞察力。不过,现在,我希望那个可以给我提供一些信息的人是您。”

6. 巴黎，皮嘉尔

当我再次出现在阿兰的店中，他就问了我一句："怎么样？"但是，随着我深入的讲述——比方说劳斯莱斯汽车、坐落在尼斯湖畔的吉米·佩奇曾经拥有的小城堡、传奇的吉他收藏——我发现阿兰睁大双眼，咬住自己的嘴唇，神情也从怀疑发展到后悔没能够亲自将"金顶"送至温斯莱勋爵家中。阿兰既不喜欢乘坐飞机，也不喜欢下雨，不过，他完全低估了这次出行的潜在好处。

我向阿兰讲述了我苏格兰之行的所见所闻，但是，我没有将最主要的部分告诉他——那就是Moderne吉他。这既是出于谨慎考虑，也是为了可以在必要的时候从阿兰那里获得最客观的意见。因此，我也没有跟他提起那间密室以及剩下的两把样品吉他。我分别拍摄了这两把吉他的照片，此外，在离开之前我还有幸弹奏了它们。我更没有告诉阿兰温斯莱勋爵给我提出的价码——如果我可以证明吉普森公司在1957年确确实实制造了一把Moderne吉他的样品，并且这把样品存在于这个世界上的话，那么我将可以获得保险公司理赔给温斯莱勋爵那1000万美金中的百分之十。寻找线索过程中产生的全部费用完全由温斯莱勋爵承担。温斯莱勋爵提议在一家网上银行给我开一个户头,他会在这个户头上存钱供我提取使用。遇见我之前,温斯莱勋爵曾经试图寻找一些在业内享有盛誉的专家帮他寻找证据,但最终未果,然而他却在我的身上发现了一种更为开放的思维。就在我谦虚地表示自己的能力可能有限的时候,温斯莱勋爵反手一挥,打消了我的一切顾忌,他说道:"我相信年轻人,相信他们的创造力。您也与那些最优秀的专家们保持着联系,我也会尽最大的可能给您以帮助。"因此,我就欣喜若狂地接下了这份工作。100万美金作为报酬……那也就是说,我可以结束与别人的同租生活,结束酬劳很低的稿件报酬还有所有的零散工作。我可以将音乐放在首位了!此外,最最重要的一点就是这个与被诅咒的吉他有关的故事吸引着我的注意力——也许,我抓住了一次传奇的爆炸性新闻也不一定呢!

无论如何,我还是告诉了阿兰,温斯莱勋爵很想与他见一次面,也许温斯莱勋爵是想让阿兰对他收藏的吉他提出一些建议,并且想就他们对吉他的热爱交换一些看法。这样一来,阿兰决定给温斯莱勋爵打一个电话,就没能亲自将金顶吉他送过去向他致以歉意。就我听到的对话来说,阿兰表现得非常谦恭,非常殷勤,不过,温斯莱勋爵并没有提议让阿兰到他家里去参观自己的收藏。温斯莱勋爵跟阿兰确认说自己目前不会出售任何一件收藏品。不过,温斯莱勋爵希望阿兰可以为他保守秘密,甚至是保守职业秘密，他不希望自己收藏吉他这件事情被宣扬出去。阿兰满口应下。阿兰希望可以跟温斯莱勋爵继续保持联系，他提出自己可以继续向温斯莱勋爵出售吉他，也可以从温斯莱勋爵那里购买吉他，还可以与温斯莱勋爵互换吉他。

第二天上午，邮递员给我送来了温斯莱勋爵起草的一份合同，这份合同的内容完完全全与他之前的承诺一致。我在这份合同上签下了自己的名字，又将这份合同寄了回去。100万美金，合同上清楚地写着“100万美金”……

在之后的一个星期里，我将所有的空暇时间都花费在网上，抽丝剥茧地找寻相关资料。我先是查找了与住在尼斯湖附近的弦乐器制造商失踪有关的信息，但是，只有《因弗内斯邮报》用晦涩的文字在简明新闻中对这件事情进行了报道。我特意重新整合了与Moderne吉他有关的信息，虽然我没能找到一些翔实并且可以不容置疑地证明Moderne吉他存在的证据，但是我发现了一些有信服力、有趣同时又无法得到证实的信息，特别是那只并没有装着吉他且带有吉普森公司标志的老旧琴盒。琴盒的内部空间可以证明这里面能放下一把Moderne吉他，或者更加可以让人们信服的解释就是，这只琴盒可能是属于ZZ Top乐队的吉他手比利·吉本斯（Billy Gibbons）的，他声称自己拥有一把制造于1957年或者1958年的原版Moderne吉他。他还留下了几张与这把吉他的合影。不过，人们并没有办法看清楚这把吉他的真实模样，而比利·吉本斯也从来不愿意请人对这把吉他进行鉴定。因此，他是否真的拥有一把原版的Moderne吉他看起来还是一件值得考究的事情。

网络很快又将我引向了这把吉他已经被弦乐器制造商戈尔东贩卖出去的可能性,不过,我在网上查到的售卖记录都是1982年版Moderne吉他的。我还找到了一些书籍——安德烈·迪绍苏瓦尔(André Duchossoir)的著作,他是法国一位伟大的古着吉他专家,他在国际上都享有盛誉。除了这些著作之外,在阿兰的吉他店中我还找到了其他一些书籍。我从阿兰那里将这些书籍借回,如痴如醉地翻阅起来。我对那位与Moderne吉他处于同一时代的吉普森公司的天才决策人,泰德·麦卡蒂有了更多的了解。在1999年的一次访谈中,泰德·麦卡蒂证实了吉普森公司曾经制造过几把Moderne吉他的样品,不过在此之后,商业发行Moderne吉他的计划就遭到了搁置,两年后泰德·麦卡蒂与世长辞。他没有任何理由丢下一个谎言!难道是吉普森公司需要这样一个传说来巩固自己的声望?不是这样的,当然不是这样的。吉普森公司制造的吉他,无论是凭借质量还是通过正在使用或曾经使用过的众多传奇音乐人就足以帮助它巩固声望了。除此之外,Moderne吉他的故事更像是一个商业中的失败案例,虽然它带来的经济损失有限,但这个故事依旧会成为吉普森公司的一个污点。

在查找完一切可以找到的与Moderne吉他有关的公开资料之后,我开始找寻其他资料。虽然这些资料并没有那么可靠,但是只要我愿意去深入挖掘,我还是可以挖到非常丰富的信息,我将这种资料称为“人力资源”。

自我从苏格兰回到巴黎,三个星期过去了,每一天,阿兰至少会向我提出一个跟温斯莱勋爵收藏有关的问题，因为我有幸可以看到温斯莱勋爵的吉他藏品。“什么？温斯莱勋爵收藏了Les Paul吉他？”

一天，我漫不经心地向阿兰提出了一个问题：“嘿，阿兰，在你给我的那本书里，迪绍苏瓦尔提到了一把吉他。我不清楚你是不是知道这把吉他，就是那把Moderne吉他？”

“当然了，你怎么会突然问我这个问题呢？”

“迪绍苏瓦尔在书里说泰德·麦卡蒂在1957年为这把吉他注册了专利。”

“然后呢？”

“他在吉普森公司的档案室里找到了一些记录了现代主义系列吉他出售的账簿。不过，这些账簿有可能记录的是Explorer吉他的销售情况。也就是说，人们也不是很确定这些账簿中记录的到底是哪一款吉他的销售数据。”

“然后呢？”

“好吧，这也就意味着吉普森公司可能真的制造过一把或者是几把Moderne吉他。那么，它制造的这些Moderne吉他会不会就是一些样品呢？”

“然后呢？”

“除了‘然后呢’之外，你还能不能给我一些别的回应呢？”

“那你希望我可以回应你些什么呢？”

“我也不知道，比方说，你对此有什么看法呢？你个人相不相信Moderne吉他的存在呢？”我一边说着，一边用手比画出问号。

“我对此一无所知。”

“如果我希望你稍微展开解释一下的话，会不会要求太多了？我感觉自己似乎在与一个摩登原始人聊天……”

阿兰微笑了一下：“我的意思是这把Moderne吉他有点儿像是一个没有结局的故事，就如同一条古老的大海蛇一般。我曾经一度相信过它的存在，那是在安德烈对Moderne吉他表现出极大兴趣的时代。不过，我从来没有亲眼看到过任何一把Moderne吉他。所以现在，我的看法跟所有的专家们都一样，无论是安德烈，还是格鲁恩，或者其他一些专家。如果直到现在Moderne吉他都不曾露出庐山真面目，那么它也鲜少有可能在未来的某一天被展现在世人面前。”

“那么，你认为吉普森公司曾经制造过Moderne吉他吗？”

“坦白说，我并不这么认为。但是，Moderne吉他也有可能真的被制造了出来。”

“你为什么会这么说呢？”

“好吧，后来麦卡蒂曾经说过Moderne吉他确实被制造了出来之类的话。也许他的记忆力跟他开了一个小小的玩笑，也许他说的就是事实……无论情况究竟如何，我都找不到麦卡蒂会说谎的理由。”

“那么，Moderne吉他现在究竟变成一副什么模样了呢？”

“这个……”阿兰一边说，一边抬起头仰望天空。

“那是不是还存在着其他可以让人们相信Moderne吉他真正存在的信息呢？”

“除了Moderne吉他的设计图之外，别无明证，至少我不知道还有其他证据的存在。”

我有一些绝望。这时候，阿兰又说道：“不过，如果你对Moderne吉他感兴趣的话，你可以咨询一下安德烈。”

“你觉得这可行吗？”

“当然啦，如果知道有年轻人对Moderne吉他的故事感兴趣，他将会感到非常开心。”

三天之后，在巴黎的一间咖啡厅里我见到了安德烈·迪绍苏瓦尔，他刚从美国回来，他在那里生活了很长一段时间。我读完了他写下的所有文字，但是我觉得也许他还保留着某些秘密没有揭露……

安德烈·迪绍苏瓦尔给我讲了很多与Moderne吉他有关的细节，还有它可能的模样，尤其是在考虑到当时的制造工艺限制时，不可能出现在Moderne吉他上的元素。他本人也在机缘巧合的情况下看见过几把Moderne吉他的复制品。他向我讲述了某些吉他收藏家在几十年里孜孜不倦地寻找Moderne吉他但是未果的故事，还有一些吉他收藏家声称自己得到了Moderne吉他，但是拒绝将他们的收藏展示出来。

“那么，这些收藏家都是些什么人呢？比方说……”

“啊，其中最著名的当属ZZ Top摇滚乐队的比利·吉本斯。不过，在美国还有其他声称自己收藏到了Moderne吉他的人，两三个人，也许更多一些。在日本也有一位这样的收藏家，他坚信自己收藏到了原版的Moderne吉他。但是，跟其他的收藏家们一样，他也拒绝将自己收藏的Moderne吉他展示出来。那么，这样一来……”

“那么您呢？您相信吗？您相信他们中的某一位收藏到一把真正的Moderne吉他了吗？”

“很明显，吉本斯拥有的那一把应该是个冒牌货，这一点可以从那些照片中看出来。其他收藏家的吉他我没有看见过，但我们还是可以相信他们中有人可能收藏到了真正的Moderne，尽管我们获得的线索并不多。”

“也就是说这把吉他留下的线索真的是少之又少……”

“完全如此。即便是在吉普森公司，人们也只能找到当时Moderne吉他的设计图稿。这一点我可以证实，这也就证明了那些制造出来的样品并没有被吉普森公司记录在册，甚至那些最终定版的吉他样品，关于它们的记录也不完整。”

“这也就解释了为什么没有人，甚至连吉普森公司自身也无法证明Moderne吉他的存在……”

“确确实实是这样没错。我们还没有考虑到吉普森公司在卡拉马祖的工厂于1984年关闭这个事实。吉普森公司将吉他制造工厂迁到了孟菲斯（Memphis）与纳什维尔（Nashville），不少资料在工厂搬迁的过程中遗失了。尽管当时可能保存下来了一些吉他样品的文字或图片档案，但这些档案也可能不知道被丢在了何处。”

“那么，那些制作了这些吉他样品的人又是怎么说的呢？”

“相关人士留下的几份证词既模糊又对立。某些人声称

Moderne吉他的样品被制造了出来，可是如果Moderne吉他样品真的被制造了出来，那为什么至今我们都不曾看到任何一把呢？不过，我们现在可以看到Flying V吉他和那时尚且被称为Futura的Explorer吉他，后者的样式与现在的样式稍显不同。”

然后就是几秒钟的沉默，因为我不太知道自己该说些什么。

“告诉我，托马，是不是有什么事情发生在了Moderne吉他身上？”安德烈问道。

“为什么您会认为有什么事情发生在了Moderne吉他身上呢？”我反问道。

“为什么？因为不幸的是，20多年来Moderne吉他鲜被提及了，最近您是第二个跟我提起这件事情的人。”

“是吗？”

“是的，上个月我接到了一个电话。一个英国人打算花高价找到并且买下一把Moderne吉他。很显然，我没有办法给他提供任何帮助。但是，就像您一样，他向我提出了很多问题，他也想知道是否可以找到一些可以证明Moderne吉他确实存在的证据。”

“是吗？那么他对您的回答是如何回复的呢？”

“他的回复跟您的完完全全一样，但唯一不同的是，他并不满足于我给出的答案。他希望我可以以书面形式写下Moderne吉他‘很有可能’或者是‘的的确确’存在的证明。具体的内容我已经记不清楚了，他说可以付给我报酬。”

“那您又是怎么做的呢？”

“当然，我拒绝了他的请求。”

“这是自然,这件事情挺古怪的……”我说道。

“是呀,这种事情少有发生,我甚至都不敢说Moderne吉他可能存在。除此之外,我还想起了同属于这一系列的奇特吉他样式——在行话里,我们将这些奇特的吉他称为‘稀有鸟类’。这些吉他在制造出来之后并没有出现在官方的档案中,这也是我后来才想起来的。理论上,也许Moderne吉他在当时被制造出来了,但实际上,我们什么都找不到。”

“那么,这些‘稀有鸟类’究竟有着怎样的庐山真面目呢?”

“比方说,在这一系列中有一把低音Explorer吉他,这把吉他制造于20世纪50年代末期,这是我唯一知道的一把属于这一系列的吉他。还有一把是“V”字头的吉他,不过这把吉他并不在那22把官方制作的吉他中。”

“这倒挺有意思的。您有这些吉他的照片吗?”

“那是当然。”

“能麻烦您通过邮件给我传一份过来吗?”

“当然可以,如果这会让您感到高兴的话。但是,您还没有回答我的问题,是不是有什么事情发生在了Moderne吉他身上?”

“啊,没有,我认为应该没有。在阅读您写的一本著作的时候,我看到了这个故事,它让我很是好奇,仅此而已。我特别喜欢这种类型的故事。”

“是的,这的确是一个很有意思的城市传奇。”安德烈·迪绍苏瓦尔对我眨了眨眼睛,作为自己其实并不认同这一点的表示。

我将自己的邮箱地址留给了安德烈·迪绍苏瓦尔,然后向他告别，热情地感谢他专业的解答以及花费的宝贵时间。我有些许慌乱，我要求自己决不能说谎，而是要做到掩盖事实，但事与愿违，我还是说谎了。温斯莱勋爵并没有告诉我他已经联系过了安德烈，如果他将这件事情提前告知我，我也就可以避免这次的尴尬。温斯莱勋爵或多或少曾试图雇用安德烈·迪绍苏瓦尔替自己办事，不过，他的做法算不上光彩。这也许就是为什么温斯莱勋爵不曾对我提及此事的原因。简单说来就是……

第二天，安德烈将吉他的照片通过邮箱给我发送了过来，我非常仔细地将这些图片保存了起来。我继续对其他的吉他样式进行着研究。这些吉他样式获得了非常多的超级巨星的喜爱，比方说比利·吉本斯、尼尔·杨(Neil Young)与范·海伦(Van Halen)这三位摇滚歌手都拥有1958年出产的Flying V吉他，而埃里克·克莱普顿则拥有一把同一年出产的Explorer吉他。将一把真正的Moderne吉他的价格鉴定为1000万美金并不是一件荒谬的事情，无论如何，弹奏吉普森吉他的都是一些身价百万的摇滚音乐人，因为他们的弹奏，也助长了吉普森吉他价值的上涨。总而言之，这是一项完美的投资。克莱普顿在2004年的时候卖掉了自己的布莱基——一把黑色Stratocaster吉他，这把吉他是克莱普顿自己用三把不同的吉他重新组合出来的，这把吉他的售价差不多100万美金。这把吉他属于弗兰肯斯坦吉他，如果不是因为这把吉他曾经为克莱普顿所有的话，它不可能被卖出100万美金的高价。克莱普顿将这把吉他的价格提高了一百倍。据说，鲍勃·马利(Bob Marley)的吉他还有亨德里克斯在伍德斯托克音乐节

(Woodstock Rock Festival)上弹奏的那把白色Stratocaster吉他的价格都在200万美金左右。还有一把出产年代比较近的吉他,不过这把吉他上有着一些摇滚界知名人士的亲笔签名,比方说保罗·麦卡特尼(Paul McCartney)、米克·贾格尔(Mick Jagger)、基思·理查兹(Keith Richards)、吉米·佩奇、大卫·吉尔摩(David Gilmour)、埃里克·克莱普顿、皮特·汤森(Pete Townshend),还有其他的一些人,这把吉他在2004年一次为太平洋海啸中受灾者募捐的慈善拍卖会上拍出了270万美金的价格。那么一把传奇的吉他呢?它的价格又会如何呢?特别是它自身就充满传奇色彩……

我收集到了所有我可以找到的与另外两把吉他——Flying V和Explorer——有关的资料,这两把吉他的制造年代与Moderne吉他的制造年代相同,但是我没能找到任何与Moderne吉他相关的资料。我循环往复地听着这两把吉他的录音,希望可以将它们的声音深深地刻在我的脑海中,我还听了一些从这两把吉他中汲取灵感而创作的音乐。我将目光聚焦在了那些从20世纪50年代末期,在这两把吉他问世之初便选用它们并且从未将它们弃之不用的音乐人的身上,比方说朗尼·麦克还有阿尔伯特·金。这些音乐人身上存在的共同点就是——他们都是摇滚音乐与蓝调音乐人,并且都是天才。朗尼·麦克可能是音乐历史上第一位吉他英雄,我们在他1963年发行的专辑《碰!》(*Wham!*)中可以找到不少吉他独奏曲。从它们的结构、时长、精湛技艺以及传达的精神这几个方面来看,这些独奏曲前无古人。这些独奏曲中持续的重击音在不久之后就缔造了暴力反抗机器乐队(Rage Against the Machine)的歌曲,而乐队的名称也是从朗尼·麦克这张专辑的名称“碰!”中汲取灵感的。

至于阿尔伯特·金……他的音乐会让人们觉得不可思议。他本人则被继他之后的伟大吉他手们视为主要影响力式的人物,比方说,从亨德里克斯到史蒂夫·雷·沃恩(Stevie Ray Vaughan),等等。

当然,如果没有吉他手的存在,那么吉他也就一无是处。不过,不容置疑,这些样式独特的吉他将摇滚乐推向了更为精湛、更为现代的高度,推向了全新的音效与音乐视野。

我愈发沉醉在这个逐步将我带回摇滚乐根源的探索之中,这时,一个意外事件将我从妙不可言的梦幻中拉回——根据《因弗内斯邮报》的消息,消失已久的住在尼斯湖附近的弦乐器制造商被找到了。

7. 位于巴黎十八区深处与人合租的寓所中

弦乐器制造商戈尔东死了。

请各位原谅我的疏忽，但这一关键点仅仅在文章中被提出：

“星期二下午，在多莱斯附近的尼斯湖畔，人们发现了一具男性尸体。通过对这具男尸的鉴定，警方认为这具男尸应该就是戈尔东·马克·博伊尔，他生前是一位已经退休的弦乐器制造商，死亡年龄为68岁。自去年9月18日起，戈尔东·马克·博伊尔就失踪了。警方目前尚未明确他的死因。”

在文章的下方配有一张照片，照片上是一处阴森可怖的地方，就是在这里人们发现了弦乐器制造商戈尔东的尸体。在这一小块“飞地”上堆满了被湖水卷上岸边的垃圾。这篇报道还指出：“2月16日星期二，这具尸体在多莱斯附近被两个孩童发现。”

这个男人死了，因为那把我正在研究寻找的吉他……

温斯莱勋爵一定会给我打电话并且将戈尔东已经死亡这件事情告诉我的。也许那把被戈尔东偷走的吉他被找到了也说不定。我放弃了一切对Moderne吉他的研究与寻找,开始研究戈尔东死亡事件的一些细节,但是再也没有出现与这件事情有关的线索。一周之后,我依旧没有接到温斯莱勋爵的电话。我并不认为温斯莱勋爵对戈尔东已经死亡一无所知,那么,他为什么不跟我联系呢?

他是不是背着我在暗中策划什么事情呢?难道温斯莱勋爵向我隐瞒这一情况,是他希望得到翔实信息之后再跟我联系?是不是警方弄错了这具男尸的真实身份呢?不然的话,如果这具被打捞上来的男尸真的就是偷窃Moderne吉他的家伙,那么温斯莱勋爵没有理由不告知我。不过,也许《因弗内斯邮报》可能会提到这件事情……

我曾经发誓说自己不会主动联系温斯莱勋爵,但是现在,我打破了自己立下的这个誓言,抄起电话,主动拨通了温斯莱勋爵的电话。没有人接听。之后,我再一次尝试,依旧无果。

我的忧虑被疑惑所取代。这一天的剩余时间里,我拼凑起了无数个假设。终于,在当天晚上,我打通了温斯莱勋爵的电话。

他的声音非常平和,他礼貌地问我是不是找到了一些与Moderne吉他有关的新线索。我将那些细微的进展简单地告知了温斯莱勋爵,并且隐去了过多的细节。他打算就此结束这次通话,但是他并没有向我提及发生在尼斯湖岸边的可怕事件。因此,我不由自主地告诉了温斯莱勋爵,说自己已经在《因弗内斯邮报》上看到了……的消息。

“迪普雷先生,原来您还订阅了《因弗内斯邮报》,我倒是第一次听说这件事情。”

“我是一名记者,”我回应道,“对我而言,验证信息的真实性以及试图获取信息是一种……职业病。”

“我知道了。但不幸的是……戈尔东的死亡可能无法给您提供任何帮助。今天下午我又跟警局的警察们在斡旋,但是他们掌握的信息也少之又少,完全没有任何与Moderne吉他有关的内容。”

“他们能百分之百确定找到的男尸就是偷窃了您Moderne吉他的弦乐器制造商戈尔东吗?”

“牙齿鉴定结果非常明确。”

“那请问戈尔东已经死去多久了呢?我的意思是说,他是在偷走了Moderne吉他的那天就已经死亡了还是最近才被害身亡的呢?因为,如果戈尔东是最近才被害身亡的话,那么相当大的可能就是您的那把Moderne吉他已经被人转移到很远的地方去了。警察们弄清楚了戈尔东是因何死亡的了吗?还是说他的死亡仅仅是一个意外事件呢?”

“迪普雷先生,我想请问您,在我们的合同里,是否在某一处明确标明了您有权揭秘戈尔东·马克·博伊尔先生的消失?不过,我还是很感谢您可以迅速地在这份合同上签字并寄回。”

“没有,但是……”

“既然如此,那么您为什么还要这么做呢?还是您认为您在网上收集到的晚了几天的二三手消息能与警方提供的消息媲美?或者说《因弗内斯邮报》的报道真的中肯吗?”

“不是，我……”

“我也不这么认为。不过，也请您放心，一旦对马克·博伊尔先生死亡的调查对解决我的问题有所帮助，或者能帮助我重新找回Moderne吉他，那么我们的合同关系也会因此结束。届时，我一定会第一时间告知您。我的话已经说得很明白了吧，或者您是否还想再问我几个问题呢?”

“不，先生，我没有任何问题想要问您了。”

“如此，请您在没有得到有说服力的线索之前，或者是至少在没有找到值得我关注的线索之前，不要再跟我联系了。如果您要跟我联系，我们的话题就只有Moderne吉他。”

“很好，没有问题。”

“晚安，托马。”

“晚安，温斯莱勋爵。”我先行一步挂断了电话，但是，在此之前我尽量保持着礼貌。在这一点上，我非常坚持。

我非常愤怒，这种愤怒既针对温斯莱勋爵，也针对我自己。我一时间忘记了这该死的等级制度，当然，这该死的等级制度还是会打肿我的脸！我没有办法适应这种等级制度。

幸运的是，我与阿兰相处得还不错。不过，他店里导购的左膝和右肩已经完全活动自如了——我在“魔力吉他”的工作——临时代工，将在两天后正式结束。那天晚上，我给温斯莱勋爵发了一封邮件，在这封邮件里我给他提供了一些他可能会感兴趣的但是缺乏事实根据的线索——我搜集到的一些与Moderne吉他和其他未来主义吉他有关的信息。此外，还有安德烈·迪绍苏瓦尔无偿提供给我的“稀有鸟类”的照片。

我也试图在这封邮件里向温斯莱勋爵解释一下我给他打电话的目的,我并不是希望得到一些可以帮助我寻找Moderne吉他的线索,不过在将邮件发送出去之前,我改变了想法,将这一部分内容从邮件中删去。如果真的有一方需要道歉的话,那也应该是他。

我继续跟进弦乐器制造商戈尔东死亡事件的进展。一星期后,《因弗内斯邮报》上又刊登了一条与其有关的报道,同时,这篇报道还出现在了其他几份报纸上:

“在尼斯湖畔发现的男性尸体的尸检报告显示,戈尔东·马克·博伊尔的死因并非溺水身亡,而是在于头部的一处伤口。意外致死的假设依旧成立,但是恶意谋杀的假设也并不能就此排除。调查显示,马克·博伊尔先生在生前仍欠有几笔数额高昂的未清偿债务。”

我开始一点儿一点儿慢慢了解自己究竟处在一种怎样的境地之中。一个男人以一种可怕的方式死去,他偷走Moderne吉他极有可能是为了偿还欠下的债务。此外,这个男人比他偷走的Moderne吉他还要引人注意。但无论如何,从一个偷窃藏匿事件发展成为谋杀,其性质就变了。在我接受温斯莱勋爵提出的雇用合同的时候,我并不知情。

在没有收到温斯莱勋爵回信的情况下,特别是在没有寻找到新线索的情况下,我死心了。我还做了一个决定,决定终止我与温斯莱勋爵签下的合同。我又给温斯莱勋爵发去了一封邮件,在这封邮件中,我向他申明,根据我们签立合同的第六条,我有权利无限期地中断我们的合作关系。

我必须要向温斯莱勋爵说明,近60年,不曾有人找到任何与Moderne吉他有关的丝毫线索。除此之外,之前的我有些过高地相信自己的能力了。为有朝一日可以赚到100万美金,我需要另辟蹊径,比方说,将自己的所有希望都寄托在音乐或者是写作上……也许,我需要写出一万五千多份计费稿件。

真是糟糕呀!

8. 迷雾中的巴黎

我没有收到温斯莱勋爵的回信，也没有接到他的电话。不过，三天之后，有人一大清早就按响了我的门铃。那应该是上午十点，但是对我来说，任何发生在上午十一点半之前的事情都可以被称为“一大清早就出现的事情”。在我看来，早上的概念更像是一种对精神的理解，至少是一种偶尔出现的感受。一般来说，这种感受要比其他的事情更令人不悦。

一个快递员给我送来了一只箱子，这只箱子的大小恰好可以完美地放入……一把吉他。我不假思索地就在收货单上签下了自己的名字，立刻就拆开了包装纸盒。纸盒里面是一个老旧的皮质琴盒，还有一张小纸条，上面写着一行字：“来自您的朋友温斯莱勋爵。”

我打开了琴盒，里面赫然安放着一把ES-345吉他。这是动物乐队的吉他手曾经拥有的一把吉他，我还在温斯莱勋爵家弹奏过它，我非常喜爱。此时，与我合租的室友都不在家中，我立刻就将ES-345吉他接在了我那老旧的美纳通音箱上。哇,这样的组合简直太棒啦！在毫无防备的情况下,我穿越回20世纪50年代,我感觉非常好。我忘记了我的女朋友,那个残忍将我抛弃的女朋友。她为什么要跟我分手呢？她当时是说要找个什么样的人来着？哦,对了,她说我一点儿都不成熟。“是谁规定了人到25岁就一定要变得成熟的!”我当时是这么回应她的。不过,这没有让她回心转意……我也忘记了我那已经解散的乐队,在成立三年后就分崩离析了。这就如同一个不停找麻烦的新生儿的可悲故事:我们的主唱没有办法参加排练,最后她不得不取消了乐队的巡回演出。我忘却了周围的一切,完全沉浸在自己的演奏中无法自拔。两个小时过去了,我依旧拨着琴弦,就好像一个穿着马海毛短上衣和垂至腿肚的连衣裙的丰满少女舞动着自己的身体一般,直至我的电话铃响起。

“怎么样,这把ES-345吉他如何呀?”一个声音从并不存在的电话线另一端传了过来。

“太意外了！太不可思议了!”

“我会很想念这把吉他的,因为很少会有像ES-345这么棒的吉他了。不过,如果我们愿意用心去寻找的话,我们一定可以将它们找到。托马,我想感谢您做出的一切努力。我差点儿就将这件事情忘记了,我现在非常忙碌。诚然,我们现在与一个实质性的结果还相距甚远,但是,我们注定会接近这个结果。如果我说在这两个月的时间里您告诉我的与Moderne吉他有关的信息比我在过去的十年间通过自己的研究获得的还要多的话,您会不会感到非常惊讶呢?”

“这是真的吗?”

“很不幸,的确如此! 托马,我还想弄明白一些事情。”

“您说吧,我听着呢。”

“是这样的,我不知道您有没有时间可以马上出发去悉尼一趟呢?”

“悉尼,是澳大利亚的那个悉尼吗?”

“我不知道在这个世界上还有其他悉尼的存在。”

“啊……好吧,我想知道您希望我去悉尼帮您弄清楚一些什么事情。原则上,这必须是我认为可行的一件事情。”

“那么,这就太好不过了。托马,时至今日,在您找寻Moderne吉他存在的过程中我只向您提供了极少的帮助,这是因为我想知道您打算从哪个方面进行寻找,我不希望过多地干涉您的工作。但是,当您在邮件里提到了那些可能拥有Moderne吉他的藏家们时,特别是当您提到还有一位收藏者来自日本的时候,我想起了一件陈年往事。这个故事发生在二十年前,我想把这个故事讲给您听。”

“您说吧,我听着呢。”

“那是很久之前了,我听说一位日本收藏家以惊人的价格购入了一把原版的Moderne吉他。几年后,我将一把制造于1959年的Flying V吉他托付给佳士得拍卖行进行拍卖,最后是一个名叫大岛(M.Oshima)的日本人将其拍下。我们之间曾经有过一次短暂的交流,他对我说起了自己的收藏,他收藏的吉他都被他放在了悉尼的度假别墅中。我曾经问过他是否在偶然的情况下，幸运地拥有了一把Moderne吉他。确实如此，他的的确确拥有一把Moderne吉他。我并没有跟他提到我所拥有的那把Moderne吉他，但向他提出我愿意以他拍下Flying V吉他两到三倍的价格买入他的那把Moderne，我想借此看他做何反应。他没有同意。我又问他是否可以仅仅看一眼他的那把Moderne，然后就这个话题再探讨一下，还是被他拒绝了。大岛先生非常了解Moderne吉他的历史，他提到的很多细节都证实了他知道自己说的究竟是什么。很不幸，他完全没有将这把吉他展示给我看的意思。现在，二十年过去了，也许他已经不再拥有那把Moderne吉他了。但是，我有一个疑问。因为他当时相当坚定地表示会一直收藏那把Moderne。”

“我知道了。但问题就是我该如何在不引起大岛先生怀疑的情况下与他取得联系呢？”

“我对大岛先生的了解也仅限于此，但是，我很了解通常情况下的大多数人，没有几个人可以拒绝别人的恭维，如果这种恭维根本就是奉承的话。因此，我对您的建议就是——您以阿兰·德·谢维涅先生助理这个身份给大岛先生写一封信，其实这个身份与您所做的一切恰好相符。您告诉大岛先生说阿兰·德·谢维涅先生正准备出版一本与非凡吉他有关的书籍，借着这个机会，阿兰·德·谢维涅先生了解到大岛先生有很多极为出色的吉他收藏。如果他同意与您当面谈一谈他的吉他收藏，您将会万分感激。此外，如果有可能的话，是否可以拍下几张照片作为书中的配图，因为阿兰·德·谢维涅先生有野心,他相信这本书可以成为业内的一本参考书籍。”

“您的这个建议简直妙极了。”我坦诚地说道。

“我可以将这句话当作您接受了我的请求吗?”

我思考了一下:“当然可以。”

“非常完美。您可以在网络上查找到一切与大岛先生的收藏有关的信息,在这一方面,您要比我熟练多了。一旦大岛先生同意接受您的采访,还麻烦您告知我你们敲定的时间,方便我给您订票。”

“我不会忘记的。”

“谢谢您,托马,我希望您可以度过愉快完美的一天。”

“您也一样,温斯莱勋爵。”

这一次是温斯莱勋爵先挂断的电话。

如果我不是一名记者,我一定会被温斯莱勋爵提出的做法给吓到。事实上,温斯莱勋爵给我提出了一个并不算审慎的建议,他的秉性让我感到悲伤。我花了几秒钟的时间来思考这位坐在轮椅上的令人敬仰的老人的道德品质,然后,我便一头扎进了自己的电脑里,还一边哼唱着一首很有澳大利亚民族风情的歌谣《地狱公路》(*Highway to Hell*)!

9. 澳大利亚悉尼

25个小时的飞行之后，我到达了悉尼。期间，我还在新加坡因为转机而短暂停留了一番，这才知道原来世界上还存在着村庄大小的机场，来自欧洲的电子产品零售商们出现在世界的各个角落。

我按照温斯莱勋爵的计划行事，这个计划有条不紊地进行着。我在网络上了解到一些与大岛先生的收藏有关的信息。我花了整整两天的时间将这些信息摘出、收集在一起。这期间，我仅仅用我的新吉他演奏了几曲音乐，但是，我远远没有将这把新吉他的潜力发掘出来。

我对大岛先生的收藏理念熟记于心，就给他的工作邮箱发了一封尽可能简短同时又不失效率的邮件，这是他唯一对外公布的邮箱地址。我用了我在“魔力吉他”的电子邮箱地址将邮件发出，没有忘记以我自己的名义在邮件结尾处附上了“魔力吉他”的地址与邮箱地址，当然，还有我的私人电话号码。三天之后，我收到了一封回信。大岛先生说他很开心可以与我会面，在3月的最后一个周末他会待在悉尼。他问我这个日期是否合适。

我在周四的上午便赶到了悉尼，这样一来，在与大岛先生见面前，我可以有两天的时间来调整一下时差。我以袋鼠的名义起誓，即便这座城市不是人间天堂，它也与人间天堂十分相像了。这是一座山峦起伏的城市，森林覆盖面积很广，空气几乎可以用纯净来形容，这多亏了太平洋的一隅将悉尼城一分为二。这座首府城市将现代化、文化多元与自然完美地结合在一起，有些地方的文明程度比较高，但是有些地方则保留了自然的一面。除此之外，悉尼的气候和环境也非常好，城市氛围轻松愉悦，居民们带有天然的友善——这就是悉尼。

星期六的早上，酒店前台给我打了一通电话，告知我一辆出租车正在酒店的门口等着我，这比预计的时间早了十五分钟。出租车将我送到了悉尼的环形码头，环形码头的对面正是悉尼歌剧院。出租车司机告诉我说，我应该步行直至码头的尽头，出租车的费用有人已经替我付清了。

在码头的尽头，有一个穿着夏季西服套装的男人在等着我，他就是大岛先生的助理，他向我问了声好，指引我登上了一条黑白色的快艇。他向我透露，大岛先生认为可以与我见面是一件非常荣幸的事情。快艇载着我们驶离了港口，在无数的帆船与渡轮之中，这艘小艇缓慢地穿过了这片港湾。然后，小艇的速度开始加快，十五分钟后，这艘小艇在一座小岛前停了下来。小岛上耸立着一座两层高的木质奢华别墅。在大岛先生助理的帮助下，我从小艇上下来，然后，他又带着我来到了别墅的门口。在那里，身穿夏威夷短裤、脚蹬橘红色人字拖的大岛先生正等待着我的到来。

大岛先生很隆重地向我打招呼，我们一起进入别墅。这是一座简约风格的别墅，由柚木、玻璃和白色墙壁构成。我对大岛先生的招待表示了感谢，并且也表达了自己有多么迫不及待地希望看到大岛先生的吉他藏品。我们登上了一条似乎悬垂在空中的楼梯，从楼梯的平台处开始就出现了大岛先生收藏的吉他。大岛先生的藏品占据了楼层的一半。此处明亮、建筑的现代化与面向海洋的全景视觉营造了一种与温斯莱勋爵的小城堡完全不同的氛围。温斯莱勋爵在自己的小城堡中为自己收藏的吉他与它们的传奇故事精心营造了一种贵族般的浪漫氛围；而大岛先生则让自己收藏的吉他沐浴在阳光下。第一眼看过去，我并没有发现Moderne吉他……不过，我发现了一把挂在墙上的Flying V吉他，这把吉他光彩夺目。当大岛先生向我介绍这把吉他的时候，我决定巧妙地开始这个话题。

在我近距离地欣赏大岛先生的收藏时，我明白了他收藏吉他的原则，他收藏的绝大多数吉他出厂年份都比较靠后，他收藏吉他的标准很独特——他喜欢收藏工艺先进的吉他。他的收藏从古老的吉他样式开始，这些吉他在它们刚刚问世之时尚且具有变革性，但是后来，这些吉他都变成了业界的经典样式。随后便是样式非常独特的当代吉他，比方说，没有琴头的琴身为碳纤维的吉他，还有样式古怪的镂空吉他，这些由高科技材料制成的吉他看起来几乎如同被摧毁了一般。对于我以及那些资质平庸的吉他手而言，大岛先生的收藏非常与众不同。看起来，大岛先生似乎毫无禁忌，他收藏了一把吉普森公司制造的造型可怕的蓝色Robot自动调音电吉他，他甚至还收藏了一把吉他/电子琴。大岛先生收藏的吉他都非常古怪，这也证实了他的思想状态并不偏向过去，而是趋向未来。我向大岛先生提议，让他给我介绍一下自己的收藏，他的讲解就从自己收藏的最古老的一把吉他开始：

“这是一把制造于1928年的Stromberg电吉他，这也是第一把在市面上售卖的电吉他。但是，它遭遇了失败……1929年的那次经济危机也导致了它的失败。不过，我认为就当时而言，这把吉他还是过于新潮了。人们都很愚蠢，他们惧怕新鲜事物，但显而易见的是，他们最终都会接受这些新鲜事物。

“这一把就是被人们称为‘煎锅’的吉他……

“是的，这是一把夏威夷吉他。这把吉他就是Rickenbacker吉他，制造于1938年。这把吉他也是现代电吉他的鼻祖。”

在谈到自己吉他藏品的故事时，大岛先生滔滔不绝，他知晓所有与吉他制造有关的秘密。他一直都没有提到与音乐有关的事情，我开始怀疑大岛先生究竟是不是一位吉他手。

大岛先生先后将Telecaster吉他、Stratocaster吉他还有Flying V吉他指给我看。我们逐渐向Flying V吉他靠近，这时，大岛先生对我说道：“我觉得我没有必要给您介绍这几把吉他了。”

他越过了这几把吉他，开始对我介绍下一把：“这把吉他我非常喜欢，这是制作于1962年的特殊版Vox Phantom VI吉他，它是第一把集成音效吉他。”

在我再次试图开口讲话之前,我听凭大岛先生给我描述着这把特殊版Vox Phantom VI吉他的细节。

“这简直太有趣了……不过,我们是不是有些忽略了这几把吉他呢?比方说这把Flying V,它的变革性体现在哪些方面呢?”我一边说着,一边指向我们刚才经过的那几把吉他。

“显而易见,首先是它的外形,它的外形就非常激进。这是第一把将琴颈的下部解放出来的吉他,人们可以轻而易举地就弹奏到这把吉他的第22个品。在当时,这把吉他给吉他手们提供了前所未有的便利。”

“那Flying V吉他还有其他变革性的地方吗?”

“Flying V的琴弦穿通了整个琴身。这是它新颖的地方,是一个绝妙的想法。”

“Flying V吉他与其他两把吉他构成了一个系列,另外两把吉他分别是Explorer吉他,还有……”我做出了假装想不起来另一把吉他名字的样子。

“是的,但是除去它们的外表与原创性,另外两把吉他并不具有Flying V这两个特点。Flying V是最具变革性的吉他。”

我找不到任何话语来回复大岛先生,也无法再次寻找到话题。因此,我只能听凭大岛先生继续向我介绍着他的收藏。他真的是一个话痨。

参观了大岛先生的收藏之后,我经其同意,为他收藏的吉他拍摄了一张大合照。然后,我提议让大岛先生与几把最具代表性的吉他或者他最喜欢的几把吉他合照。实际上，大岛先生选择了跟很多把吉他合照，真的是很多把，但是他唯独没有选择Flying V……

“您可以和Flying V一起拍张照片吗？”我提议道。

“如果您希望我这样做的话。”

大岛先生的态度让我无法将话题继续，因此，我又一次放弃了问询他的念头。这样一来，我听任大岛先生主导着采访的续篇。我不太清楚自己是怎么来到大岛先生别墅中的录音室的，这间录音室位于别墅的二层。大岛先生邀请我听一下他刚刚完成的一首歌曲的小样。

歌曲的开头非常糟糕，满载着音效的吉他声音中还夹杂着鼓机传来的响亮声音，鼓机的混响还被开到了最大。这首歌简直就是一曲纯粹的合成音，中间还有一些节奏问题，然后歌唱就开始了……因为大岛先生还是一位歌手。一旦听到大岛先生的歌曲，人们应该会将他弹奏吉他的方式与亨德里克斯弹奏吉他的方式相比较。我稍微将视线移到了大岛先生的身上——他紧闭着双眼，头部与上半身都跟着节奏前后摆动，大岛先生完美地与自己的音乐融合在了一起。第一段副歌结束，大岛先生缓缓地将自己的手指抬起，指向天空，然后又猛地将手指放下，开始了独奏部分。吉他独奏的优势在于无须作词配唱，然而，吉他独奏的弊端就在于独奏时间需要持续很长。因此，大岛先生的独奏部分也持续了很长的时间。然后，他又开始了自己的歌唱。与第一段相比，这段要更为激烈，但是这段唱得有些跑调，跑调一直持续到第二段吉他独奏的部分……这段曲子是一把被弹奏得非常糟糕的电吉他与一把数码吉他的双重奏。之后我才知道，数码吉他就是一把由触摸屏幕操控的、没有琴弦的吉他。我没有办法判断数码吉他的演绎是好还是不好，因为数码吉他与其他任何一把吉他都不甚相同。大岛先生将吉他的声音拨弄到超越合理的范围，我的耳朵都开始出血了。大岛先生这么做，是希望我可以领略到他在弹奏吉他时的一切细微变化。

“怎么样？”大岛先生在歌曲结束的时候便开口问道，“这首歌里是不是还缺少一些混响效果呢？”

“不，不缺了，这首歌已经很好了。”我回答道。

很显然，大岛先生希望我的评论可以更加细致一些……

“这首歌非常具有原创性。”我补充说道，“实话实说，我从来没有听到过这样的歌。”

“谢谢，您还想听一些其他的歌吗？”

“非常乐意。”

不过，对于大岛先生来说，所谓其他的歌还是他自己的音乐。我记不清大岛先生到底播放了多少首原创歌曲，我听着由他创作的音乐，完全没有展现出任何一丝恼怒或绝望，直到……一件事情的发生，这件事情表现得非常决绝。

10. 世界另一端的私人小岛

大岛先生想在他的文件夹中找出一首让他引以为傲的歌曲，但是，他没能把这首歌曲给翻找出来。因此，我忍受着听了差不多十首不同歌曲的开头部分，直到一首歌引起了我的注意。大岛先生很快就将这首歌给切掉了，我请求他把这首歌的开头部分再回放一次，他非常开心地接受了我的请求。

这首歌曲的前奏明显要更好一些，简简单单的旋律，几乎没有任何特殊音效，美中不足是曲中稍微夹杂着一丝嘎吱声。我知道这个声音的出处，我几乎可以确定，这是一把制作于20世纪80年代的再版Moderne吉他弹奏出来的声音。这个声音跟我在网上听到的一模一样，我偶尔还会将这把吉他的声音循环播放。我情不自禁地叫喊了出来："啊，这个声音应该是一把Moderne吉他弹奏出来的！"

大岛先生猛地将头转了过来，但是，他的面部表情依旧非常镇定。

"您刚才说这是哪一款吉他的声音?"

"这是吉普森公司在20世纪80年代制作出来的Moderne吉他发出的声音。"

"是什么让您相信这是一把Moderne吉他呢?"

"是声音!这个声音既厚重又简明清晰,低音带着一丝深邃,中音空灵,高音声色尖锐却并不刺耳。这就是Moderne吉他发出的声音,不是吗?"

看起来大岛先生惊讶极了,他从头到脚打量着我,仿佛我是一个外星来客。

"您是否拥有一把Moderne吉他呢?"

"很遗憾,我并不曾拥有一把Moderne吉他,但是我极其喜爱这把吉他并为之疯狂。"

"您非常喜爱Moderne吉他,是吗?"

"是的,千真万确。"

"既然如此,我想给您看一样东西。请跟随我来吧。"

就这样,大岛先生带着我来到别墅的顶楼,想让我欣赏一下他那从未向陌生人展示过的Moderne吉他收藏。

大岛先生收藏了差不多15把Moderne吉他。他的所有收藏要么是吉普森公司的再版,要么是其他品牌的仿制品,比如Epiphone、Ibanez以及Greco,甚至还有一些英国或是波兰的不知名品牌仿制的Moderne样式吉他。大岛先生几乎收藏了所有的Moderne样式吉他,除了那把真正的Moderne吉他——吉普森公司在1957年制造的Moderne吉他样品。就如同大岛先生跟我明确指出的那样，他收藏的这些Moderne样式吉他价格并不高昂，但我可以感受得到自己现在就身处让大岛先生困扰的中心地带。也许，与其他吉他相比，大岛先生将自己更多的心血与更深厚的感情都倾注在了Moderne样式吉他的收藏之中。在这一方面，我与大岛先生有着共鸣。

有一件事让我极为好奇。在那把吉普森公司于1982年制作的Moderne吉他旁边（就是我从大岛先生录制的音乐中听出的那把吉他），覆盖着一块厚厚的丝绒织物。也许，这块织物的作用就是保护这把吉他，不让其受到光线或灰尘的侵袭……

“在这块织物后面隐藏着什么呢？”我问道。

“那您觉得在这块织物后面会隐藏着什么呢？”大岛先生微笑地回答道。

“好吧，如果真的如同我所想的那样……这个……啊……一定是……这个……可能是……会让所有人都争先恐后追求的一把吉他。”

“迪普雷先生，藏在这块织物后面的是我最大的秘密。如果您可以向我做出保证的话，我就可以跟您分享我的这个秘密。”

“我需要做出一个什么样的保证呢？”

“不要跟任何人提起这件事情，尤其不要跟德·谢维涅先生提起这件事情。任何与这个秘密有关的事情都不能出现在他的书中。”

“我可以向您做出这个保证。”

“此外，我也不希望您跟德·谢维涅先生提起我收藏的Moderne样式吉他。您必须在这件事情上做到完完全全严守秘密！”

“这是当然，大岛先生。”

“好的，您可以揭开这块织物了。”

我将自己颤抖的双手放在了这块织物最外层的边缘处，小心翼翼地将这块织物微微掀了起来。我发现了Moderne吉他那非常有特色的琴头，不过这把吉他的琴头受到了严重的损伤，琴头上还压有吉普森公司的标志。现在，我已经做好心理准备看到我期望看到的它了，就好像是我已经透过这块织物看到了隐藏在其后的事物一般。我将这块织物完全掀开，想要一睹Moderne样品吉他的炫目光彩……但是，这居然是一把可以想象出的做工最为拙劣的仿品，是一把赝品，是一把极为糟糕的赝品。这是在仿制品基础上做出的仿制品，是对整个弦乐器制造业的一个侮辱。

这把吉他没有一点与Moderne吉他相符合：琴身的大小比例非常粗糙，品丝越过了琴颈，更不用提这把吉他上配件的糟糕质量了。制作这把吉他的人应该是在自己的车库里用斧头砍制了这把吉他——因为没有任何一个品牌，甚至在仿造领域里最低端的专业仿造商也不敢制造出一个如此拙劣的复制品——这位制造者甚至都没能将吉他上的弦排齐，也没能正确地隔开吉他上三个琴钮的位置。这把吉他的琴颈变形到无法弹奏。

我转向了大岛先生，目瞪口呆，大岛先生却放声大笑起来。他向我坦诚，他在二十五年前买下了这把吉他，并认为买下了一把原版的Moderne吉他。他之所以会买下这把吉他，完全是因为一个极具天赋的商业吹嘘。大岛先生为自己遭到如此卑劣的愚弄而感到非常羞愧，他的名誉也因此受损，但是，他依然留下了这把极其糟糕的吉他。对此，他是这样解释的："人们可以从自己犯下的最大错误中得到更多的教训。"

随后，他谈到了自己收藏的其他Moderne样式吉他。他在了解了这款吉他的价值后买下了这些Moderne样式吉他，在过去的这些年中，他一直试图买到一把原版的Moderne吉他。他跟我谈到了一些我并不知晓的与Moderne吉他有关的传闻：网络以及现实世界中人们试图利用Moderne吉他进行的欺诈，还有那些落空的希望。因此，凭借他多年的经验，大岛先生做出了如下判断："1957年吉普森公司并没有制造Moderne吉他。"

"大岛先生，我可以理解您为什么会做出如此判断，但是，我们并不能一口咬定就是如此。也许还有一些Moderne吉他的样品留存于世，可能在某一天，人们就会从某处阁楼中翻出一把来，就如同那些属于著名艺术家们的画作、手稿还有胶片一样。为什么奇迹不会发生在Moderne吉他身上呢？"

"我已经寻找这把吉他三十年了。我了解这把吉他的一丝一毫，我收集到了所有与Moderne吉他有关的出版资料，自从网络出现之后，我就在网络上留意着Moderne吉他的信息！确实有一些吉他与原版的Moderne非常相似，但是，它们都并非真正的Moderne。"

"那您寻找到的与原版Moderne吉他最为相似的吉他又是哪一把呢？"我没有丝毫犹豫地问道。

"您真的想知道吗？"

“乐意至极。”

我们走下楼梯，重新回到录音室，大岛先生从自己的电脑里打开了一个文件夹，这个文件夹中有几百张Moderne吉他的照片。随后，他又打开了另一个文件夹，在这个文件夹中只有3张照片以及一小段文字。

乍一看，这三把吉他都与我想象中的原版Moderne吉他非常相似。

“请您仔细看看第一张照片上的吉他，它有着一把真正的Moderne吉他所具备的一切。”大岛先生说道，“但是，您再观察一下它琴颈的连接处，吉普森公司从不曾这样制作过任何一把吉他！”

“确实如此。”

“而这一把吉他还有着系列号码，这简直太荒诞了。此外，吉普森公司的标志还被镶嵌在了吉他上。事实上，吉普森公司的标志应该是一个立体浮雕。”

“确确实实是这样的，我之前都没有注意到。”

“而至于第二张照片上的这把吉他，它的琴颈有些太宽了。此外，琴键是白色的塑料材质。事实上，这些琴键应该由螺钿制成。”

“是的，没错。”我回答道。

这些吉他都不是真正的Moderne吉他。对于那些批量制作出来的吉他而言，以上提到的问题多有存在。但是，对于Flying V与Explorer这两把真的样品吉他来说，却并非如此，因为我曾经在温斯莱勋爵家中长时间检查过。第三张照片上的Moderne吉他从各个细节上都与我期望的原版Moderne吉他相符……

一个网址突然出现在我的眼前——vintageguitarmaniacs.com。我应该可以在这个网站上找到这把吉他。

天色渐晚，我对大岛先生表达了自己的无限谢意，感谢他同意花时间接受我的采访，以及将自己收藏的极品吉他展示出来供我欣赏。他将我送到小艇旁，并表示自己十分开心可以和我一起度过一个下午的时光。在我准备登上小艇的时候，大岛先生询问我阿兰作品的出版时间。

“一般来说需要几个月的时间，但是阿兰的话，就不好说了，没有人能说得准。”我回答道。

“啊，哈，请代我向他问好。如果阿兰的书出版了，请一定记得告知我！沙扬娜拉。”

“沙扬娜拉。”

11. 网页版狂野的世界

大岛先生的助理开着小艇将我送回环形码头上的港口，我决定在环形码头处度过这个夜晚。我进入了第一间出现在我面前的咖啡厅，坐在了露台上，打开了自己的笔记本电脑，直接输入网址——vintageguitarmaniacs.com。

当服务生刚把啤酒给我端过来的时候，我已经找到了那把在大岛先生电脑资料里看到的Moderne吉他。我越是仔细地观察这把吉他，我越觉得这把吉他是一把真正的Moderne。它的制作工艺、配件，甚至是清漆涂料都完完全全与我见到的Flying V和Explorer样品相符，没有任何不对的地方。

vintageguitarmaniacs.com不仅是一个美国网站，还提供供网友讨论的论坛。这张照片出现在一个一年前的公开话题讨论中，该话题讨论现已关闭。这个话题的题目是："一个冒牌的埃尔维斯·普雷斯利(Elvis Presley)与一把冒牌的Moderne吉他？"这个话题的由头是两张拍摄效果相当模糊的演唱会现场照片，这两张照片上的人物看起来很像是穿着黑色皮质连体衣的埃尔维斯·普雷斯利，他的手中拿着一把Moderne吉他。这两张照片并没有被大岛先生选中。第二张照片的拍摄距离要更近一些，就算无法确定这把Moderne吉他的真伪，人们也可以肯定照片上的埃尔维斯并非真正的猫王。这不过是一个打扮得很像埃尔维斯的人，实际上，这张照片的拍摄日期距离现在非常近。讨论如下：

蓝草音乐迷(Bluegrass Addict)：我是在蝰蛇音乐节的第一部分——黑色鲨鱼环节看到这个家伙的。音乐非常棒，但主唱简直就是个灾难。这家伙跟自己的乐队管理员争吵了起来，因此演唱会被迫提前结束了。我把他演出时用的吉他照片发到网上，麻烦各位看看这究竟是一把什么吉他呀？

火箭队88号(Rocket 88)：啊，应该就如同你帖子的题目所说的那样，“一个冒牌的埃尔维斯·普雷斯利与一把冒牌的Moderne吉他”。

蓝草音乐迷：是的，但这究竟是一把1982年制造的Moderne吉他，还是一把仿版Moderne吉他呢？

永远的管板(Tube4ever)：我觉得这是一把1982年制作的Moderne吉他，否则的话，照片上的那个家伙不会与埃尔维斯如此相像，要么就是这家伙喝醉了。

佰尔维斯(Pelvis)：伙计们，你们好呀，我就是照片上的那个家伙，请问有什么问题吗？

火箭队88号：埃尔维斯还活着！！

永远的管板:搞笑。

佰尔维斯:埃尔维斯永远都不会逝去。

蓝草音乐迷:你能否给我们详细介绍一下你的那把吉他呢?它看起来很酷呀。

佰尔维斯:这是吉普森公司在20世纪50年代末期制作的一把Moderne吉他。

火箭队88号:哟,得了吧。

蓝草音乐迷:你是在开玩笑吧?

佰尔维斯:不,我没开玩笑,我为什么要开玩笑呢?

蓝草音乐迷:你是在哪里找到这把吉他的?

佰尔维斯:这与你无关。

蓝草音乐迷:这可真是搞笑。我希望你没有被骗去买下一把真正的Moderne吉他的钱……

火箭队88号:真正的Moderne吉他根本就不存在。

永远的管板:这把吉他的琴头很奇怪,通过这一点来判断,它不太像是吉普森公司的作品。

火箭队88号:不不,这把吉他的琴头没有什么问题,但是,它的琴颈有些不对。

佰尔维斯:真的吗?你为什么会这么说呢?

火箭队88号:这把吉他的琴颈有些太宽了,会让人们觉得这把吉他的制作很粗糙。

佰尔维斯:不,这把吉他制作非常精良。你们这群纳粹分子,你们简直就是信口开河。你们大概是在嫉妒我吧?

蓝草音乐迷:这可真是搞笑。你还当真认为自己买到了一把正品Moderne吉他吗? 你该不会是还找到了金羊毛[1]和断钢剑[2]了吧?

永远的管板:应该是Vigier品牌的断钢剑[3]吧!

火箭队88号:他应该是找到了,他只要去亚特兰蒂斯就可以找到它们。

永远的管板:搞笑。

佰尔维斯:麻烦你们少放屁。

黑鸟(Black Bird):在本论坛内禁止辱骂他人,第一次警告。

火箭队88号:不错哟! 小子。请原谅我们没有办法只凭你的一面之词就相信你的说法。

佰尔维斯:那这又是什么呢?

(一张图片)

蓝草音乐迷:哦,我的天啊,即便这不是一把真正的Moderne吉他,它也与一把真正的Moderne吉他十分相像了……

永远的管板:这把吉他简直是太棒了……

蓝草音乐迷:我好想拥有这把吉他!

火箭队88号:抱歉,吉普森公司制作的吉他按键的质地不会是白色塑料,吉他按键应该是螺钿。此外,跟吉普森公司制作的

① 在希腊神话故事中,金羊毛是一件稀世珍宝,许多英雄和君王都想得到它,它象征着财富、冒险、不屈不挠的意志、理想以及对于幸福的追求。——译者注

② 亚瑟王传说中的圣剑,代表着支配与破坏,从而被视为英雄治理的象征,是王中之王的武器,剑中之剑。——译者注

③ 法国Vigier公司制作的Excalibur吉他。——译者注

其他吉他相比，这把吉他的琴颈也有些过于宽大。

佰尔维斯：麻烦你们少放屁。

黑鸟：第二次警告，佰尔维斯。如果你再次出言不逊的话，你就该被禁言了。

永远的管板：请温柔地爱我……

火箭队88号：麻烦你们少放屁。

佰尔维斯：麻烦你们少放屁。

黑鸟：好吧，话题关闭。佰尔维斯你被禁言一周，火箭队88号你被禁言48个小时。

以上就是全部聊天内容。这个话题已经被关闭了，在记录中，佰尔维斯只发了11条信息，这就说明，他再也没有重返这个论坛。

根据第一条信息的日期与蝰蛇音乐节的相关信息，轻而易举我就找到了佰尔维斯的真实身份。他以"布鲁斯·佰尔维斯·普雷斯利"这个名字进行演出，而他乐队的名称也非常简洁，就叫布鲁斯·佰尔维斯·普雷斯利乐队。这个乐队有一个很小的官方网站，上面还有几张照片。布鲁斯的相貌让人有些忧心忡忡，他如同一个有着一头黄色头发的克隆人一般，不过，他应该是克隆人金的疲劳版：他颧骨突出，也许这是失败的整形手术留下的后遗症。这个乐队的三名成员分别是主唱兼吉他手布鲁斯·夏普(Bruce Shape)，低音贝斯手兼和声诺曼·朗豪(Norman Langham)，打击乐器手谢尔比·怀特(Shelby White)，他们的年纪均在25~30岁。布鲁斯·佰尔维斯·普雷斯利乐队可以承办在孟菲斯市与整个田纳西州范围内(需询价)的晚会与婚礼。乐队的地址在孟菲斯市,在网页上还留有乐队的电子邮箱地址和电话。网站上的演出信息一览表并没有被更新。这个乐队只出版发行了一张专辑:《国王的阴暗面》(*The Dark Side of the King*),并且提供这张专辑的电子版下载与唱片邮寄贩售。电子版下载的价格为9.99美金,一张CD的售价为19.99美金,而一张黑胶唱片的售价则为39.99美金,如果想要获得一张签名照片的话,需要多付10美金。

我又点了一杯啤酒,想要寻找到更多与布鲁斯·佰尔维斯·普雷斯利的那把Moderne吉他有关的信息,无果。不过,我找到了一些与这个乐队演唱会有关的评论,某些评论相当不错,还有不少负面评论。蝰蛇音乐节的演唱会应该不是该乐队唯一一场因为争执而被取消的演出。三个月前在YouTube上发布出来的视频就证实了这一点。布鲁斯参加了一个类似证明自己音乐才能的电视节目,他在这个节目上的表现实在是……令人大跌眼镜。

布鲁斯活力四射地走上舞台,近乎极端兴奋,他表演的第一首曲目就是翻唱猫王的《猎犬》(*Hound Dog*),这首歌曲相对来说还算不错。但是,在最后的副歌部分,布鲁斯剧烈地扭动着自己的胯部,然后双膝跪地,这时,他的那条紧身皮裤从他的腰上掉了下来,露出了他那毛茸茸的臀部,评委们都放声大笑起来。精力分散开来的布鲁斯一时间停止了自己的演唱,他试图继续自己的表演,可是他有些跟不上节拍了,这就使得评委组组长的笑声更为剧烈,另外两位评委也咯咯地笑着。

布鲁斯终止了自己的演唱,鼓手——实际上这是一位女性鼓手,也停了下来,只有低音贝斯手还在继续自己的演奏,直到布鲁斯将手中的话筒丢到了地上,制造出了一个非常可怕的啸声。

女鼓手对着布鲁斯大喊大叫起来,她的话语被“哔”声所掩盖,布鲁斯在另一个啸声中从地上捡起了自己的话筒。布鲁斯试图微笑,表达自己的歉意。评委组组长也同样在尝试着让自己平复下来。“您的表现相当不错……”一位评委说道。不过,此时评委组组长却扑哧一声笑了出来。随后,布鲁斯大声叫嚷着,一边用手指挨个指着三位评委,一边谩骂着,他的话语被一声声“哔”声所掩盖。这时,女鼓手站起来斥责布鲁斯。评委组中的两位男士站了起来,神情严肃地向布鲁斯指了指出口的方向让他离开。两位安保人员走向布鲁斯,布鲁斯又一次将手中的话筒摔到了地上。在观众们的一片嘘声中,布鲁斯走到那位一直辱骂他的女鼓手巨大的鼓身前踹了一脚后离开了舞台。

这段视频的评论功能被关闭了。

所有的这些没有给我带来任何新的信息,我再一次检查了论坛上的那几张照片。我希望找到一个破绽,但是我什么都没有发现。第三杯啤酒基本没有给我带来任何助力。

我回到了酒店,给温斯莱勋爵打了一个电话。因为时差的关系,我打电话的时间正好是苏格兰的上午。

我告诉温斯莱勋爵说自己已经看到了大岛先生收藏的那把Moderne吉他,他收藏到的Moderne吉他毫无疑问并非真品,但是我找到了一张非常值得注意的照片。随后,我立刻通过电子邮箱将我在论坛上找到的照片给温斯莱勋爵发送过去，不过，我将显示照片出处的网站地址掩饰了起来。

一个小时后，温斯莱勋爵给我打来了电话。他已经极为仔细地检查了照片上的那把吉他，将照片上那把吉他的特点与他自己收藏的Flying V以及Explorer的特点进行了比较，结论是照片上的吉他真是一把原版的Moderne。

“您知道这张照片的出处吗？”

“知道。我还知道这把吉他的所有者为何人，它的所有者是一个美国人。”

“他住在美国的哪个城市？”

“孟菲斯市。”

“他又是如何得到这把吉他的呢？”

“关于这一点，我就一无所知了。”

“这把吉他有没有通过专家的鉴定呢？”

“我觉得没有。”

“您是否知道这把吉他所有者的具体住址呢？”

“当然。”

“那您还在等什么呢？”

“您的意思是……”

“正是如此。”

“好的，没有问题。”

啊，哈哈！！

12. 田纳西州孟菲斯市

我继续着自己的调查，并将我所掌握到的与布鲁斯有关的一切信息都发给了温斯莱勋爵。我的这位来自苏格兰高地的大善人坚信我们已经取得了胜利。但是，他希望可以拿到更多证据来说服保险公司的专家。因此，我需要去探寻自己找到的那把Moderne吉他的故事，将那把Moderne吉他的特点与温斯莱勋爵收藏的那两把样品吉他的特点进行对比，我甚至还要试图去说服布鲁斯将自己的Moderne吉他拿到纳什维尔市交给美国最为优秀的古着吉他专家乔治·格鲁恩进行鉴定。为了将我的这个计划做到精益求精，我又在悉尼多待了三天，这个计划看上去极有可能会成功。

根据布鲁斯那难以预测的、潜在的易怒性格，我与温斯莱勋爵认定，如果直截了当地向他问询Moderne吉他的相关事宜，风险会很大！最佳的方案就是，我伪装成布鲁斯的歌迷，我抱着可以遇见偶像布鲁斯的渴望来到孟菲斯市。我在乐队的官方网站上购买了《国王的阴暗面》这张专辑，这算得上是一张还不错的专辑，这个乐队借助朋克音乐形式重新演绎了埃尔维斯的主要音乐作品。在出发来悉尼的时候，我也随身带着自己的吉他——Silvertone，还在琴盒里放入了一只音箱，因此，我学会了几首布鲁斯·佰尔维斯·普雷斯利乐队专辑里的曲目。我还发现乐队里的女鼓手就是布鲁斯的女朋友，他们就住在孟菲斯市市中心的一栋房子里。

温斯莱勋爵为我订了前往孟菲斯市的机票，租了一辆汽车，还在酒店里帮我预定好了房间。在这间房间里，温斯莱勋爵已经嘱咐人放入了一件自己的私人收藏，这是送给布鲁斯的一份礼物。

我坐上了飞机，穿越了太平洋，降落在了孟菲斯市的机场。我的行李就是一只小小的背包，还有我随身携带的吉他。我来到了停车场，找到了温斯莱勋爵为我租好的汽车……

这是一辆福特公司在20世纪60年代生产的黑色双门四座野马汽车，我反复确认了两次停车位号码，确认是为我准备的无误。这辆野马汽车并没有被锁住，我将自己的背包与吉他放置在汽车的后备厢，然后坐在了驾驶座上，我的面前是一个巨大的方向盘。这辆野马汽车散发出了一种老旧皮子的味道，不过汽车内部依旧闪闪发光。我在手套箱中找到了车钥匙与租赁合同，温斯莱勋爵在孟菲斯市为我永久地租下了这辆1965年版的野马汽车（GT Fastback）。我启动了这辆野马汽车，V8发动机那刺耳的声音便将野马汽车包裹起来。这辆汽车的性能不错，相当不错。

我将酒店的地址输入手机导航系统，缓慢地驶离了停车场，骄傲地驾驶着这辆野马汽车行驶在路上。路况很好，天气也不错，一切都棒极了。

在超过了几辆大型SUV越野车后，我决定靠左行驶，在正当合理的范围内最大限度地享受289马力的速度。

我进入了孟菲斯市的中心地带，乍一眼看上去，这座城市让我感到忧郁暗淡，赭石色的建筑物零星地散落在城市各处。我到达酒店后发现了一个巨大的信封，这是温斯莱勋爵给我寄来的，里面是一张埃尔维斯·普雷斯利的45转黑胶唱片，还附着一张简短留言："这是在英国压制出来的第一版《心碎旅店》(*Heartbreak Hotel*)/《我就是那个人》(*I Was the One*)的黑胶唱片，这张唱片相当抢手，它现在的价值在800美金左右。您可以告诉布鲁斯说您是在自己父母的唱片柜中找到这张黑胶唱片的，或者是别的什么说法都可以，按照您想的做。祝您好运！"

我将自己的背包放在了酒店的房间中，然后立刻离开了酒店。我打算品尝一下人生中的第一个芝士汉堡，酒店旁边的一间小餐厅成功地吸引了我的注意。

芝士汉堡的面包柔软，被烤得金黄，表面脆口，还冒着热气；肉饼被煎烤得非常完美；洋葱、番茄、生菜非常新鲜；融化的奶酪恰到好处。这个芝士汉堡真可谓人间美味。不过，随后被端上桌的咖啡就相当糟糕了，这是一杯被稀释到没有味道的饮品。我决定立刻去拜访布鲁斯，也许这才是一个刚来到这座城市的歌迷应该做的事。

我将野马汽车停在了布鲁斯家门口的坦格尔伍德街(Tanglewood Street)上,这是位于孟菲斯市市中心南部的一个时髦的独立住宅区。布鲁斯家的房子与周围的房子格格不入,很显然,布鲁斯的家是整个街区中状态最糟糕的。除此之外,布鲁斯竟用一块纸板修缮一处裂开的玻璃门窗。

布鲁斯家门前的街道坑坑洼洼,杂草丛生。他的房子跟这个街区里的所有房子一样,房门都直接正对着街道,既没有栅栏也没有木篱可以将房子与街道隔开。布鲁斯家的房子结构非常奇怪——在一层红色砖石建筑之上,还有一层木质结构的建筑,而这一层木质结构建筑看起来似乎是被加盖上去的;更确切地说,是被放置上去的,因为木质结构建筑的两侧都超过了第一层的边缘。

房屋正门的上方安装了一块做工粗糙的挡雨板。我爬上了布鲁斯家门前用水泥砌成的台阶,这三阶高度不一的台阶甚至还摇摇晃晃,不甚稳固。台阶的两侧生长着奇形怪状、顶端修剪得十分糟糕的小灌木,这些小灌木可以摧垮到访者的精神。

按下那个锈迹斑斑的门铃前,我深深地吸入了一口气,将埃尔维斯·普雷斯利的那张黑胶唱片夹在了胳膊下。没有人应门,我又按了一次门铃,依旧无果。房间内部没有传来任何声响,房屋前也没有停车。我扑了一个空。

不过,万幸的是,在孟菲斯市我有很多事情可以做,我首先就去了位于乔治·W.李中尉大道(Lt.George W Lee Avenue)与南B.B金大街(South B.B King Boulevard)夹角处的吉普森工厂,我打算在解说员的带领下参观吉普森公司的厂房。这次参观非常具有教育意义，但是解说员对Moderne吉他却只字未提。确实如此，Moderne吉他是在距离芝加哥市不远的吉普森公司前工厂里被设计制作出来的。

在邻近傍晚的时候，我又一次来到了布鲁斯家，这一次，我从坦格尔伍德街的另一头来到这里。从这个角度来看，布鲁斯家的建筑结构更加清晰明了——很显然，布鲁斯家就是上下搭在一起的两个部分。第一层的砖石结构组成了房屋的基础，在这层基础之上又搭建了一层木质结构房屋，而这间木质结构的房屋不仅仅两边不与砖石结构房屋齐平，它还受到了严重的损毁。破损的部分是用被回收的材料堵起来的，比方说，用木质旧壁板与瓦楞铁皮堵住巨大的豁口；用锡纸与铆接在一起的黑胶唱片组成的板状物堵住多处碎裂的方砖，往往碎裂处没有得到任何补救……

房屋的右侧也有一处房门，这一处房门有一个临时简易的门廊庇护——门廊由两根金属管构成，金属管的上方是一块已经被扯碎的防雨布，在风中呼呼作响。一辆破旧的巨型旅行房车停靠在一处简陋的布满了破损玻璃的花园旁。花园的地上满是石灰瓦砾，这也应该是布鲁斯的产业。但是，布鲁斯还是没有回家。

夜幕降临，我开始被旅途的疲劳吞噬，不过，我并不希望自己来到孟菲斯市的第一天被烙上凄惨的印迹。因此，我来到了比尔大街（Beale Street），这条传奇的街道是蓝调音乐的发源地之一，现在，这里依旧聚集了孟菲斯市几家重要的音乐俱乐部。随着时光的推移，这里的绝大多数建筑物在遭到破坏损毁后被重建起来，除了那家著名的施瓦布商店。虽然这家商店看起来有些凌乱,但还算不错。这家商店自1876年起便由来自法国阿尔萨斯的一户人家经营。不过,如果想一边品尝着啤酒,一边欣赏悦耳动听的音乐,那么比尔大街是一个不错的选择。我充分享受到了。

第二天午饭过后,我又一次来到了布鲁斯居住的街区,他家里依旧没有人应门……最后,我找到了一个协调时间的办法。这样一来,我就有时间去探索发现孟菲斯市,充分了解它的城市文化。那么,与布鲁斯在一起的时候,我可以表现得更为可靠。不管怎样,对于我这个摇滚乐乐迷而言,这都是一次梦寐以求的机遇。

我先去了孟菲斯市的摇滚灵魂乐博物馆(Rock´N´Soul Museum),然后去了太阳工作室(Studios Sun),真正的猫王埃尔维斯曾于1954年在这间录音室里录制了自己最早的几首曲目;两年之后,他还在这间工作室里与卡尔·帕金斯(Carl Perkins)、杰瑞·李·刘易斯(Jerry Lee Lewis)以及约翰尼·卡什(Johnny Cash)一起录制了一张举世闻名的即兴唱片——《百万美金四重奏》(*The Million Dollar Quartet*)。这间录音室一直都在那里,没有任何变化,直到现在,人们依旧可以在这里录音。不过,除了音响设备之外,录音室里的设备都已经被换成了更为现代化的装置。

孟菲斯市需要人们用双耳来探索发现,而非双眼,我享受到了一场听觉盛宴。一种忧伤一步步将我吞噬,但是这种忧伤来自20世纪五六十年代,一个我并不了解的时代,直到我参观了人权博物馆,我才突然回想起了属于那个时代阴暗的一面。人权博物馆就坐落于马丁·路德·金于1968年4月1日被暗杀的那家汽车旅店中。

人权博物馆重现了身为牧师的马丁·路德·金为了黑人可以拥有与白人同等的权利与和平而进行的全部斗争，同时，也重现了马丁·路德·金本人的悲剧人生。1964年，在华盛顿爆发了一次游行示威活动，这次活动促成了《1964年民权法案》的通过。四年之后，马丁·路德·金这位最年轻的诺贝尔和平奖获得者又着手组织了另一场游行示威活动。这场游行示威活动是为了那些遭到人们遗弃的人争取权利，同时，也是为了反对越南战争。为了支持黑人清洁工争取到合理的收入与生活条件，马丁·路德·金博士来到了孟菲斯市。不过，在遭到暗杀的前夜，马丁·路德·金似乎就明确地知晓了自己的人生会止步在这里。一块荧幕上播放着他最后的演说：

“因此，我来到了孟菲斯市。某些人开始威胁我，或者是开始在我的四周散布一些威胁言论。这些威胁应该来自我们的一位状态不佳的白人兄弟……好吧，我并不知道将会发生些什么，也许我们的处境将会变得非常艰难。不过，现在，我并不在乎自己将会遭遇些什么，因为我已经来到了山峦的巅峰。我不再感到担忧，虽然与所有人一样，我希望自己可以活得更久一些。固然长寿很重要，但是，我现在几乎没有为此而烦心。我只希望上帝的意愿可以得到达成。是上帝允许我攀爬到山峦的巅峰。环顾四周，我看到了……应许之地。

“我可能无法与你们一道走向那片应许之地了。但是，我希望，在今晚，你们可以明白，我们的人民终将走入那片应许之地。

因此，我今晚感到了无比幸福。我不再为任何事情忧心忡忡，也不再惧怕任何人。我的双眼已经看到了上帝降临时的荣光。”

第二天18时01分，马丁·路德·金受邀走到自己房间的阳台，也是我现在所处的位置——汽车旅店的二楼，这家旅店的顶楼，狙击手打出的子弹射中了他的咽喉处。一个小时后，马丁·路德·金在医院被宣告死亡。

悲剧发生时，那位受人尊敬的塞缪尔·凯尔斯（Samuel Kyles）就在马丁·路德·金的身边目睹了一切，之后，他这样说道：“你们可以杀死一位梦想家……但是，你们无法扼杀梦想。”

去世前一分钟，马丁·路德·金将最后的遗言留给了音乐家本·布兰奇（Ben Branch），他的原话如下：“本，请做好准备在今晚的集会上演奏一曲《尊贵的主啊，请牵起我的手吧》（*Take my Hand, Precious Lord*），请用最优美的方式演奏这首曲目。”

13. 布鲁斯家

“滚出去……你这个混蛋!”

这一次,我来得正是时候,布鲁斯恰好在家。一辆血红色的凯迪拉克Eldorado就停在布鲁斯家门前。这完全可以被称为一辆报废汽车。我发现在那辆锈迹斑斑的旅行房车旁边还停着一辆老旧的酒瓶绿色的道奇公羊皮卡。

布鲁斯家门口的台阶上堆满了垃圾,前一天晚上的那些垃圾还在这里。我站在布鲁斯家门口,手指还没有触碰到门铃,一幕家庭剧就在我眼前上演起来。我完全不明白这是怎么一回事,但是我知道那位女士非常不满意,很多重物掉落了下来,或者说是被扔了出来,看来,关键问题就在于这个“混蛋”了。就在我姑且打算放弃这次拜访的时候,布鲁斯的家门被用力打开了。我与布鲁斯·佰尔维斯·普雷斯利面面相觑,赤裸着上身的布鲁斯正处于盛怒之中。

“这是怎么了……”

“抱歉，我来得不是时候……”

“你是谁啊？”

“我真的很抱歉……我从法国过来，想跟您见一面，但是，我发现……”

“什么？”

布鲁斯的面容因愤怒而变得扭曲，这与金的那个一直挂在嘴角的微笑和天生的魅力相去甚远。布鲁斯的眼周，从颧骨到眼睫毛，有着某些不自然的东西，这让我感到不适。布鲁斯的眼周、颧骨、眼睫毛都非常僵硬，但是，他面部的其他部分则因为愤怒而皱在了一起。

“我只是您的一位歌迷。我来到孟菲斯市，我……”

“什么？一个歌迷？”

布鲁斯将我从头到脚打量了一番。我是不是不太像一个歌迷？

“是的，我还买了您的专辑……”说完这句话之后，我咬着嘴唇，觉得自己做了一件很蠢很可笑的事情。

布鲁斯的目光越过我的肩膀看过去，他怀疑有一架摄像机在隐秘的地方将这一切都拍摄了下来……

“你不会是在跟我开玩笑吧？”

“不，不，我甚至还给您带了一份小礼物。”我一边说着，一边从我的挎包中取出了埃尔维斯·普雷斯利的45转黑胶唱片。

“你这个混蛋，你究竟在干什么呢？”一个女人的咆哮声从二楼传来。

布鲁斯转身叫嚷道:“亲爱的,安静一下!”

“这是给您的礼物。”我一边说着,一边将一个牛皮纸信封递给了布鲁斯。

布鲁斯有些怀疑地接过了牛皮纸信封,将其拆开。他的脸上出现了一种近乎心满意足的神情。

“这个礼物太棒了,伙计,真的是太棒了!”

“谢谢,我认为……”

“这真的是太棒了。你想要什么作为交换呢?一个签名?”

“啊,好的。”稍微犹豫了一会儿之后我回答道。

“发生了什么事情?”谢尔比出现在布鲁斯身后,带着怀疑的神情问道。

谢尔比穿着一件粉红色的背心,上面还印着一张竖着中指的约翰尼·卡什的照片。这件背心很小,谢尔比的胸脯与腹部大面积地暴露在空气中。她的头发应该是在家里自己漂染的,颜色接近黄褐色,还带有一丝紫色的光泽。她手臂上的文身比布鲁斯手臂上的还要多,看上去她的手臂非常适合击鼓或者是做其他的任何事情。

“我想我们有了一个歌迷……”布鲁斯对谢尔比解释道。

“什么?一个歌迷?”

“是的,他说自己买了我们的专辑……”

他俩捧腹大笑起来。

“你是从哪里过来的?”谢尔比问我。

“法国。”

谢尔比看起来满怀期待。因此，我又继续说道："我从巴黎过来。"

"巴黎？真棒呀，这……"

"是的，这也很棒！"布鲁斯边说边将黑胶唱片展示给谢尔比看。

"你呢，你干什么呢？你就让人家像一颗橡子儿一样站在门口吗？"

"不是，我……"

"那你还不让人家进屋……可以耽误你五分钟的时间吗？"

就这样，我进入了布鲁斯的家中，就好像是一匹狼进入了……一处猪圈。正对着门口的楼梯上满是垃圾与脏衣服，左手边是布鲁斯家的客厅。进入客厅后，布鲁斯指了指一张坑坑洼洼的填充沙发，示意我坐下，他自己则坐进了一张老旧的柳条扶手椅中，这张扶手椅的每一个部位都被压得咯吱作响。谢尔比将窗帘稍微拉开，让光线进入房间。客厅里，一台坏掉的电视机被掀翻在地上，地上还有着发霉的食物残渣和烟头。角落里还放着一把极好的Martin D28原声吉他。

"来一罐啤酒吗？"

"非常愿意。"

"你自己拿吧，这里就有一罐。"

"啊，是的，我没有看到。谢谢。"我一边说着，一边从一个袋子中拿出了一罐……差不多一升的啤酒，这个袋子就恰如其分地被放在了从沙发处可以够到的地方。

布鲁斯看到自己家门口停了一辆野马汽车，便问了我一些有关这辆车的问题。我告诉布鲁斯那辆野马是我开来的，这让我赢得了他的一分好感。当我告诉布鲁斯自己已经参观过了太阳工作室的时候，这又帮我赢得了他的一分好感。而当我告诉他自己很喜欢《国王的阴暗面》这张专辑的时候，我再次赢得了布鲁斯的好感。当我巧妙地提到自己也是一位吉他手的时候，我想这可能帮我赢得了布鲁斯的最后一分好感。然而，不幸的是，当布鲁斯和谢尔比发现我已经在孟菲斯市待了三天，却还没有参观过优雅园[①]的时候，我失去了他们的信任，因为这里是埃尔维斯·普雷斯利的产业。按照布鲁斯的说法，优雅园是全美国接待参观人数最多的私人寓所。谢尔比明确说道："优雅园的参观人数仅在白宫之后。"布鲁斯完全不认可她的说法。一场争辩在他们之间展开，我说明自己已经计划好明天去优雅园参观后，才终止了他们之间的争辩。

布鲁斯跟我说起了埃尔维斯，他对埃尔维斯的热爱来源于他的父亲，布鲁斯还给我看了他父亲的照片。他的父亲曾经也是埃尔维斯的模仿者，他的模仿可以被称为专业级别——他获得了一个"向埃尔维斯致敬的艺术家"(Ultimate Elvis Tribute Artist)的称号。在优雅园，每年都会举办一场这样的比赛，选出最像埃尔维斯的艺术家来向埃尔维斯·普雷斯利致敬。不过，根据布鲁斯的说法，评审团已经变得堕落腐化了。不管怎样，他的父亲都曾经是最优秀的埃尔维斯模仿者之一，他父亲的名声传遍了整个田纳

① Graceland，是猫王在田纳西州的豪宅，意思为恩赐之地。——译者注

西州,甚至还传播到其他更为广阔的地方。他的父亲毫不费力地就看穿了如何完美地模仿埃尔维斯……

“你知道吗,为了模仿埃尔维斯,我需要花费大量的时间和精力,我需要学着像埃尔维斯那样唱歌、跳舞、弹奏吉他、思考问题、吃饭……但是,有时候,好吧,我的性格也会显露出来。”

“这很正常呀。”我大胆地开口道。

“是的,但是,我只想让你明白这一点。好吧,人们过来就是想看到一个可以让他们回想起埃尔维斯的表演者,但是,他们需要接受这样一个事实,那就是,我们并非埃尔维斯。我们在模仿的人物背后,还有着自己的性格。此外,他们也应该清楚埃尔维斯并非一个性格单一的人,他们对其稍加了解的话就可以清楚地知道这一点。埃尔维斯并没有人们在优雅园宣传的那样正派。偶尔,我也会扪心自问,如果做自己的话,是不是会更像埃尔维斯呢?你明白我的意思吧?”

“我完全理解您的意思。在您的音乐中……”

“这就是我尝试做的音乐……实际上,我曾经这样对自己说:‘好吧,所有人都想做埃尔维斯已经做过的音乐,那么我就要做埃尔维斯可能会做的音乐,如果他没有在1977年去世的话。’”

“好吧……”

“1977年,啊——这一年是摇滚乐的终结,也是朋克音乐的开端。这样一来……”

“好吧……”

“不过,也许这是源于我很喜欢朋克音乐。偶尔我也是很有文化的……很聪明的…………”

“该死的，那是因为你不会弹吉他。”谢尔比说道。

布鲁斯不满地撇了撇嘴。我认为是时候谈一下我此次拜访的真正目的了。我试探地开口道：“无论如何，在《国王的阴暗面》……”

就在这时候，从楼上传来了一声尖叫。这是婴儿发出的一声尖叫。

“他妈的，加龙睡醒了。我得上去照看他一下。”谢尔比说道。

我站了起来，布鲁斯也是如此。谢尔比同我握了一下手，或者更确切地说，谢尔比用力地攥着我的手。不过，我还是露出了一个崇拜的微笑。

“你会在孟菲斯市待到什么时候呢？”布鲁斯问道。

“我也不清楚，我还会在这里待上几天吧。”在布鲁斯缓慢地将我送到门口的时候，我回答道。

“在月底前我们没有任何演出计划，这也太衰了……”

“啊？真的吗？”

实际上，这的确很衰，尤其是我真的没有办法再找到另外一个借口……

“等一下，我有一个想法。明天你会去优雅园参观，我们可能会在星期三或者星期四进行一次排练。”布鲁斯说道。

“是星期三。”谢尔比说道，她怀里抱着一个胖胖的婴儿，她一边努力地不让自己失去平衡，一边走下楼梯，“我再提醒你一下，星期四的时候我要去林奇堡市(Lynchburg)。”

“啊，是的，确实如此。然后你就不在家里了……好吧，那就星期三吧。你认为诺曼星期三可以过来排练吗？”

“是的，他星期三可以过来，我来负责这件事情。”

“好吧，那就星期三吧，你可以过来吗？”

“太好了，我真的是太开心了。”我觉得自己可以凭借这个表演拿下奥斯卡最佳男配角奖。我继续问道：“那你们会在哪里排练呢？”

“就在这里。”

“太棒了！你们几点开始？”

“通常情况下，我们会在下午三四点的时候开始排练，不过，结束的时间不定。你在方便的时候过来就可以了。”

“真是非常感谢。”

“非常欢迎你的到来！”谢尔比大声叫嚷着，希望自己的声音可以盖过加龙的尖叫声。

“非常感谢，再见！”

“再见。”布鲁斯一边与我告别一边用手挠着自己的臀部，然后在我转身后将大门关上。

我如释重负地离开了布鲁斯家。

第二天上午，我去参观了优雅园——这个属于埃尔维斯的巨大产业已经被改造成了博物馆与埃尔维斯的陵园。我从埃尔维斯·普雷斯利大道进入优雅园，这条大道上挤满了二手车商店、塔可钟餐厅[1]以及轮胎垃圾场。介乎于媚俗的富丽堂皇与美式的颓

① Taco Bell，在美国很受欢迎的墨西哥快餐厅。——译者注

废风格之间的优雅园让我大吃一惊。人们无法参观楼上的那间卧室,我听说卧室里的一切都保持着埃尔维斯去世那天的模样。不过,优雅园的一楼,特别是地下室,足以给人们带来连连的惊喜。埃尔维斯有些喜欢厚厚的绿色绒毯,特别值得一提的是,他还在那间被称为“热带丛林”的房间里,摆放了一座室内瀑布,铺设了塑料凤尾草,摆放了用热带木材打造的沙发与人造皮草衬垫。埃尔维斯甚至还让人在这个房间的天花板上也铺设上了绒毯,以便控制光线反射,因为这里偶尔会被当作录音室使用。在地下室,有一间黑黄色的“电视机房”,在这里,三台弧形电视机屏幕同时播放着那个时代就存在的三个频道的节目内容。“电视机房”的天花板还用镜子做了装饰,这看起来相当高雅。但是,给我留下最为深刻印象的当属陈列了埃尔维斯奖杯的房间——一条15米长的走廊被黄金唱片覆盖。埃尔维斯生前,他的专辑销量高达七亿多张;在他去世后,销量超过了十亿。这是一项前无古人、后无来者的纪录。

埃尔维斯的墓邻近一处喷泉。埃尔维斯原本被安葬在距离这里几百米处的森林山公墓,几年之后,他的遗体被改葬到了优雅园内。对此,官方给出的说法是出于安全的原因。一块展板提到了埃尔维斯·普雷斯利还有一个双胞胎兄弟,不过,他的这个双胞胎兄弟在出生的时候就死去了,被葬在了图珀洛(Tupelo)——埃尔维斯出生的城市。我是知道这件事情的,但是,当我得知埃尔维斯那死去的双胞胎兄弟的姓名时,我浑身颤抖了起来,这个死去的双胞胎兄弟叫杰西·加龙·普雷斯利(Jesse Garon Presley)。

我简直不敢想象，布鲁斯和谢尔比会从中获得灵感，给他们的孩子取名……

参观完优雅园后，我又参观了一座汽车博物馆，我看到了几辆劳斯莱斯、几辆梅赛德斯-奔驰、一辆让人堪忧的黑色斯图兹黑鹰，当然，还有几辆凯迪拉克汽车。其中，最具象征意义的当属1956年生产的那辆紫色的Eldorado。布鲁斯的座驾就是一辆相同款式的红色汽车，不过，布鲁斯的那辆Eldorado就没有这辆紫色的那样熠熠生辉了。博物馆里还陈列了一辆哈雷·戴维森、几辆卡丁车、几辆高尔夫汽车、几辆后轮驱动的沙漠赛车以及几辆粉红色的吉普车。这些繁多的座驾让我感觉埃尔维斯的双腿除了跳舞就不做他用了。

出去之后就是整个参观中最精彩的部分，我参观了埃尔维斯的那架私人喷气式飞机——丽莎·玛丽号。飞机内有一间装配了四声道录音系统的椭圆形客厅、一间蓝色的仿麂皮私人卧室以及两间小型浴室，浴室里的水龙头和水池都镀了一层黄金。

埃尔维斯会乘坐自己的私人飞机去美国各处进行巡回演出。埃尔维斯结束了德国的服役之后就再也没有离开过美国，实际上这是因为他的经纪人——帕克（Parker）上校。然而，他的这位经纪人既不是一位上校，名字也不是帕克。他的这位经纪人名叫范·库伊克（van Kuijk），是一个非法来到美洲的荷兰移民。这也就解释了为什么埃尔维斯的经纪人从来不曾为其策划全球巡回演出。一旦他将自己曝光在海关面前，他的人生就会崩塌。当然，他也不能让埃尔维斯独自一人跑去世界的另一端。

除了送埃尔维斯到美国各地进行巡回演出之外，丽莎·玛丽号也会载着埃尔维斯去其他的地方。埃尔维斯会搭乘丽莎·玛丽号去丹佛(Denver)，满足自己的口腹之欲，因为他想吃的那种花生酱三明治只在丹佛有售……或者有一天他发现自己的女儿从来没有在雪中玩耍过，能迅速将女儿送到科罗拉多州(Colorado)让她在雪中玩耍。

当然，埃尔维斯的性格中有过激的一面，但这无法掩盖他的宽厚、朴实与单纯。这一点通过埃尔维斯对母亲、自己卑微的出身以及对孟菲斯市的眷恋体现出来，这也让埃尔维斯变得感动人心。当我从优雅园离开的时候，我对埃尔维斯有了一定的了解。这个金嗓子男人经历了坎坷的一生，并将盛行的成功概念与物质主义理念演绎得淋漓尽致。埃尔维斯不仅仅是一个偶像，他还是一个半神英雄，甚至直到今天也是如此。

14. 布鲁斯家的第二次尝试

星期三下午，四点整，我又一次来到了布鲁斯家。那个时候，乐队成员已经开始了在布鲁斯家相邻车库里的排练。我将自己的脑袋伸进窗户，布鲁斯示意我进入车库。三个乐队成员都在那里：谢尔比坐在架子鼓前；诺曼·朗豪是一个有些忧郁的年轻人，他的身材非常高大，却又十分瘦弱，他背着自己的低音贝斯。他们排练了一曲精彩的《监狱摇滚》（*Jailhouse Rock*），布鲁斯背着一把很棒的红色Hagström Viking吉他，开始自己的独唱部分。他的声音就如同我所希望的那样既干涩又有摧毁力，谢尔比和诺曼的伴奏也给布鲁斯的声音无懈可击的支持。布鲁斯非常依赖自己的声线，但是钢琴伴奏的缺失使得这首歌的旋律并没有那么优美，与原版的《监狱摇滚》相比，他们的演绎带着更多狂野。他们的表演非常非常精彩。一曲结束，我十分真挚地为他们鼓掌。

布鲁斯在消灭了一大罐啤酒后，将易拉罐压扁，扔到了音箱的后面，然后热情地向我伸出了一只潮湿的手："歌迷男孩儿，你好!”我也与诺曼和谢尔比握手问好,诺曼挤出了一个模糊的微笑,而谢尔比则充满了活力,在她跟我握手的时候,我的一半手指几乎都要被她握碎了。

布鲁斯又开了一罐啤酒,他提议休息一下。

“我们才刚刚开始。”谢尔比抱怨说。

“好吧。”布鲁斯回答道,他吞下一大口啤酒,接着排练《摇滚之夜》(*Good Rockin´Tonight*)。

差不多两分钟之后,布鲁斯在没有征求任何意见的情况下就自顾自地停下休息。谢尔比抬头望向天空,但是什么都没有说。诺曼则顺从地将自己的低音贝斯靠着墙边放好。

“怎么样,来到这里开心吗?”布鲁斯喝了一大口百威啤酒,打了一个酒嗝儿后问我道。

“很荣幸。”

布鲁斯从口袋里掏出了一支胖胖的大麻烟卷儿,并将其点燃。谢尔比走向家中,诺曼一言不发地从我身后走过。诺曼的打扮完全就是20世纪50年代的风格:一条米色的打褶裤,袖口卷起的白色乡村风格衬衣,一副巨大的玳瑁眼镜让他的眼睛看起来要更大些。尽管诺曼有些不太合群、沉默寡言,但看起来很温和。他走出车库,来到堆满杂物的院子里伸展放松自己那宽大的身躯,留下我单独和布鲁斯待在了车库里。

喝了三四口啤酒之后,布鲁斯问我要不要来一根大麻烟卷儿,我婉拒了他。

“好吧,这只是一个热身,接下来,我们要开始正事儿了。”

“啊，真的吗？”

“是的，你真的非常幸运。我们正在筹备乐队的第二张专辑，你会听到一些我们还没有公开表演过的曲目。”

“太棒了，还是翻唱歌曲吗？”

“不，是我们自己的音乐。”

“棒极了！”

就在此时，谢尔比回到了车库，她的怀里还抱着加龙。加龙真的是一个胖孩子，他的屁股上包着一层纸尿裤，身上穿着一件黑色T恤衫，上面还有一行白字：“谁拉在了我的裤子里？”他的脸颊上有一道伤疤，我之前并没有注意到这道伤疤。

“哦，这个小可怜，”我说道，“他是把自己给弄疼了吗？”

“什么事儿都没有。”布鲁斯说道。

“这是布鲁斯干的好事儿！”谢尔比哀叹道，“他从来都不会注意到，当我们将儿童推车折叠起来的时候要先把孩子抱出来。”

“好了，好了……”布鲁斯低声抱怨着。

“不管怎样，加龙都是一个很可爱的孩子。”我一边说，一边向加龙露出了一个傻傻的微笑。

加龙心满意足地在我眼前挥舞着手中的香肠，然后，毫不掩饰地就转身，背对着我。

“快呀，宝贝，说你好。”谢尔比恳求着。

加龙再一次转过身子，重新审视着我。他长得很像他的母亲谢尔比。不过，面对谢尔比的恳求，加龙的反应则是将嘴里已经嚼了一半的香肠又吐了出来，这嚼了一半的香肠粘在他那肉肉的三层下巴上。

谢尔比训斥了加龙，将他放在地上。加龙笨拙地直接走向了布鲁斯的吉他。

“哎，你别碰我的吉他，你这个小蠢货！”布鲁斯叫嚷着，用胳膊捞起了加龙，这使得加龙从他的臂弯后掉了下去。

加龙的脑袋磕在车库的地面上，放声哭喊起来。谢尔比将加龙重新抱在怀里，同时，还狠狠地瞪了布鲁斯一眼，但是布鲁斯完全没有察觉。

“这把吉他是我的宝贝！”

“混蛋！”谢尔比咕哝着。

“对啊，这把吉他真是太棒了。”为了岔开话题，我开口说道，同时，也是为了更加贴近我感兴趣的话题。

“你让我大吃一惊…… 你不会也是一个吉他手吧？我记得你之前跟我说起过。”

“我的确也是一个吉他手，我也很喜欢古老的吉他。还有就是，我猜这把吉他应该是1968年制造的Hagström Viking II吧？”

“确实如此，埃尔维斯也用过一把同样型号的吉他，那是在……”

“同一年，就是1968年他在电视上播出的《特别回归》(*Comeback Special*)中使用了这个型号的吉他。通常情况下，这一型号吉他的琴马都是金色的，但是我发现您这把吉他上的琴马是镀铬的。”我补充说道。

“是的，我也发现了这一点。我很想把我这把吉他的琴马换下来，但是我还没有找到一只合适的琴马。”

“我可以帮您找到一只合适的琴马。”

“啊？真的吗？”

“是的，我不时会在巴黎的一家吉他店里工作，我的任务是修理吉他。我知道吉他店里有琴马，我的意思是原版的琴马。”

“啊，这真的是太棒啦。因为我真的无法忍受那些仿品，那都是些垃圾。”

“确实，仿品会损害吉他的价值。”

“不仅如此，所有在1965年之后制造出来的东西都是些垃圾。我之所以能忍受这把1968年制造的吉他，那是因为埃尔维斯也有一把相同型号的，而且这把吉他也很讨人喜欢，因此我并不介意把这把吉他带上舞台。除了这把吉他，我所有的吉他都是在20世纪50年代到1964年制作的版本。”

“的确，这段时间是吉他制作的黄金年代……”

“你想不想看一把我的收藏呢？”

“十分愿意！”

“哎，伙计们，我们该重新开始排练了！”谢尔比说道。

“等一下，我要给他看一把吉他，他应该会很喜欢那把吉他的。你想不想弹奏几曲呀？”

“这简直是再好不过了！”我热切地回答道，这种热切中没有任何假意的成分。

我跟着布鲁斯回到了他的家中，我的心脏开始怦怦地跳起来。我可以借此机会一睹布鲁斯收藏的Moderne吉他的风采了，这完全出乎我的意料。不过，布鲁斯却将我引进了他那间位于二楼的卧室之中。卧室里充满了一股恶臭，一把芬达公司于1952年制作的Telecaster就挂在布鲁斯的床头上方，这就是他想让我欣赏的吉他了。这是一把绝对正版的Telecaster吉他！就在我赞美这把吉他的时候，谢尔比开始对我们大吼大叫，让我们快点儿回到车库里排练。因此，布鲁斯迅速地将吉他放回了床头上方，走出卧室，从旁边的房间里拿出了一只琴盒。布鲁斯的速度非常之快，以至于我只能隐约地看到这间屋子里堆满了吉他琴盒，并且很大一部分琴盒都比较老旧，我想这里应该是一个杂物间。

我们重新回到了车库，布鲁斯递给了我一把吉他，这是他为我挑选的吉他。

“来吧，享受自己的快乐时光。”

我打开了琴盒，里面是一把绝妙的Gretsch Country Gentleman，看起来这应该是一把1964年制作的吉他。

“这太棒了！”我说道。

我更希望这是一把Moderne吉他，不过，我也很喜欢这把Gretsch Gountry Gentleman，不仅仅因为埃尔维斯弹奏过这款吉他，更是因为乔治·哈里森（George Harrison）与卢·里德（Lou Reed）也弹奏过这款吉他，这是我最崇拜的两位吉他手。

我将这把吉他连在了布鲁斯的音箱上，弹奏了一曲《没关系，妈妈》（*That's All Right Mama*），我是从悉尼出发来孟菲斯市之前才学会这首歌曲的。尽管有些吃力，我还是成功地与乐队的其他两名成员培养出了一些默契，完美地合作了这曲《没关系，妈妈》。我们又一起合作了《国王的阴暗面》这张专辑中的另外两首曲目，他们对我的表现相当满意。不管怎样，我还是很谦虚的。

当布鲁斯想尝试着排练一些新曲目的时候，事情开始变得复杂起来，因为这几首全新的曲目一直问题频出。在感觉到问题出现的时候，我热情地感谢了三位乐队成员，感谢他们允许我跟他们合作演绎曲目。我小心翼翼地将Gretsch Country Grentleman吉他放回了琴盒之中，三位乐队成员让我旁听了剩下的排练，不过，这已经不能被称为一次排练了。布鲁斯想找到某种东西，一种“新的声音与旋律”。布鲁斯找到了一些感觉，但是没有什么成果。布鲁斯打算尝试另外一种风格，但是谢尔比与诺曼都不知道自己应该怎么做。整个下午，布鲁斯都在不停地喝啤酒，抽大麻烟卷儿，而我则在阻止加龙，不让他吃掉在地上的烟头。我还会提醒谢尔比，告诉她加龙的纸尿裤已经湿透了。总之，加龙还是一个挺可爱的孩子。我还很替加龙感到担心，因为布鲁斯和谢尔比在绝大多数时间里都在争吵。我仔细地观察了一下加龙，突然间我明白了为什么加龙会让我感到不太舒服——这个孩子长得很像谢尔比，但是完全不像布鲁斯。加龙长得反而有点儿像诺曼，如果更加仔细地观察加龙，就会发现他们之间的相似度要更高些。此外，看起来诺曼要比布鲁斯更加关注加龙是否做了一些蠢事，尽管他从未出手阻止过加龙。

在诺曼和谢尔比之间还有着小小的交流与互动，整个下午的时间里，这种小小的交流与互动在我的眼中变得更加清晰。就好像是在这三个人的关系中，无论是在个人规划还是在乐队规划里，布鲁斯都被视为一个“不必要”的人。

这可以从谢尔比和诺曼容忍布鲁斯行为的方式上窥见一斑，随着布鲁斯醉酒的程度加深，他的行为就变得愈加让人讨厌。布鲁斯是乐队的官方队长，这是因为他绝不会接受其他任何角色。但是，从音乐角度上来讲，谢尔比与诺曼两人的节奏指挥着整体音乐的行进，布鲁斯只是将自己的旋律加入进去而已。因此，尽管谢尔比与诺曼卑屈地听从于布鲁斯，但是作为陪衬的布鲁斯不可避免地依旧无法找到自己想要的效果。最后，布鲁斯完全不讲道理地对着诺曼大发脾气。谢尔比看了看自己的手表，对我说道：“好啦，我们该吃饭了。你留下来跟我们一起吃饭吗？”

“非常乐意，但是我不太想……”

“留下来！”布鲁斯说道。

“那我就先走了。”诺曼说道。

“好的，”布鲁斯说道，他并没有坚持留下诺曼吃晚餐，他继续说道，“下一次你会表现得更好。”

诺曼并没有理会布鲁斯，他拥抱了谢尔比与加龙，跟我握了握手，还祝我今晚过得愉快。最后他才与布鲁斯道别，后者打了个嗝儿作为回应。

布鲁斯从车库里走出来，捡起了散落在地上的几块木板，在花园中央堆起了一个木架。布鲁斯在木架上浇了一些易燃液体，丢了一根点燃的火柴。然后，他在火堆上倒了一袋炭块儿，接着推来了一辆已经被焚烧了一半的手推车压到火堆上方。手推车的轮子都已经被烧化了！布鲁斯将一些切成大块儿的肉放到了手推车上。如此,我们就可以开始烧烤了……

这是一个很古怪的夜晚,但是并不会让人感到不舒服。夜晚降临,我们喝了不少杰克·丹尼威士忌。布鲁斯去方便的时候,谢尔比平躺在一把花园摇椅上,抽着一支香烟,加龙就趴在她的胸口上打盹儿。谢尔比说道:“啊,我真的好想去巴黎看看呀!我想看看埃菲尔铁塔,想坐着小船穿过沿岸的街道。”

我一口气差点儿没有喘上来,不过我抱着好玩儿的心态问道:“是贡多拉游艇吗?”

“对的,就是它,就是贡多拉。我很想去看看那座巨大的时钟……”

“大本钟吗?”在经过了短暂的思考之后我问道。

“对的,就是它,就是大本钟。”

“当血色的残阳在斗兽场后缓缓落下的时候,你们还可以听到一位歌手唱着一首塔基舞旋律的歌曲:‘啊,美妙的波浪呀。啊,美丽的蓝色多瑙河呀。’”

“这群该死的法国人,他们可真是浪漫呀……”

我什么都没有说。

“人们会称呼我为‘侯爵夫人’。一直以来,我都梦想着别人可以唤我为侯爵夫人。”谢尔比继续说道。

“孟菲斯侯爵夫人……”

“是的,该死的,这听起来真是感觉好极了,孟菲斯侯爵夫人……”

“什么?”布鲁斯问道,他一边抓挠着身体一边往回走。

“没有什么事儿，我要去睡觉了。”谢尔比说道。

她站起身，拥抱了布鲁斯，向我致意。

“非常开心可以认识你，伙计。”谢尔比说道。

“我也非常开心可以认识您，这是我的荣幸，孟菲斯侯爵夫人。”我用法语回答道。

谢尔比放声大笑起来，与加龙一起回屋去了，留下我一个人跟布鲁斯待在一起。

布鲁斯点燃了一根大麻烟卷儿，我又一次谢绝了他的好意。布鲁斯的神色非常轻松，我决定放手一搏。

“您跟我说说吧，布鲁斯，我想之前的某一天我曾经在论坛上看到过一个很古怪的东西，这可能跟您收藏的那把吉他有关……”

“是Moderne吉他吗？”

“是的，就是它，就是Moderne吉他……”

15. 布鲁斯家的“花园”

“这件事让我很生气,我非常不想说起这件事情。”

“我可以理解您,我想您应该是碰到了一群对Moderne吉他一无所知的笨蛋。”

“确实如此!”布鲁斯说道,他吸了一大口烟,然后就一直保持着沉默。

“因为这把吉他完全有可能就是一把真正的Moderne吉他。”

“这就是一把真正的Moderne吉他。不过,我已经跟你说过了,我非常不想谈起这件事情。”

“我理解您的想法。如果这是一把真品,它应该价格高昂。确实不该在网络上面说得过多。”

“确实是这样!”布鲁斯在说完之后又吸了一大口烟,吐出了一些烟圈。

“但是,您如何可以确定这就是一把真正的Moderne吉他呢?现在市面上流行着很多仿制品,甚至还有不少用老旧吉他冒充的Moderne吉他……是的，不过，布鲁斯，这些都不是最近才出现的情况。您怎么知道自己这把吉他就是一把真正的Moderne吉他呢？您是在哪里找到这件宝贝的？”

布鲁斯放下了手中的大麻烟卷儿，将杰克·丹尼威士忌倒入了自己的玻璃杯中，直到杯中的威士忌满到要溢出来。布鲁斯将玻璃杯中的威士忌一饮而尽，又给自己满上，随后一屁股坐在花园的椅子上。椅子不堪重负，发出危险的咯吱声。布鲁斯闭上了双眼。在黑暗中，我不太能够看得清布鲁斯在做些什么，不过，我感觉他快要睡着了。

“三年前，我的父母，他们……怎么说呢，他们遭遇了一场交通事故。”布鲁斯开口说道，“我继承了这所房子，还有一笔为数不算少的钱。那时候，我买下了不少吉他。有一天，路过迪克森（Dikson）的时候——那是位于纳什维尔附近的一个偏僻小村庄，我在橱窗里看到了这把极棒的1952年制作的Telecaster吉他，就是你在我卧室里看到的那一把。这把吉他让我想起了埃尔维斯·普雷斯利在《快乐女孩儿》（*Girl Happy*）中弹奏的那一把……你看过《快乐女孩儿》吗？”

“没有。”

“这是一部超级棒的电影，我推荐你去看一下。总之，这把吉他就被放在了橱窗里，我突然就喜欢上了它。虽然这把吉他价格昂贵，但我还是将其收入囊中。我非常开心，我还跟卖给我吉他的那个人聊了很久，他是那家吉他店的老板。他应该记住了我，因为一年之后他来了我家一趟。在他的盒子中放了三四把吉他，那些吉他都是吉普森公司的作品。他想给我看一下他带来的东西,那些吉他都是20世纪五六十年代制作出来的极品。不过,那时候我已经没有什么钱了。此外,我还发现了一把奇丑的吉他,这把吉他上面还有一个吉普森公司的标志。他告诉我这把吉他非常特别,它是这几把吉他中最贵的一把,要比其他几把贵很多。我问他想卖多少钱,他告诉我他想要40。'什么? 40美金?'我问他。'不是,是4万美金。'他回答说。我说他在开玩笑,但他告诉我全世界可能只有一把这样款式的吉他,并且这把吉他的市场价格远高于4万美金。说完,他就着手将这把吉他放回琴盒之中。我问他是怎么得到这把吉他的,他跟我解释说自己不仅仅在商店里卖吉他,他还在纳什维尔的吉普森公司工作,他应该是一个细木工匠或者是做相似的工作……"

"是弦乐器工匠吗?"

"是的,就是弦乐器工匠。总之,他为纳什维尔的吉普森公司制作原声吉他。然后他还告诉我说,前几年的时候,吉普森公司曾经遭遇过一次暴雨,公司彻彻底底被淹没了,很多陈旧物品都浮在水面上。他上班的时候,看到很多人在清除碎石瓦砾,他也过去帮忙。不过,他主要是在忙着修复吉他。我不知道你是不是明白我想说些什么……"

"我明白。"

"那些吉他都被暴雨浸泡得相当严重了,原声吉他都被砸得坑坑洼洼的了,电吉他也是如此。不过在他看来,只需要将这些吉他各个部件拆卸下来晾干就可以了。他当场就向一位主管请示，告诉主管自己的想法之后，这位主管回答他说，吉普森公司从来不会将一把泡了水的吉他放到市场上销售，他最好还是将这些泡过水的吉他扔到垃圾箱里，也可以任由他处置。他告诉我说他将吉他拿回了家中。他将吉他的琴板拆卸了下来，好让吉他内部的积水流出来。他拿着吹风机花了好几个小时才将这些吉他吹干。他换下了一些琴弦，但是，剩下的部件均为原装。这些吉他都应该是1957年、1958年，或者是差不多这个时候制作出来的。”

“原来如此……”

“不过呢，这把吉他非常昂贵，又非常丑陋，其他的几把吉他都很棒，但也很贵。我跟他说目前我手里没有太多钱。不过，那把丑丑的吉他真的让我很是好奇。我觉得我可以将这把丑丑的吉他转卖出去，并且可以借此赚到一大笔差价。但是，我没有告诉他我的这个想法。他只是告诉我说，他会在孟菲斯市待上三天，我可以随时打电话找到他。他还让我好好打听一下，说我会知道这把吉他不是一把普通的吉他。”

说到这里的时候，布鲁斯停了下来，将自己杯中的威士忌喝干，吐了一口痰，打了一个嗝儿：“妈的，我的嗓子好干呀。你想喝点儿什么吗？”

“非常愿意。”

他给我倒了满满一杯威士忌，给自己也满了一杯。

“好吧，我们说到哪里了？”

“那个家伙给您留下了自己的电话号码，还让您好好打听一下那把吉他。”

“啊,是的,就是这里,完全没错。于是,我就上网查了一下。妈的,这家伙还真的没有骗我！那把丑呼呼的吉他还真的非常稀有,人们甚至都不能确定它是否真的存在,它的价格甚至可以高达100万美金……就像我跟你说的那样,我那个时候手头没有多少钱。我想,如果我能把那把吉他转手卖到100万美金的话,那简直就是太棒了。你说是不是?”

布鲁斯向我抛来了一个“你懂的”眼神,我也只能确认了他的这个眼神。他继续说道:“我算了算自己的财产,我发现自己确实需要这100万美金。因此,我又好好地查了查这把吉他的信息,以防自己上当受骗买到赝品。你知道的,我自己查到的东西和他给我看的吉他重合度很高。但是,我还需要再看看吉他,我还想弄明白既然这把吉他的价格可以高达100万美金,那为什么他只要价4万美金。这样一来,我就给他打了个电话。第二天,他又一次来到我家。”

“然后呢?”我失去了耐心。

“然后,他告诉我说自己急需一笔钱,好给自己的母亲买药,因为他的母亲没有保险。”

“嗯……”

“是的,我也这么认为。因为布鲁斯·夏普这个家伙可能不知道欧洲究竟在世界地图的哪个位置,也许他不会去读莎士比亚的作品还有那些法国人写的作品,不过,他是不会花200美金买下一只腐烂的猫咪的。我想你应该知道我这话的意思。”

不,布鲁斯,我不知道,我也不想知道。

“因此，我对他这样说道：‘为什么你不把这把吉他挂到eBay上看看它到底价值几何呢？将这把吉他挂到eBay上不是可以更快地将它卖出去吗？’这个时候他告诉我说，吉普森公司的人不希望将已经泡过水的吉他再贩售出去。除此之外，他也不确定自己是否有权将这些泡过水的吉他据为己有。我回答说：‘好吧，无论如何，这也不是你从吉普森公司偷来的吉他，你只是把它们救了出来，仅此而已。’不过，他告诉我自己不想招惹麻烦，因为他一直都会在吉普森公司工作。我说：‘确实如此，但是如果你拿到了100万美金的话，你也不用在吉普森公司工作了。’他同意我的观点，但是他依旧不想招惹麻烦，一旦吉普森公司的人对他厌烦，他就会再次陷入困境，那样的话就没有人可以帮助他那没有保障的母亲了。这也就是他不想把这把吉他挂到eBay上出售，而是想廉价抛售的原因。我说：‘那好吧，还有一个问题就是我完全不清楚这是不是一把真正的Moderne吉他，还有就是我想把这把吉他的照片发到一个并不太出名的吉他网站上，我想听听看别人的意见。’”

我的血液都凝固了。我感觉布鲁斯可能没有买下那把Moderne吉他，他可能只是设法从那位弦乐器工匠那里借到了Moderne吉他，让别人为自己拍了照片发到了网上，然后事态的发展有些糟糕。而现在，这把吉他可能会在某个不为人知的地方。我咬住了自己的嘴唇。

“妈的，没有酒了，我再去拿一瓶。”布鲁斯说道，随后，他将空空如也的杰克·丹尼酒瓶扔向了一处矮墙，酒瓶应声而碎。

我独自一人在黑暗中至少等了十分钟，然后布鲁斯就拿着另一瓶酒回来了。

“拿着。”布鲁斯在给自己倒了一杯酒之后，就将酒瓶递给了我。

“然后呢？”

“什么？”

“您想将那把Moderne吉他的照片传到网上……”

“啊，是的。好吧，蠢货并不愿意我这么做。我问他为什么，他是这样回答的：‘我不想给自己招惹麻烦。’他还说目前最好可以低调谨慎地处理这把吉他，但是几年之后就可以将这把吉他转手卖出，这完全没有任何问题。也许，这把吉他的价格还可以超过100万美金，但是他自己没有这个时间可以浪费了，他现在急需现金。我说：‘好吧，那就这样吧。但是我怎么才能知道这是不是一把真正的Moderne吉他呢？’”

“这就是一切问题的所在……”

“他跟我这样说：‘我可以跟你实话实说，我的老本行是原声吉他，但是我对电吉他也有所了解。我可以确定的是拾音器是原装的，这是PAF公司的产品，拾音器的制作年份应该是1957年。剩下的部分应该也是在1957年或者是1958年制作出来的，而且这把吉他还是吉普森公司的产品。’他还告诉我说这把吉他不是1982年的版本，如果这只是一把1982年的Moderne吉他的话，那么它的价格不会高达4万美金。我告诉他说无论如何我都不会买下一把1982年制作的Moderne吉他。他说我这样做非常正确，还给我展示了很多不同之处来证明这把吉他并非一把1982年的Moderne。”

说到这儿时，布鲁斯停了下来，我感觉他的这个中断显得有些漫无止境。他快要睡着了……

“然后呢？”我说话的声音大了一些。

“什么？哦，对了。因此，我就在想，好吧，这把吉他是吉普森公司制作出来的，而且拾音器还是1957年的，剩下的部分似乎也是那个时代的产物。无论如何，我还是想试弹一下来看看效果。”

“然后呢？”

“妈的，这把吉他简直可以让我心醉！”

布鲁斯起身从椅子上站了起来，他看上去非常激动，好像获得了新生一般。

“这把吉他的拾音器简直棒呆了。它的琴颈非常巨大，我个人非常喜欢巨大的琴颈。谢尔比还经常称呼我为‘大琴颈’。我想你应该能够明白我的意思。”布鲁斯又一次朝我抛来一个眼神。

布鲁斯，每个人都有自己的看法。

“总而言之，”布鲁斯继续说道，“这把吉他的杀伤力真的是太强了。我越来越喜欢这把吉他，不过它的外观一直都是那么丑陋。那么，我是这样回答的：‘好吧，这把吉他很棒，但还有最后一个问题。’”

为什么你一直在说这把吉他的过去呢？为什么在你这里，一个问题总是会引发另一个问题呢？

“最后一个问题就是那4万美金了。你知道的,伙计,我手里没有那么多钱。我就是这样告诉他的。他骂了一句脏话,然后说这的确是一个很严肃的问题。我想起来了,那时候我是这样回答他的:‘是的,伙计,这的确是一个严肃的问题。’”

快点儿,再快点儿!

“那我就告诉他,如果我好好凑一下的话,我可能拿出5000美金,但是我绝对拿不出4万美金。”

5000美金买下一把Moderne吉他,这又是什么跟什么呀?

“他问我是不是在跟他开玩笑。我说没有,我觉得我没有跟他开玩笑。他对我说:‘好吧,朋友,我可能是错过了什么,我不会再打扰你了。’然后他就站了起来。我说:‘哦,好家伙,我们商量一下吧,这把吉他真的很棒。如果我翻箱倒柜地找一下的话,我应该能找到5000多美金。’然后,他又坐了下来。他问我究竟可以找到多少钱,如果只能找到6000或7000美金,那我们就没有必要再谈下去了。无论如何,这把吉他的价格至少在3万美金之上。我对他说:‘那好吧,祝你好运,我在这把吉他上的投入不会超过1万美金。’他犹豫了会儿,然后起身离开了我家。”

啊,真他妈的要命!

“他上了车,这时候我告诉自己,我真的很喜欢这把吉他,我不希望这一切就这么结束。”

什么?

“因此,我跑到了他的车窗旁边,对他说道:‘伙计,1万美金已经不少了,你再考虑考虑吧。’然后他就开着车离开了。”

好吧，布鲁斯，非常感谢你！我也不会在这里逗留了……

布鲁斯开始打哈欠了，还伸了个懒腰。

“但是我有一件事情不明白，”我又开口说道，“我在网上还是看到了一些照片。”

“嗯，是的，不过那是后来的事情了。我还没有说完呢。”

我已经受不了这样的来来回回、反反复复了，赶紧说完吧！布鲁斯，我求你了！

“在他离开我家五分钟之后，我想我可能做了件蠢事。因此，我又打通了他的手机，跟他说：‘好吧，我可以出价15000美金。’他还价要25000美金，我坚持出价15000美金。他跟我说，我们不可能花三个小时的时间在这里讨价还价，要么我接受2万美金的价格，要么我们就不要再扯下去了。我还价17000美金，他告诉我要么19000美金，要么就不要再浪费时间。我告诉他要么接受18000美金，要么就算了，他告诉我他可以接受这个价格。”

布鲁斯，你完全就是一个天才，是一个不可或缺的埃尔维斯·普雷斯利的模仿者！

“然后呢？”

“我是在买下了这把吉他之后才带着它举行了一次演唱会，就这样，这把Moderne吉他的照片就这么出现在了那群傻瓜们的网站上。”

好吧，你买下了Moderne吉他，继续讲下去吧。我们直接讲到最后一步如何？

“但是，您最后究竟是将这把Moderne吉他转手卖出去了，还是留下了?”

“为什么你很关心这件事情?”

“嗯,是的,只是想知道,怎么了?”

“我究竟有没有卖掉这把吉他跟你有什么关系呢?”布鲁斯带着一丝威胁的口吻问道。

“当然,这跟我没有一点儿关系。好吧,其实我还挺想知道的,只是因为您的故事让我很感兴趣,仅此而已。”

“那么为了满足你的好奇心你有什么能付出的呢,嗯?”布鲁斯猜疑地对我说道。

我没有对布鲁斯的问题做出丝毫的回应,我感觉非常不舒服。这个问题很直截了当——我是否已经准备好为满足自己的好奇心而付出代价?不知道该怎么回答,但是答案可能会比布鲁斯想象中的要更加可怕。

“我是开玩笑的,伙计,你对我的故事感兴趣是很正常的一件事情,这是一个很棒的故事,而且这个故事还打上了布鲁斯·夏普的名字!听到那些与布鲁斯·夏普还有他那把举世无双的吉他有关的奇闻逸事是否会让你有所感触呢?”

“是的,但是……”

“那么,当然啦,我留下了这把吉他,它就在楼上,就在我卧室边上的那个房间里。”

这很好!我再稍微努力一下,然后……

“不过我从来没有把这把吉他展示给任何一个人看过。”

“真让人感到遗憾,这真的是一把很棒的吉他。”

“不，这是一把很可怕的吉他。我单纯就是为了把它转手出去赚上一笔。”

“我知道。”

“还有就是，我希望你不要把这件事情告诉任何人。当我跟你说不要告诉任何人的时候，你就是绝对不可以告诉任何人。如果你在离开美国回到法国之前，要跟我们告别的话，你甚至都不可以告诉谢尔比，也不能告诉诺曼和加龙！”

“谢尔比难道不知道你买下了一把Moderne吉他吗？”

“我很了解谢尔比，她应该会这么跟我说：‘该死的布鲁斯，我们的屋顶都摇摇欲坠了，小加龙的卧室里布满了霉菌，你居然还花了18000美金买下了一把吉他！你真的是一个国王呀，一个蠢货们的国王。’我即便只花800美金买下一把吉他，她也会这么说。如果谢尔比看到了这把吉他的话，她应该会大喊大叫起来，因为这把吉他真的是太丑了。如果我跟她解释，她会跟我说我被人骗了，这绝对不会是一把真的Moderne吉他，因为我就是一个混蛋。”

“是的……啊，不是，我是想说，我明白您的意思。”

“还有就是，这也给我带来了一些麻烦，因为谢尔比是不会相信这是一把真品的。这样一来我就不得不将这把吉他交给一个了解吉他的人让他来鉴定一下，比方说纳什维尔的格鲁恩。我曾经想过这件事情，但是我不愿意这样做。”

“为什么呢？”

“因为如果这是一把真正的Moderne，这件事情就会被人们知道,现在还太早了,我也不想给自己引来麻烦。如果这不是一把真Moderne,那么……”

“我明白……可是您真的就不想知道这把吉他的真假吗?再说,如果这是一把真正的Moderne,那么这把吉他就这么保存在家里是不是有些不太好呢?”

“哎,伙计,实话实说,只有你知道这件事情。因此,如果真的出现了什么问题的话,别担心,我一定会找到你算账的。”

可是,布鲁斯说话的口吻并没有多么可怕,他对事态的发展非常确信。因此,我不能就这么算了,我说道:“这把吉他不应该被放在家里,即便它的价格可以高达100万美金我也不会这么做。我们的吉他就如同我们的女朋友一般,这是我们应该遵守的法则,不然的话,吉他们就完蛋了。”

“是的,话是这样说的,没错,但是……我这话并不是针对你的,你就是我的一个歌迷,这不是一码事。”

我需要再次挑起话题。

“你确认过琴头了没?”

“什么?”

“琴头,你有没有确认过琴头上是否有一排系列号呢?”

“为什么要确认这件事情呢?”

“因为1957年制作出来的Moderne吉他并没有被纳入系列范围之内,它的琴头上不可能出现系列号码。”

“我还没有确认过这件事情,我这个蠢货……我怎么就没有想到这件事情呢?”

“如果这把吉他的琴头上曾经被打上过系列号码但是又被人为磨光擦去的话，即便琴头上又被涂上了一层清漆，我们还是可以发现磨光痕迹的。”

“啊？真的吗？你会看这个吗？”

“如果您知道我曾经在我工作的那家吉他店里看到过多少名贵吉他，您一定不会这么问。”

“嗯……”

“虽然我并不是非常了解Moderne吉他，但是我可以辨认出吉他制作的年份，说出这把吉他究竟是20世纪50年代的作品，60年代的作品，70年代的作品，抑或是更久之后的作品。这不会花费太长的时间。”

“啊？真的吗？那我们赶紧看看吧，你就在这里别动。”

布鲁斯艰难地爬了起来，走回自己的家中，点亮了楼梯处的灯。两分钟之后，他踉踉跄跄地回来了，手里拿着一只大大的黑色吉他盒。

16. 目标即将达成

“你跟着我来吧，咱们到车库里去，在院子里除了石头之外我们什么都看不到。”

在霓虹灯的微弱光线下，我发现布鲁斯的相貌非常丑陋，当然，我也好不到哪里去。我的脑袋晕乎乎的，但这并不妨碍我立刻就发现装着Moderne吉他的琴盒光洁如新……

“是的，我知道，这个琴盒不是原装的那个。”布鲁斯脱口而出，“不过，这再正常不过了，当这把吉他被打捞上来的时候，它就处于一个没有琴盒的状态。”

布鲁斯将琴盒放在了我的脚边，灵巧地打开了琴盒上的锁头，这把Moderne吉他就这么出现在了我面前。它的模样与照片上的完全相符，我只是在吉他的表面发现了一些比我之前看到的更加明显的磨损痕迹。

“我可以……”我一边走近琴盒想将吉他拿起来观察，一边问布鲁斯。

“朋友，你小心一些，别把我的吉他给弄坏了。”

“别担心。”我一边说着，一边尽一切可能最为小心翼翼地将吉他从琴盒中取了出来。这把吉他真的是……太棒了。

实话实说，这把吉他真的是棒极了。跟我在温斯莱勋爵家里试弹的Flying V与Explorer样品吉他相比，这把Moderne吉他要更重一些。它的琴头要比1982年制作的Moderne吉他大，这也是个好兆头。但是，这把吉他的配件是镀金的，而非我在照片上看到的镀铬。这把吉他原来的镶面已经在时间的作用下磨损得不像样子了，但是，在某些部位，我们依旧可以看到镀金的痕迹。这是完美的Moderne吉他应该有的样子，但是跟我在Flying V和Explorer这两把样品吉他上看到的情况相左。这把Moderne吉他的琴颈非常宽大，这与吉普森公司制作的古老吉他一模一样，但是与其他的样品吉他相比，这样的琴颈还不够宽大。我对此深表怀疑。

“怎么样？”布鲁斯问我。

“我想这很有可能是一把真正的Moderne吉他。”

“‘我想……’这对我而言又意味着什么呢？口口声声说着自己什么都知道但实际上什么都不知道的这位先生！”

“等一下，我不想说瞎话。”

我又仔细地研究了一下这把吉他，一个细节引起了我的注意——琴键与品丝的磨损情况并不完全相符，品丝被人换过了，但是琴颈下方的琴弦磨损严重。没有人在弹奏吉他时会拨动这里的琴弦，因为这个地方几乎可以被视为一个无法触及的区域。很奇怪的一件事情呀……

还有就是，这把吉他琴颈所使用的材质是桃花芯木，而非和琴身材质相同的伦巴木，不过，这样的情况的确可能出现在一把样品吉他身上。除此之外，一切看起来都很不错。我检查了这把吉他琴头的后方，这里没有出现任何系列号码，也没有擦去系列号码时留下的痕迹。吉普森公司的标志与这把吉他的琴身完全符合1957年制作的Moderne吉他的特殊规定。总而言之，除了琴颈、吉他的磨损与时间带来的铜绿之外，这把吉他与1982年制作的Moderne吉他一模一样。但是，这也让我心生困惑。这时，一个直觉在我的脑海中形成。这会不会是一把圣物吉他呢？圣物吉他其实指的就是被做旧了的吉他。人们越来越多地应用这种技术来做旧吉他，这也就可以解释为什么这把吉他在琴颈处的磨损会如此奇怪……基思·理查兹找到芬达公司让其依照他最喜欢的那把Telecaster原版吉他的规格与磨损痕迹为自己再做一把，因为他厌倦了那把在演唱会上被巡回乐队管理员们粗暴对待的Telecaster吉他。不久之后，这把吉他被展览了出来，引起了轰动。这不仅仅是一个成功的仿造品，与原版吉他相比这个仿造品还非常便宜。人们可以买到一把全新的吉他，但是这把吉他看上去又像是被使用了很久的样子，这可以提升吉他的价值。这样的吉他看起来要更加真实可靠，这就像一条被磨破或者被撕裂的牛仔裤。这样的理念运行得非常好，以至于一些失势的吉他行家们又变得声名大噪。

我知道这种人工做旧技术，我也开始寻找这种技术留在吉他上的痕迹。比方说这个系弦板，它上面的镀金已经大面积地脱落了。更近距离检查,我在镀金色与镀铬色的连接处发现了一些小小的圆形污迹。这一看就是经过酸性物质侵蚀留下的痕迹,这个技术也被应用在了琴头上。因为不会有人在一把正版的吉他上使用酸性物质。

“我可以知道你在干什么吗?”布鲁斯问道。这一声把我粗暴地从催眠状态中剥离了出来。

“我在观察这把吉他,仅此而已。”

尤其不能将我的发现告诉布鲁斯……不能告诉他,他的这把吉他内部有一些吉普森公司生产的原件,也许在这些原件中,某些原件是最好年代的产物,但是这并不能改变这把吉他只是一把组装吉他的事实,这样的吉他在弦乐器制造者的行话里被称为弗兰肯斯坦吉他。此外,这种类型吉他的价格并不高……总而言之,它的价格还没有原装零部件的价格高,它就是一把为了看起来像真Moderne而被做旧的圣物吉他。

布鲁斯从我的手中夺走了这把吉他,查看着我一直在观察的地方。

“妈的,我什么都看不到,那么,你怎么看呢?”布鲁斯一边说着,一边将这把吉他放回了琴盒中。

“这是一把顶级的吉他。”

“这是一把真正的Moderne吉他吗?”

“当然啦……”

“当然啦?”

“实话实说,我有些心有余而力不足了。这款吉他与我惯常看到的吉普森公司制作的吉他非常不同，因此，我并不能百分百确定这是一把真正的Moderne。只有把这把吉他拆卸之后才能确定它的真实性。这样一来，如果这是一把真正的Moderne吉他，那么真金不怕火炼，这就是正品。就我个人来说，我不敢对这把吉他进行拆卸。”

“但是，你为什么要这样古怪地看着这把吉他的琴头呢？你的表情为什么变得这么古怪？”

“啊？真的吗？我不知道。这是因为这把吉他让我感受强烈，是的，就是这样。”

“等一下，你别动。”

布鲁斯又一次站起身，在车库深处胡乱翻找着什么东西，然后，他拿着一把十字形螺丝刀走了回来。

“我们来把这把吉他拆卸下来，好做到心中有数。但是，在此之前，你要先告诉我如果这是一把真品，它应该具备什么特征；如果这是一把赝品，它又该具备什么特征。”

“不，你疯了，我们已经精疲力尽了。”

“不，不，我现在状态很好。”

“你可能会把这把吉他弄坏的，我们得找到一位弦乐器制造师，在他那里借助好一些的工具将这把吉他拆卸检查，而不是像现在这样，在你的车库里将它拆卸开来。”

但是，布鲁斯已经开始动手拧下这把吉他的音板了……

“你告诉我应该找到些什么呢？就是你，从两个小时前开始对着我唠唠叨叨想知道这把吉他究竟是不是一把真正的Moderne,那么,现在,伙计,你又演的是哪一出呢?"布鲁斯一边说着,一边将螺丝刀指向我。

我不敢回答他提出的问题……

"来吧,快一点儿,你不是专家吗? 我听着呢。吉普森公司1957年制作的拾音器我是知道的,在拾音器下方的黑色塑料板上刻着一行字——专利申请。然后就是,它们发出的声音与我知道的吉普森公司生产的拾音器发出的声音一模一样。因此,在这一方面没有引发我的过多怀疑。如果琴弦不太好的话,也是很正常的,因为那个家伙告诉我说他更换过这把吉他上的琴弦。你和我一样都知道这件事情,那么,你还想确认些什么呢? 嗯?"

"布鲁斯,我……"

"听着,歌迷男孩儿,直到目前为止我对你都挺好的,不是吗?"

"是的,这是当然。"

"那好,我只想问你一件事情,这只是一个小小的忙,也不是多大的事。在你告诉我要把这把吉他拆卸下来确认真伪的时候,你究竟是想确认什么?"

我不能再退缩了……并且,不管怎样,我必须要得到一个最终的判断。

"听我说,在我看来,这的确是吉普森公司生产的一把Moderne吉他,它的琴颈与1982年的Moderne吉他并不相同。但是,至于这把吉他的琴身……"

"你跟我说什么呢? 1982年? 你的意思是……"

布鲁斯开始明白我的意思了。

“啊,是的……我明白了。这是一把真正的1982年制作的Moderne吉他,它被人为地做旧,好让人们相信这是一把1957年的Moderne……实际上,你刚才一直在观察,想要求证。”

“实话实说,我对这个方面并不是非常了解,因此我不能完全确定……这把吉他的琴颈与1982年制作的Moderne吉他的琴颈不同,这一点可以确定。”

“但是,这也不是1957年制作的Moderne吉他应有的琴颈样式……不然的话,你早就会告诉我了。好吧,那你告诉我你为什么想拆卸这把吉他,你想借此证实些什么?如果这是一把1957年制做出来的吉他,我应该在它的内部发现些什么?但是,如果是1982年制作出来的,我又会在它的内部发现些什么呢?”

“好吧,比方说20世纪50年代的时候,吉普森公司并没有在拾音器音箱的底部标上完成颜色。”

“那么,也就是说,如果拾音器的音箱底部标上了完成颜色的话,那这就应该是一把1982年制作的Moderne吉他了?”

“是这样没错。”我不情愿地承认道。

“那么他们是怎么把完成颜色标上去的呢?是用记号笔标上去的吗?”

“是用章印上去的。”

“那完成颜色又是什么呢?”

“天然古董(antique naturel)。”

“这个字样对于一枚印章来说有些太多了,是全字母拼写的吗?”

“不是。”

“那它们是怎样的一种形式呢?”

“大写的ANT.NAT。”

“妈的,你可真是太棒了,你这个家伙可真是无可挑剔呀!”

布鲁斯卸下了琴板上的最后一颗螺丝钉,将拾音器取了出来,看向琴箱的内部。

“过来看看吧,”布鲁斯一边转动着拾音器,一边对我说道,“这就是一把1957年制作的Moderne吉他。”

我仔细地检查着这一点,点头表示布鲁斯说得有道理。然后,我又看向了音箱的底部,音箱已经被人打磨过了。但是人们要非常仔细才能在音箱的最底部看到些许轻微的打磨痕迹。我希望布鲁斯什么都没有看到。虽然这把吉他的琴弦已经被人重新换过,当然,这个人使用的方式与我在Flying V和Explorer这两把样品吉他上看到的非常相似。我们面前的这把Moderne吉他是一把做旧水平相当高的仿品。

“什么都没有。”我一边说着,一边做出了如释重负的样子。

“这很正常,因为这已经被人打磨过了。”

“啊? 真的吗?”我一边回应着,一边装作想要靠近些仔细查看的样子。

“你让开。”布鲁斯说道。

他从自己的裤子里取出了一把手电,将手电打到最亮,照亮了整个音箱内部。我们可以清晰地看到“ANT.NAT”这个标记留下的痕迹……

布鲁斯站起身,将手电关上,重新插入自己的裤子里。他平静得让人感到有些奇怪。

“怎么样?”布鲁斯问道。

“这个……”

“你现在满意了吗?”

“不是,这……这很奇怪,因为这把吉他的琴颈……”

布鲁斯开始摇晃着自己的脑袋,眼神也陷入了虚空之中,他摇晃着脑袋的动作尚未停止,他又扯开了自己嗓子,发出了刺耳、嘶哑又不曾间断的声音,这个声音似乎来自很远的地方。我小心谨慎地后退了几步,想离布鲁斯远一些,与此同时,我还尝试着说道:“无论如何,总之……这把吉他上的拾音器是……它也不是特别……”

“这是一把1982年制作出来的Moderne吉他。”

“它……”

“你忘记准确地将这把吉他的情况描述一下了,这是一把1982年制作的Moderne……它的琴颈我们并不十分了解。这把吉他被做旧得有些过分了……这把吉他的一半都是粗制滥造的,这都是些什么东西……一把粗制滥造的1982年的Moderne吉他……好吧……你知道我将会怎样处理一把一半都是垃圾的Moderne吉他吗?”

布鲁斯两只手抓着这把吉他的琴颈,用尽了全力将这把吉他重重地摔在了地上,我甚至都没有时间离他远一些。“我居然花了

18000美金买下了这种破烂玩意儿！！！”布鲁斯一边大声吼叫着，一边重新将吉他举起，他转过身，将这把吉他抡向谢尔比的架子鼓，伴随着一声震耳欲聋的嘈杂声，那些单面鼓和铙钹都被翻倒在了地上。各种乐器的碎片朝着四面八方纷飞出去，刚好就有那么一块碎片从我一只眼睛的下方飞了过去。在我尝试着跑向出口的时候，我不知道被什么东西绊倒了，之后我又一次摔在了地上，我摔在了敞开着门的车库的门槛处。我听见加龙开始哭叫，谢尔比对着窗户大声骂道：“该死的混蛋，你在干什么呢？”我爬起来，布鲁斯依旧将那把吉他抓在手里，但是，吉他的琴颈已经被摔坏了，琴身也仅仅靠着几根琴弦在支撑。布鲁斯在空中挥动着吉他，朝着我所在的方向大声地吼叫着：“滚开！”在我刚刚逃出车库的那一刻，布鲁斯就将手中的吉他朝着车库大门的方向扔了过来，吉他被门框撞得碎裂。我在布鲁斯那滔滔不绝的谩骂声中跑到了野马汽车中，谩骂多到已经没有什么必要将其翻译出来了。

这真是一个可怕的噩梦……

我像龙卷风一般启动了野马汽车，逃离了布鲁斯居住的街区。我对布鲁斯最后的印象停留在他那出现在我汽车后视镜中的身影上——他踉踉跄跄地走了出来，一边在大街上大喊大叫着，一边将那把破碎的吉他举过头顶挥舞着，就像在《德州电锯杀人狂》(*The Texas Chainsaw Massacre*)的结尾处将电锯举过自己头顶挥舞着的休威特那样。

回到酒店时，我才发现眼睛的下方被乐器的碎片划伤了，我伤得不是很严重，但这个伤口还是流血了。这个蠢货！我试图让自己入睡却无果，布鲁斯挥动着破烂吉他的那一幕让我想起了另外一部电影。那是导演米开朗基罗·安东尼奥尼在1966年电影作品《放大》(*Blow Up*)中的一个场景，在追赶时髦的伦敦，深夜时分，男主人公行走在冷清的街头，他被一阵音乐所吸引。他循着乐声走进了一处音乐厅，新兵乐队(Yardbirds)正在舞台上进行着自己的表演，他们面对着一群精神萎靡不振的观众演唱了一曲《漫步》(*Stroll On*)。突然间，杰夫·柏克的音箱开始噼啪作响，声音也开始变得断断续续起来。吉米·佩奇一个人依旧安安静静地继续着自己的独奏部分。柏克转动着按钮，然后用自己吉他的琴颈击打着音箱。这时候，有人走上舞台来检查线路，但是，什么问题都没有发现。柏克用自己的吉他愈发猛烈地敲打着音箱，然后，将这把吉他摔碎在地上。他还用后脚跟踩烂了这把吉他的外壳，扯下了吉他的琴颈，将其扔向了观众。一时间，观众席中出现了骚乱，为了抢到柏克扔出来的这把圣物吉他，观众们纷纷争抢了起来。最后，影片中的男主人公拿到了这把圣物吉他。新兵乐队继续着自己的演出，就像一切都没有发生过一样，而男主人公则被一群心生嫉妒的观众包围了起来。他逃出音乐厅，逃到几条街之外呼吸才慢慢平复。他看着自己手中拿着的东西，那只不过是一把吉他的琴颈，而且琴颈也已经支离破碎。男主人公将琴颈扔在地上，一个在路上闲逛的人好奇地将它捡了起来，审视了一会儿，又将它漠不关心地扔回了地上。

这样看来，一个物品的价格与它的收藏价值都是相对而言的……

布鲁斯的那把Moderne吉他真的非常棒，当然，那把Moderne吉他的价格远远达不到18000美金，但是无论如何都改变不了那是一把非常棒的吉他的事实。可是布鲁斯，仅仅因为它失去了光环就将其损毁。

我曾经也相信这把吉他是一把真正的Moderne，就Moderne吉他这个领域而言，这把吉他的做工比较精良，但仅仅是做工好，改变不了它只是一把仿品的事实。一把做工精良的仿品，这几乎可以算得上是一把Moderne吉他的完美仿品了。制作这把吉他的人非常熟悉自己的工作，从弦乐器与Moderne吉他的特征这两个方面来看，这把吉他无可指摘。他也只是在修饰和做旧这两方面有点儿小小的失误。不管怎么说，这个家伙非常清楚Moderne吉他的各个小细节。仔细想想，这个人应该比我要更加了解Moderne吉他，因为从理论上来说，他的仿制完全可以让人们信服，而且，他还曾经在吉普森公司工作过……

也许这件事情还有转机。还有就是，我现在还不能给温斯莱勋爵打电话，告诉他我所做的一切都成了泡影……明天一早我就去找那个住在纳什维尔市附近的弦乐器制造师。布鲁斯之前告诉过我那个小镇子的名字，他当时是怎么说的来着？是杰克逊还是尼克逊呢？

17. 田纳西州的迪克逊

在迪克逊(Dickson)只有一家出售吉他的商店,上午十一点左右我来到了这里。在此之前,我好好地洗了个澡,享受了一顿丰盛的早餐。我吃了燕麦粥和自制的华夫饼(酒店里有一个制作华夫饼的机器,只需要将准备好的面糊倒进去就可以了),然后我就开着野马汽车朝着纳什维尔市出发了,从酒店到迪克逊花费了我三个半小时的时间。

这家吉他店位于纳什维尔市市郊,临近一条铁路。这家商店藏身在一处有小小的红色屋顶的一层砖石结构建筑中,在一块吉他形状的木牌上写着"迪克逊的吉他商店",在橱窗上还可以看到"收购、售卖、制作、修理"的字样,门上挂着"营业中"的小牌。我走了进去,摇了摇店里的小铃铛。没有人出来接待我,趁着这个时间,我扫了一眼摆放在店里的吉他。店里摆放着一些或新或旧的昂贵吉他,但是绝大多数吉他都是一些既讨人喜欢、价格又不算昂贵的二手吉他和古着吉他,比方说 Harmony、Slivertone、

Höfner、Kay，还有Supro这几个品牌的吉他，当然也有只要价70美金的Stella品牌的原声吉他，战前人们曾经用这些小巧的原声吉他弹奏出最为美好的蓝调歌谣。

我在这家吉他店里等了差不多五分钟，没有刻意做到要小心谨慎，不被别人发现，但是我依然没有听到任何声响。“不好意思，请问一下有人在吗？”我先这么问了一次，然后又问了第二次，这一次，我把声音提高了一些，依旧没有得到任何回应。

我走近了一张杂乱地堆放着物品的办公桌，发现了一把被掀翻在地上的椅子，办公桌上的一个抽屉被人拉开了。在柜台上，我还发现了几滴鲜血，柜台后面的一扇房门半开着。我又问了一次“有人在吗”，依旧没有人回应我。我将头探入这间房间看了一眼。

一个男人倒在了一张小小的工作台上，他的身边满是还未完工的吉他。在他胸腔的中心处出现了一个大大的洞，他的双眼瞪得很大，鼻子也凹陷了进去，嘴巴和下巴处还有凝固了的血迹，他的脸庞有些虚胖浮肿。在他脖颈处的肉中被嵌进了某种金属质地的物品，这应该是一种丝状物……这是一根吉他琴弦！

因为心生恶心，我向后退了几步。我开始假想着一个场景，或者是一个可能的场景……布鲁斯像一个发狂的疯子一般手里拿着他那把已经损毁了的Moderne吉他闯进了这家吉他店，说道：“你是不是在羞辱我呢，嗯？”

“怎么了……”

“别把我当成好欺骗的傻瓜！你骗了我18000美金买下这把

垃圾吉他！”

“什么？”

“就是这把吉他，这是什么玩意儿呀？你这个畜生！”

布鲁斯将隐藏在吉他深处的标记指给这个人看，然后用手拽着他的衣领把他拉起来，冲着他大声喊叫着，他呼出的气息中还带着杰克·丹尼威士忌的难闻怪味儿：“你这个自大的家伙，把我那18000美金还给我！”

这时候，这个窘迫的家伙就拉开了自己办公桌的抽屉，但是里面只有几百美金。他尝试与布鲁斯讨价还价，也许，他还提议赔偿给布鲁斯另一把吉他，但是这个提议却让事态变得更为糟糕。布鲁斯一拳直接打在了他的脸上。弦乐器制造师的鼻子被布鲁斯的拳头打得鲜血直流，鲜血滴落在了柜台上。这位弦乐器制造师跑着逃进自己的工作室中躲起来，但是布鲁斯还是闯进了他的工作室。两人打斗起来，布鲁斯最终用吉他琴颈垂下来的琴弦勒死了这位弦乐器制造师。根据他鞋边尼龙布上留下的橡胶印记表明，至少，这位弦乐器制造师还挣扎了许久。最后，布鲁斯用一把工具，或者也有可能用自己损毁的那把Moderne吉他的琴颈插入了弦乐器制造师的心脏。

布鲁斯带走了行凶用的器物，翻开了书桌上的每一个抽屉，想找找看是不是还有钱藏在某个角落里。然后，情绪刚刚恢复平静的布鲁斯开着自己的那辆Eldorado离开了这里。

这一切都是……我的过错。或早或晚布鲁斯都会来寻仇，也许他永远都不会来，可是偏偏他在今天来寻仇了，是我一手引发了这一切。一种来自内心深处的恶心与罪恶感将我吞噬。算上苏格兰的那个弦乐器制造商,已经有两个人因为一把吉他而死于非命,这把吉他的背后到底隐藏着什么呢?这不过就是20世纪50年代留下来的一块木头而已。无论怎么样,我打算放弃自己的调查与寻找。是时候给警察打一个电话了,将所有的一切都告诉他们了。是时候停止所有这一切了。还有一点,我很可能正在将自己的指纹留在这个犯罪现场的各个角落之中,人们很可能将我留在这里的指纹与我在入境美国时留在移民局的指纹对应起来……

就在我给自己灌输着一些常识的时候,我的注意力被一个金属质地的格子柜吸引。这个格子柜的柜门已经被打开了,格子柜里放置着很多厚厚的文件夹,文件夹的侧面标有吉他的名字,在标有"Flying V"字样与"Futura/Explorer"字样的文件夹之间有一个不太正常的巨大的空间……

我绕过了这位弦乐器制造师的尸体,用夹克衫的袖子套住自己的手将标有"Flying V"字样的文件夹给抽了出来。我这样做是为了不在上面留下自己的指纹。我将文件夹里的文件放在了工作台上,用车钥匙翻动着纸张。文件夹里有一些照片,有的日期比较久远,有的是近期的,也有一些吉他的设计图纸,上面还留有非常精确的电路简图。这些文件直接来自吉普森公司,我们不可能在网上或者在书中找到这些资料,因为我已经尝试过了。在网上和书里找到的信息并没有什么意义,而我在这里看到的资料真的特别少见,也特别难找到。

我将标有“Flying V”字样的文件夹放回了格子柜中，取下了标有“Explorer/Futura”字样的文件夹。与之前的那个文件夹一样，这个文件夹里也有很多没有被公开出来的原始文件，但是没有一份文件与Moderne吉他有关。我在这间工作室里找了一圈，这位弦乐器制造师用的工具和设备都比较新，他还有一些机器，这些机器看起来似乎都来自20世纪50年代，他应该就是在这里制作出了卖给布鲁斯的那把Moderne吉他。那为什么在这里却没有找到与Moderne吉他有关的该死的文件呢？

真实的场景会不会与我想象中的有些不同呢？这位弦乐器制造师可能是将标有Moderne字样的文件夹从格子柜里取了出来，想证明自己卖给布鲁斯的吉他是一把真正的Moderne吉他。随后，布鲁斯可能将这个文件夹从这里偷走，他担心自己因为购买了这把Moderne吉他，名字会被记录在文件中……无论情况究竟如何，这块空出的地方就表明之前有一个文件夹，但是现在这个文件夹已经消失不见了。在这个消失不见的文件夹中可能就放着这几个月来我一直都在寻找的东西——可以证明Moderne吉他真实存在的证据。

我打算打电话报警，将所有的一切都讲给警察们听。警察们会将这个文件夹找回来，它可能会成为一样物证。我可能也没有权利拿到这份文件……它可能会被放置在一只真空塑料袋中，然后被放置在一旁，在一段时间之后，这份文件就会被销毁……也许人们会在媒体上说起这个故事。也许一个比我要更加机灵的记者会想方设法得到这份文件，在不经意间就证明了吉普森公司确实在1957年制作过Moderne吉他,那我就会被踢出局了……这样的话,温斯莱勋爵还会把之前承诺给我的报酬付给我吗?

经过仔细思考之后,我更倾向于等待一段时间看看情况的变化再报警。对于这个可怜的男人来说,这不会改变什么了。不管我做什么,他的尸体都会在一两个小时之后被人们发现。还有就是,这远非一个完美的谋杀,无论如何,布鲁斯都会被警察逮捕。现在采取按兵不动的做法可以给我留下时间去做一些事情,在事态还没有变得更糟糕之前……

我从吉他店里走出来,钻进野马汽车,离开了这座城市,返回孟菲斯市。我需要想办法看到那份消失的文件,然后,我再打电话报警。

18. 田纳西州孟菲斯市

我回到了酒店，洗了个澡，手洗了自己的衣物，出门前换上一身黑色衣服。我在最近的一家汽车租赁公司租了一辆小型的灰色现代汽车，又在加油站的商店买了一卷胶布，打算把车窗都用胶布粘起来改变它原有的颜色，这真是一件麻烦事儿。在一家钓鱼用品商店中，我买了一副手套、一个双筒望远镜，还有一只手电筒。结账的时候，我在玻璃柜台中看到了一些军刀，犹豫了片刻之后我还是买下了一把。

我驾车缓慢驶过布鲁斯家门前的时候差不多是下午四点钟。布鲁斯的那辆凯迪拉克Eldorado就停在门外，而那辆巨大的绿色皮卡却完全不见踪影。谢尔比说过她今天会动身到某一个地方去待上几天，我想是这样没错……

我继续开着车慢慢地行驶在街上，最后将车停在可以从后视镜中看到布鲁斯的那辆凯迪拉克的地方。我一边听着孟菲斯市的电台广播一边等着布鲁斯的出现。

我的计划非常简单——等到布鲁斯一开车离开家,我就潜入他家里查阅文件。

但是,布鲁斯整个傍晚都没有什么动静……我反复地思考着这件事情,感觉自己越来越不舒服,然后我就听到电台广播里播放了一首埃尔莫尔·詹姆斯的《我也受伤了》(*It Hurts Me Too*)。这是一首十分优美的蓝调音乐,我的不适也得到了缓解。从早上一直到现在我就没有吃什么东西,当晚上八点的钟声敲响,我开始幻想着一个大大的芝士汉堡出现在我面前。一个小时过去了,我又幻想出现了一个超级双层芝士汉堡和一品脱手工酿造啤酒。导航显示,在不到0.3英里[①]的范围内有七家餐厅,只是想象一下肉品汁水丰盈的美妙滋味儿就让我垂涎欲滴了。就在这时,一阵可怕的轰鸣声让我的现代车颤动了起来。我抬起头,看见一辆20世纪70年代生产的雪佛兰轿车。这辆轿车被涂上了金属紫色,此外,这辆车还用巨大的轮缘改装过,就像是被装上了发条一般。车子在排气管的轰鸣与硬核说唱的音乐声中迅速向反方向驶去。我在后视镜里看着这辆车快速地前行,它就停在了布鲁斯家门口。我坐到了现代车的后排座位上,拿着望远镜想观察一下将会有什么事情发生。布鲁斯走近了这辆经过改装的雪佛兰,俯身靠近副驾驶一侧的车窗,十几秒钟之后,布鲁斯又回到了自己家中。雪佛兰汽车重新发动,继续逆向行驶。当这辆雪佛兰消失在我的视野中之后,硬核说唱的音乐声依旧在我耳边回响了一分钟。

---

① 1英里约为1.61千米。——译者注

这个场景非常像是一场交易，而且是一场并非小心谨慎的交易。

让人感到绝望的是，布鲁斯的那辆Eldorado依旧停在那里。布鲁斯会趁着谢尔比不在的时候尽情地吸食毒品，他有一整夜的时间可以挥霍……可以尽情放纵。

要是他能不吸食毒品，出去一下的话就好了……

我忘记了自己的饥饿，留在原地静候其变。

三个小时之后，也就是接近零点的时候，我看到布鲁斯的那辆Eldorado汽车的车头灯亮了起来，随后开走了。我等了两三分钟，我这么做就想确定一下布鲁斯没有忘记拿钥匙或者没有什么事情会迫使他不得不返回家中。然后，我戴上了手套，深吸了一口气，下车。我以最快的速度跑了过去，跑到布鲁斯家门口。所有的灯都熄灭了，我需要潜入他的家中。

布鲁斯家的大门被锁住了，我从右边绕过他家的破房子。在右边有一扇小小的门，这扇门正对着布鲁斯家的车库，这扇门没有被锁死。今天应该是我的幸运日吧！我打开了手电筒，走进了厨房，厨房里贴着20世纪50年代的那种花壁纸。水池与操作台上都堆满了没有洗过的锅碗瓢盆，地上则是一些食物残渣，这些食物残渣已经开始腐烂，还有一些宝宝的玩具、空瓶子以及一堆我没有时间来分辨到底为何物的东西，这里的气味儿让我感到非常不舒服。就在我刚刚推开一半正对着门廊的门时，我听见有人在问："你在哪里？"我立刻就关上了房门，惊慌失措地屏住了呼吸。

“你在哪里?”这个声音又一次问道,这次的声音要更大一些。

我退回到原处,转身的时候碰到了桌子上放着的一个东西。一只大大的瓶子摔到了地上,碎了。妈的!

“你在哪里!你在哪里!”这时,还是那个声音,那个声音在大声喊叫:“上帝啊,你就在那里!就在我的心里!哈利路亚!”

我明白了这是从收音机里传来的一个声音……布鲁斯在离开家的时候一定是忘记把收音机给关上了。我从厨房里走了出来,踮着脚尖穿过门廊,扫了一眼客厅,那个声音正是从客厅里传出来的,客厅里面空空如也。如果足够幸运,布鲁斯会被广播里福音传教士的布道所吸引,或者被只有上帝才知道该如何称呼的事物所吸引,然后自己前往最近的警察局自首,如果能这样就再好不过了。

我爬上满是垃圾的楼梯,那个文件夹应该就被放在布鲁斯存放吉他的那间屋子里。不……我推开了另外几间房的房门,那几个房间都处于半空的状态,街上的灯光透过外部的隔板射进屋内,还能感受到外面吹进来的风。浴室令人作呕,浴室的地面上还留有一些红色的印记……除此之外,血迹斑斑的衬衣一角露在了半开的洗衣机的滚筒处。借助手电筒的光亮,我检查了一下滚筒内部。在那里,我发现了一些衣物,应该是布鲁斯在行凶的时候穿的,还有一双沾染了血迹的蛇鳞皮靴子,不过血迹已经干了。但是,在这里我没有发现文件夹的影子……

现在只剩下布鲁斯的卧室了,我刚一进入他的卧室,一股令人作呕的味道直往我的鼻孔里钻。床头上方挂着那把名贵的

Telecaster吉他，床边则散落着一只烟灰缸、两三个杰克·丹尼威士忌空酒瓶。在卧室中央处摆放着一张婴儿床，婴儿床上的蚊帐有一部分已经被烧毁，但我还是没有找到任何与文件夹有关的线索……妈的！我打算回到一楼去看看，甚至还打算去车库、堆放碎石瓦砾的地方，还有垃圾箱里看看……就在我打算离开布鲁斯卧室的时候，一个小细节引起了我的注意。在卧室的深处，一把吉他的琴头从一处柜门摇摇晃晃的壁橱里露了出来。如果说这个世界上存在着唯一一件会让布鲁斯很在意的事情，那就是他的吉他，但是这把吉他似乎并没有得到他的精心呵护。我走过去查看了一下这把吉他，这是一把很棒的Gretsch White Falcon吉他，在这把吉他上面甚至还留有一张标有价格的小标签，小标签上面还标有商店的名字——迪克逊的吉他商店。布鲁斯拿走了这把吉他来补偿自己的损失……在这把吉他的旁边还放着一个大大的黑色塑料袋，我打开了塑料袋想一看究竟。

袋子里面放着那把Moderne吉他的残骸，残骸上面还沾染着点点血色，吉他的琴颈上只留下五根琴弦，琴颈的一端还粘有已经变干的血肉。我正好在……黑色塑料袋的底部发现了一个文件夹。我终于找到它了……

文件夹的侧面标识着“Moderne”的字样，但里面的文件却非常轻。我席地而坐，借手电筒的光快速翻看着文件，我的心脏激动得怦怦直跳。我没有找到任何有价值的信息……文件夹里有一份原版Moderne吉他设计草图的复制品，但我并没有找到工厂制作吉他时用到的图纸，也没有任何一份20世纪50年代的资料，只记录了一些1982年制作Moderne吉他的规范。此外,还有一张比利·吉本斯与那把所谓的原版Moderne吉他的合影,这张合影与其他文件一道被放置在了一个塑料小袋子中。不过,不知道是因为塑料已经融化,还是因为有鲜血浸入,塑料袋中的文件与塑料袋多多少少地粘在了一起,在我将塑料袋向上拉起的时候,把它给扯破了。我愈发小心地将留在小塑料袋底部的文件取了出来,把这些文件放在满是灰尘还被香烟烫坏的地毯上,将它们重新组合拼凑起来。这是一些打印在A4纸上的照片,前两张照片是彩色的,上面印着1982年制作的Moderne吉他,第三张照片则是一张黑白照片。几张纸片拼凑出了一张面庞,我的面前出现了一个被过度曝光的年轻男子的面庞,他的眼神无情又迷茫地注视着镜头。在照片的下方,一行白色的粗体字标识出了这张专辑的名称——《半月蓝调/地狱之歌》(*Half Moon Blues/Song to Rest in Hell*)。在专辑名称的上方,一行字号稍小的白色字母拼出了歌手的名字——李·大幽灵·罗伯特森(Li Grand Zombi Robertson)。这是一张音乐专辑的封面,这张专辑的发行年代应该在20世纪50年代或者是60年代,但是这张专辑与Moderne吉他又有什么关系呢?除非……我发现了一些倾斜着排列起来的小白点,它们与吉他琴颈上的按键标识非常相似。这些白色的小点向专辑封面的右上方处延伸,但是这个右上角的部分已经被我撕坏了。我在所有的文件中胡乱翻找着,找到了缺失的部分,它与其他的一些文件粘在了一起。我小心翼翼地将这个缺失的部分从其他文件上揭了下来,重新拼凑成了一张完整的专辑封面。这完完全全就是一把Moderne吉他——这把吉他的琴头、白色U型力学线条与Moderne吉他一模一样，都是吉普森公司的代表性风格，但这把吉他是黑色的，底色也是黑色的，吉他上面没有任何标志。不过，我可以在几千把吉他中认出它的轮廓，正是它没错，这就是Moderne吉他的琴头。

我从未见过这张照片。在这张专辑封面上的某个地方是否标有专辑出版发行的年份呢？在左下角处，我看到了一行非常小的字符……

突然间，我听到楼下的大门被人暴力地推开，我被吓得心脏几乎骤停。布鲁斯模仿着埃尔维斯，用自己那粗壮的声音叫嚷道："欢迎来到优雅园！"然后我就听到了一个女孩子咯咯的笑声。我狂躁地看了看手表：12点06分，布鲁斯只出去了十分钟……

然后，他走上了楼梯。

19. 布鲁斯家的卧室

对抗恐慌。

我将被撕毁的文件胡乱塞进夹克的口袋中，将文件夹扔回垃圾袋，又将垃圾袋扔回壁橱里。我听见布鲁斯的脚步越来越近了，他已经走到了二楼的平台上，我已然没有时间从他的卧室中溜出去……

我可以藏在哪里呢？像滑稽剧中的人物那样藏在壁橱里，还是藏在床底下呢？布鲁斯的脚步声离门口越来越近了，我已经没有机会可以从屋里逃走。我趴在了地上，钻进了床底下，就在我刚刚将自己的脑袋与肩膀藏进床底下的时候，布鲁斯就打开了房间里的灯。

“这里的味道有些古怪！”有个女孩儿说道。

“啊，真的吗？我什么都感觉不出来。”布鲁斯回答道。

我在易拉罐、肮脏的内裤还有其他的杂物间艰难地向前爬行着，开辟出一条道路。我的鼻子与布鲁斯的靴子还有女孩儿的高跟鞋之间只有20厘米的距离，我很确定我的双腿还没有缩进床下……我听见了布鲁斯急促的呼吸声，也许是因为爬楼把他弄得气喘吁吁。我屏住呼吸，发现手电筒还没有关上，我立刻关上了手电筒。

然后我就迎来了一次冲击，床垫朝我的背上压来，疼痛让我开始喘息，我的大半截儿身体都被发出刺耳声音的弹簧挤压。

“那么你不过来吗？我的洋娃娃？”

“嗯……”

我看到那个女孩儿借助自己的脚踝将双脚从皮鞋中解放出来。

然后，我的背部又迎接了一次冲击。

“啊，啊！”布鲁斯口中叫着。

“嗯，嗯……”女孩儿的声音提高了一些。

床垫的中央部位已经损耗得相当厉害了，我以爬行的姿态向床尾挪动着。这时候，一只靴子掉落在我眼前，然后，很快第二只靴子也掉落了下来。床垫一直都在起起伏伏，我只能将自己的头部转向一旁，使得它不会因床垫起落而受伤。我的鼻尖碰到了加龙用过的一张纸尿裤，这张纸尿裤没有被折叠起来，而且上面还粘有不少加龙的排泄物。床下还有很多用过的纸尿裤，从最新用过的到很久之前用过的依次排列，对于我的鼻孔来说，这真是一场气味儿的盛宴。

我将视线从纸尿裤上移开时，发现自己忘记将文件夹中的那个塑料小袋子收起来。现在，那个小袋子就在地上，距离壁橱不是很远。这很重要吗？最糟糕的情况就是，在布鲁斯起身查看的时候，我可能有机会从这间卧室中逃离。但是，我是要寻找机会逃离，还是恰恰相反，只需要老老实实地静观其变呢？

床微微地动了一下，我听见了吸吮的声音还有布鲁斯的叫声。两分钟之后，女孩儿说道："妈的，我得去尿个尿。"

我看见她赤脚走向门口。

"卫生间在哪里？"她问道。

"就在右边。"

我跟布鲁斯一样都在焦急地等待着她回来，这时候，我们听到了一声尖叫。布鲁斯从床上跳了下来，飞快地跑向了浴室。

"你在干什么呢？"

"我什么都没有看到，我向你发誓，我什么都没有看到！"女孩儿仓促地说道，这也许是她意想不到的事情。

女孩儿应该是在无意中看到了那些带血的衣物，明白可能发生了些不寻常的事情。我听到女孩儿在大喊着："不！不！"随后，打斗声传来。

我费力地从床底爬了出来，抓起那把挂在床头上方的Telecaster吉他，跑向了浴室。布鲁斯只穿着一双袜子，赤裸着身体骑在那个也同样赤裸着身体的女孩儿身上，正试图把她勒死。我拿起了吉他的琴颈，将吉他举过头顶，用尽全力将吉他砸向布鲁斯的头顶。吉他砸过去之后，传来了一声沉闷的、可怕的声响，布鲁斯随之也倒在了女孩儿的身上。鲜血从他脑后被砸开的地方流了下来。上帝呀，我把布鲁斯给杀死了！

女孩儿从布鲁斯的身体下方爬了出来,我看清了她的面容。这是一个吸食毒品的女人,她应该非常年轻,但她已经完全被自己吸收的污秽事物给毁掉了。她赢得了我的同情。

“你是谁?”她问道。

“你的守护天使。”我这样回答说。

她傻呵呵地看着我:“我是死了吗?”

“不,当然没有。”

“那他死了吗?”

“我不知道。”

我蹲下身子检查布鲁斯的情况,我费了很大的力气才将布鲁斯的身体给翻了过来。他还有呼吸,但是大量的鲜血从他的头部流出来。我拿过来一条毛巾,将这条毛巾放在布鲁斯的脑袋下方,就放在了他后脑的伤口处。这也许可以给他止一下血。

“马上从这里离开……还有就是离开这座城市。”我对女孩儿说道。

“离开这座城市?”

“是的,离开这座城市,你在这里过得并不好,你看看自己现在变成了什么样子?”

“但是……罗比呢?”

“罗比就是一个蠢货,他让像你这般漂亮的女孩儿沦落成现在这副模样,他简直是一个可恶的蠢货。这样吧,你听我的话离开这里,坐最早的一辆公交车到别处去。等你到了那边之后,马上找到一份服务生的工作,或者是别的什么工作都可以,但是一定要找一份干干净净的工作。你可以从零开始，好吗？因为如果你留在这里，布鲁斯会再次找到你，这一点毋庸置疑，而且罗比也不可能将布鲁斯阻拦住。”

女孩儿瞪大了眼睛，她试图从自己那糟糕的幻觉中走出来。

“你真的是我的守护天使吗？”

“是的，但是现在我需要拯救自己了。好吧，也是拯救别人。你自己要小心。”

我离开浴室，但就在我踏上楼梯的时候，我又折返了上去，对女孩儿说道：“啊，对了，还有最后一件事情。如果你碰巧去警察局报案的话，或者无论何种原因警察问到你，你就当作从来都没有看到过我一样，好吗？”

“好的。”

得到了女孩儿的保证之后，我三步并作两步冲下了楼梯。布鲁斯家的大门没有被锁上，我重新回到了外面的街上。我的呼吸顺畅了很多，跑回了自己的那辆现代汽车旁边，用尽了所有的力气找到了钥匙(钥匙被我放在夹克衫衣兜的最深处)。我将那些被撕碎了的文件一股脑儿地塞回衣兜里。

我钻进了那辆现代车中，启动车子，拉动手刹。就在这个时候，我听到了有人拍打着我的车窗。

空气凝结了，映入我眼帘的唯一事物就是一只血淋淋的手，这只手的手掌正拍打着我的车窗玻璃。

“等等，等等！”

是那个女孩儿……是她制造了这样雷鸣般的噪声。我降下了车窗。

“我身上一分钱也没有，我也没有车，我甚至都不知道自己现在是在哪里。”

“好吧，那你上车吧。”

女孩儿爬上了车，她的胸脯有大半都暴露在了空气中，她穿回了自己的衣服。我快速地启动这辆现代汽车，不做任何思考地笔直前行。

“我把你放在哪里呢？”我问她。

“为什么你跟我说罗比是一个蠢货呢？”

“我？我说过这句话吗？”

“是的，你说过这句话，你甚至还说他没有能力保护我。”

“啊，是这样的，没错。你认识他吗，就是那个想要掐死你的家伙？”

“不，我不认识他。”

“这是一个危险的家伙，非常危险的家伙，相信我。”

“我知道的，这是我自己的亲眼所见！可以确定的是，罗比没有办法保护我，因为他才1岁。但是你为什么要说他是一个蠢货呢？”

“你听着，我们长话短说，我应该是弄错了，非常抱歉。我既不认识你，也不认识罗比，我只是想帮你一把。我的建议就是，永远都不要再去见那个曾经试图勒死你的家伙，因为他还会把你杀死。”

“洗衣机里的血迹是谁的呢？”

我没有回答。

“那你呢？你在他家里做什么呢？”

“你听好了……我……”

“哦，妈的，我的耳环不见了！”她一边拽着自己的耳垂，一边说道。

“这不是什么大事儿。”

“那是我妈妈的耳环，它还是黄金的……”

我把车停在了下车道上。

“好吧，你想下车回去找回你的耳环吗？”

“不……我……对不起。”

“好吧，那么现在我应该把你放在哪里呢？”

“我不知道……我……”

她开始哭起来，我试图宽慰她，接着她就倒在了我的肩膀上，抽噎着，最后终于平静了下来。这时候，我感觉到有一只手就放在我的裤裆上。

“你在干什么呢？”我问道。

“我不知道……你真的特别善良。”

“是的，但是，好吧，这并不是一个理由。”我一边猛烈地将她的手推开一边说道。

“你确定？”她一边将手又一次放到了我的裤裆上一边问我道。

“我很坚持，”我一边再次将她的手从我的裤裆上拿开，一边说道，“无论如何，守护天使是没有性欲的。”我再次启动汽车。

我也不知道自己在往哪里开。突然,女孩儿认出了一条路,请求我把她送回家,她家就在旁边的几个街区之外。我们进入了一个肮脏污秽的街区。

“好了,就把我放在这里吧。”一分钟后女孩儿对我这样说道。

“这里吗?”

“是的,这里就很好。”

我停了车,转过身看着她,打算跟她道别。

“我们就在这里分道扬镳吧。”

“你真的是一个很勇敢的家伙,我很感谢你。说实话,你究竟姓甚名谁呢?”

“布莱恩。”

“谢谢你,布莱恩。”她一边跟我道谢一边在我的脸上留下了一个吻。

啊,她终于下车了!但是,这个时候她又一次拍打着我的车门并拉开了它:“布莱恩,很抱歉跟你提出这样的请求,但是……不管怎么样,我的这个夜晚还是完蛋了……我并不是说这是你的错误造成的……但是,你身上有没有一些现金呢?”

我打开了自己的钱包,钱包里只有两张钞票,每一张钞票的面值都是100美金。我将一张100美金的钞票递给了她。就在她将自己的手放在钞票上时,我添上一句:“但是,你不要报警。即使警察找到你,你也不要跟他们说起我。”

“没有问题。”她一边将钞票从我手中抢走,一边热切地说道。

“等一下,这是给罗比的。”我边说边把另一张钞票递给她。

"谢谢,这简直是太棒了。"

在后视镜中,我看到这个女孩儿踉踉跄跄地走进了黑暗的贫民窟。

"这简直是太棒了。"

……

离开田纳西州,尽快在我和布鲁斯之间隔开远远的距离,永远不要再回到这里。

𝅗𝅥第二章

Deuxième couplet

20. 在路上

我将现代车还给汽车租赁公司，在深夜中飞快地跑回酒店，收拾好自己的行李，退了房间，启动了野马汽车。

我的惊慌中还混杂着些许奇怪的自由感觉。我应该去哪里呢？我从汽车的手套箱中取出了一张美国地图，将这张地图展开，铺在方向盘上。孟菲斯市在田纳西州的最西南端，我需要在西部的阿肯色州与南部的密西西比州之间做选择。我没有丝毫的犹豫——一直以来我都没有办法解释这种果断——我选择了密西西比州的方向，发动汽车上了61号高速公路，向南行驶。

半个小时后，我越过了田纳西州的州界，长舒了一口气，但是，疲惫和低落的情绪一下子猛烈地向我可怜的大脑袭来。

我究竟在自己身后留下了几重罪状呢？遇到谋杀案不报警、潜入民宅、袭击屋主、没有对危险人物进行法律干预以及畏罪潜逃。如果布鲁斯醒来的话……脑下的肿块儿或者是类似的问题，我应该会因此吃上一百年的牢饭吧……还有就是田纳西州废除死刑了吗？然而，事实并非如此。我的行为属于合法自卫的范畴，我甚至还阻止了一次谋杀案的发生，那个女孩儿可以为我做证！可是我没有问过她叫什么名字，也不知道她的具体住址。我只知道她是一个瘾君子，还有一个1岁的儿子，名叫罗比。这些信息能够帮我把她找出来吗？无论如何，我了解布鲁斯，他是一个精神病患者，他总是能重新振作起来，他和杰森·沃赫斯与麦克尔·麦尔斯[①]是同一类人。他们即便是被锈迹斑斑的管子刺穿身体，被人们从废弃建筑物的顶楼推下去，遭到重达33吨物品的重压，还是能恢复如初。

我在经过第一个服务区的时候将车子停了下来，买了一杯咖啡。我买了一杯250毫升的咖啡回到车中，这是我能买到的最小杯咖啡。这里的咖啡远比不上巴黎的浓缩咖啡，但是，好吧，它也能帮助我暖暖身子。

我打开了车顶灯，从夹克口袋中取出了那些文件，除了李·大幽灵·罗伯特森的那张专辑的封面照片之外，我没有找到任何有意义的线索。我将被撕成碎片的文件铺在自己的膝盖上，重新拼凑出了李·大幽灵·罗伯特森的脸庞。在他那古怪的、令人忧心忡忡的目光背后似乎还隐藏着些许安心，也许还掺杂了一些深深的忧伤。

我拿出自己的笔记本电脑，在谷歌的搜索框中敲下了“李·大幽灵·罗伯特森”的名字。笔记本电脑的页面上出现了一个转动着的小圆圈，几秒钟之后，谷歌给了我几个可能的选项，但是只有

① 这两人均为电影中的杀人狂魔。——译者注

第一个选项与我想要查找的事物完全吻合。

我敲击了这个选项，屏幕上只出现了一句话，一句被截去了开头的话："……缓慢还带有着催眠性质，李·大幽灵·罗伯特森在他唯一出版发行的那张专辑《半月蓝调/地狱之歌》(克莱弗多纳唱片公司，1958年)中用自己那低沉同时又混合着原始和现代感的嗓音唱着。"

1958年！宾果！

关于"李·大幽灵"，谷歌给了我很多的选择，这个词指的是"新奥尔良市伏都教崇拜中的伟大灵蛇"，但是在这些选择中没有一个后面追加了"罗伯特森"这几个字。在输入"李·大幽灵·罗伯特森"之后，我没有看到任何照片，也没有找到任何音频文件，更没有发现任何与Moderne吉他有关的线索……真他妈的背！

我又花费了几分钟的时间查找了一些别的东西，但还是没有找到任何重要的信息，还有就是……田纳西州并没有废除死刑这项刑罚。

我继续上路，沿着密西西比河向南部前行。凌晨三点多，我来到了克拉克斯代尔。

开车穿过这座城市，我的注意力被三把巨型人造电吉他吸引，这三把吉他被挂在了一处柱台上，因为这里是两条高速公路的交汇处，吉他的上方立着两块指示牌，分别指示着61号高速公路和49号高速公路。在这两块指示牌的下方还有一块指示牌，标示着"十字路口"。

我已经来到这里了……这个著名的"十字路口"。根据传奇故事的说法，在这个路口，陷入绝望之中的蓝调音乐人可以改变自己的命运——只需要在午夜降临之前带着自己的吉他来到这里，一个身材高大的黑衣男子会出现，他取走并会为你的吉他重新调试琴弦，之后再将吉他还给你。从那个时候开始，你就可以弹奏出一些你并未练习过的曲子，也一定会获得成功。然而作为交换……你需要将自己的灵魂卖给魔鬼，并且你还不知道这个与魔鬼签订的合同什么时候才会结束。

简而言之，我已经来到了这里。我将车子停在了一处荒草丛生的停车场上，这个停车场位于一座木板房子的后方，在停车场的上方，电话线与电缆纵横交错。从大路望向这里，没有人会发现我与这辆野马汽车的存在。我没有力气也没有欲望去找一间汽车旅店，汽车的后座为我提供了一处理想的休息场所，休息一小会儿的这个想法让我很是开心。就在我打算平躺在汽车后座的时候，我感觉一个东西硌在了我的腰部，这让我的腰有些不太舒服。我摸了摸，发现了一瓶珍藏版金馥力娇酒，我想不起来自己究竟在什么时候买下了这瓶酒，不过，这瓶酒可以完美地帮助我做一个好梦。

就在我半梦半醒的时候，我感觉手机在裤兜里震动，我从裤兜里取出手机，想都没想就接通了电话。我远远地听到了温斯莱勋爵在对他的女管家说话："是的，谢谢您，您可以把它拿走了。"然后我就跟温斯莱勋爵开始了一次交谈，我完全不知道究竟是谁给谁打了一个电话，我可能是在没有留意的情况下碰到了手机上的重拨键，给温斯莱勋爵拨了一个电话。

“喂，托马，喂？”

“温斯莱勋爵，是我。”

“我很高兴终于可以听到您的声音。您最近还好吗？”

“挺好的。”在犹豫了片刻之后，我回复道。

“完美，因为我……您……请您告诉我……我想我应该是在为您开的那个银行账户上看到您为了出行方便，不得不租赁了一辆性能不怎么好的汽车。是不是我为您租下的那辆野马汽车出了什么问题？”

“不，不，完全没有。只是因为要跟踪一个人，我才需要租下一辆不是那么张扬的汽车。”

“跟踪一个人？这让我挺感兴趣的……请原谅我过于好奇，这次跟踪您有什么收获吗？”

我一边揉搓着自己的脸，一边从汽车后座上坐了起来。我没有为这次谈话做任何准备，也不是很清楚将发生在自己身上的一切告诉温斯莱勋爵是否合适。我处在一种模糊的状态中，但在这个时候，这种模糊的状态让我感觉更好些。

“一些有价值的事情。”

“真的吗？”

“是的，是真的。”

“请您不要这么神秘好吗？您究竟在说些什么呢？”

“我找到可以证明Moderne吉他在1957年就被制作出来的证据了。”

“真的吗？”

“是的，是真的。”

“这真是一个好消息，托马，这真的是一个好消息。这个证据是什么呢？”

“这个……我的意思是我还需要去证实这个证据的真实性。”

“可是，这个证据究竟是什么呢？我一定可以让这个证据变成一个真实存在的证据。”

“我是说……现在就谈论这个证据的话还有些为时尚早。”

“托马，在我们的合同里并没有写明您可以向我隐瞒一些可能有用的信息。我请求您告诉我这个证据究竟是什么，这个证据到底在哪里。”

“它就在我的眼皮底下，就在我的面前。”我一边说着，一边看了一眼摆放在前排座位上散落的纸片。

“那为什么这个证据并没有出现在我的眼前，接受我的检验呢？我不就是为了得到这个证据才支付了您的一切花销吗？您是在什么时候获得了这个证据，您又对我隐瞒了多久呢？”

“您听我说，我也是才得到这个证据的，也是因为这个证据我才不得不离开田纳西州。在此期间发生了一些混乱……我已经差不多两天没有睡过一个好觉了。我会尽快将这个证据给您发送过去的。”

“您能不能解释得更详细些呢？我什么都没有弄明白。您所说的证据是属于哪一类型的证据呢？”

“1958年曾经出版发行过一张专辑，在这张专辑的封面上人们可以很清楚地看到Moderne吉他的琴头。泰德·麦卡蒂没有说谎,吉普森公司确实在1958年的时候制造过Moderne吉他,至少是制造过Moderne吉他的样品。这把吉他后来落入了一位蓝调歌手的手中。”

“您拿到这张专辑了吗?”

“还没有……”

“我没有弄明白。您将这张专辑拿在了手中,那么您为什么要说自己没有拿到这张专辑呢?”

“不,不,”我胡乱地回答道,“我没有将这张专辑拿在手里。我手里只有这张专辑封面的影印件。”

“您从来没有见过这张专辑,您只有一张专辑封面的影印件,是这样吗?”

“是的,就是这样。”

“您手里有这张专辑的影印件,是吗?”

“是的。”

“这份影印件的效果好吗?”

“不……这份影印件是……黑白的。”

它还是破破烂烂的。

“那么,您有没有确认过这张专辑是否真的存在呢?”

“我确认过了,它的确存在。”

“然后呢?”

“它确实存在。”

“您可不可以告诉我这张专辑的出版发行编号、歌手姓名或者是乐队名称、专辑名称呢?”

“我会把这些信息给您发过去的，但是，我现在手里没有任何工具。我跟您再次强调一下，我才……”

“对不起，但是，您的手机没有拍照功能吗？您现在不能用您的手机拍一张照片给我发过来吗？”

“是的，我的手机当然有拍照功能。”

“那您还在等什么呢？”

我开始思考……所有的一切都在我的大脑里盘旋，就好像是一波一波碎裂在我头颅上的浪花。我处在一种亚状态中，我甚至都不清楚自己是否还清醒。

“您怎么想呢？”为了争取时间，我这样问道。

“我不知道。如果我没有记错的话，我们之前签署了一份合同，这份合同建立在一笔金钱之上，这笔金钱的数额高达100万美金。如果您可以找到一把Moderne吉他或者是找到它存在的证据的话，我就会把这笔钱打给您。我只是在等待这个证据而已。您是不是打算重新商定这份合同呢？我是不是应该为您的错误负责呢？”

“抱歉？我们究竟在说些什么呢？”

“这也是我想知道的！我还想问您一下，既然您还没有把这个证据给我发过来，那么我们还有什么必要再聊下去呢？”

“明天一早我就把这个证据给您发送过去，但是现在我真的很累了，还有就是光线也不是很好。”

“光线？”

在温斯莱勋爵说完这句话之后，我就把电话挂断了，将手机关机，卸下了电池，拔下了手机卡，然后将所有的一切都扔到了一个阴暗的角落里。闪烁着的光芒照射在我紧闭着的眼皮上，但是我不知道这样的光线是来自外部还是来自内部。大幽灵、温斯莱勋爵、布鲁斯，还有那个被勒死的弦乐器制造师，他们的面容在我脑袋里不停地盘旋着。他们的面容重叠在一起，组成了一个新面孔，既模糊又可怕，这副面孔还冲着我狞笑。

21. 密西西比州克拉克斯代尔

清晨第一缕阳光照进车内，在驾驶座的微湿与卡车行驶的双重作用下，我醒了过来。来来往往的卡车让停车场糟糕的地面也跟着它们颤动了起来，而我正好在这处停车场歇脚。

我需要一杯真正的咖啡，一杯绵长浓郁的咖啡，这可以帮助我将所有的想法梳理清楚。既然我可以挖掘出一个可以证明Moderne吉他真实存在的证据，那么我也一定可以找到一杯很棒的咖啡，即便我现在在密西西比州。

克拉克斯代尔看上去就是一座已经被人遗弃的城市，一座如同幽灵一般的城市，低矮、忧伤，还会让人感到一丝古怪。我来到了这座城市中看起来有些像市中心的区域。我看到了一些橱窗被封死的空荡荡的商店，破旧不堪的门面，破旧的老式汽车，这些都让我感觉时间似乎静止在了20世纪70年代。现在时间尚早，我在街上没有看到一个人，完全就是一个人都没有……

一间酒吧似乎在开门营业！酒吧里面空空荡荡的，只有老板一个人在吧台后面清洗着餐具。我点了一杯咖啡，将电脑放在了塑料贴面的桌子上。电视里正播放着一场辩论赛,辩论赛的主题用粗体字标识在屏幕下方——“我们到底吃了些什么呢?”。我更希望可以将自己的注意力放在最为主要的事情上,我想办法从眼前深陷的窘境中脱身,确切来说就是要完成我现在的工作。我打算把那个证据发给温斯莱勋爵,就是我之前跟他说过的那个证据,价值100万美金的证据。一张已经被撕毁的照片影印件,还有一个从网上找到的信息源,我也只能找到这一个信息源。这个信息源给出了专辑的发行年份。这些证据能值100万美金吗?嗯……我思考着……

这张专辑本身应该会更具有说服力,因为专辑的封面照片应该会更为清晰,如果运气稍微好一些的话,专辑封面上还会标记出版发行的年份。更好的就是,我不仅可以一睹Moderne吉他的风采,还可以听到它弹奏出来的声音。Moderne吉他的声色应该与阿尔伯特·金的那把Flying V在某些方面有些许相似之处。从1959年开始,阿尔伯特·金就用他那把Flying V录制歌曲。如果我可以找到这张专辑的话,那么我就可以将Moderne吉他的图片与声音联结在一起,也就可以找到一个无可辩驳的证据,证明Moderne吉他真实存在。毫无疑问,这个证据的确值100万美金。

我需要找到这张专辑。我昨天是在哪里看到这句话来着?我在网站上输入“李·大幽灵·罗伯特森”,重新找到那个网页链接。这是一篇大学的学术性文章,题目叫作“战后芝加哥市蓝调音乐的传统及其创新性”,这篇文章的作者是威廉姆斯,这篇文章发表在《南方文化》杂志上。

这篇文章可以供人免费查阅,我立刻就将这篇文章下载了。这篇文章大概有15页,我在这篇文章中找到了昨天看到的那句话。这一次,在上下文中我看到了完整的一句话:“芝加哥蓝调音乐形式上的新颖之处也体现在那些不是很出名的音乐专辑中,录制这些专辑的艺术家们要么试图将自己之前的音乐风格与电子蓝调音乐协调一致,要么希望开创一种个人风格,但是这种个人风格并没有取得预期的成功。在这些艺术家之中,每个人都凭借自己的方式在节奏与音质方面将蓝调音乐的灵魂发扬光大,比方说沃世博德·山姆、李·大幽灵·罗伯特森。因此,在《我的土豆》(*Diggin´ My Potatoes*, Chess,1953)中,沃世博德·山姆展示了一种异常轻快、异常狂热的电子蓝调风格。沃世博德·山姆演绎的音乐音质尖锐,很接近乡村音乐的风格,与另一种音乐风格截然相反,这种音乐风格缓慢还带有着催眠性质。李·大幽灵·罗伯特森在他唯一出版发行的那张专辑《半月蓝调/地狱之歌》(克莱弗多纳唱片公司,1958年)中用自己那低沉同时又混合着原始和现代感的嗓音唱着。”

我喝了一大口咖啡,这杯咖啡难以入口。我仔细地读了一下这篇文章,想从中找出一些新的线索。这篇文章中提到了穆迪·沃特斯(Muddy Waters)与“嚎叫野狼”音乐风格中的新颖独特之处,同时也提到了一些并不为人所知的音乐人,但是与李·大幽灵·罗伯特森有关的内容就只有那短短一句。

我开始寻找与克莱弗多纳唱片公司(Cleftone Records)有关的信息,不过,这家唱片公司并没有自己的官方网站,原因如下:

根据维基百科的说法，这家唱片公司只存在了三年时间，从1956年至1959年。李·大幽灵·罗伯特森的名字并没有出现在这份小小的网络档案中。此外，我几乎没有找到任何被列出来的可视为克莱弗多纳唱片公司成就的索引目录。无论如何，这都证明了这张专辑出版发行的年代的的确确在20世纪50年代末。这可真是个好消息……

在电视屏幕上，我看到了一个年近60、大腹便便的警官，人们在介绍他的时候称其为迪克逊小镇的警长，这位警长正对着一支伸向他的麦克风说着些什么。随后，电视屏幕上又出现了一些画面：警官正在被黄线封锁起来的迪克逊吉他店附近忙碌着，一个“早间新闻”的字样出现在屏幕下方。但是，我没有时间去阅读滚动出现的新闻信息。这时候，女主播又开始了另一个话题。

我有一种奇怪的感觉，这是一种糅合了恐惧与难以置信的感觉。这一系列滚动的图片一反常规地将这个弦乐器制造师谋杀案变得几近科幻。但是，无论如何……这个可怜的男人还是死去了。那些警察们究竟知道了些什么？他们是否已经提取了我留下的指纹？他们是否正在寻找一辆在凶案发生前后出现在那里的老旧的黑色野马汽车呢？布鲁斯是否会被逮捕呢？

只有一件事情是可以肯定的：弦乐器制造师的尸体被人们发现了，我没有必要再去报警了……调查最终会查到我头上吗？如果我可以将这张该死的黑胶唱片找到并且拿在手里的话，我就可以将一切解释清楚了。

重新找到这张黑胶唱片。

我重新翻看了那篇与芝加哥蓝调音乐有关的文章，想找到更多与这篇文章的作者威廉姆斯有关的信息。敲击三下鼠标之后，我找到了她的名字——罗琳；她发表的文章列表：所有的文章都与蓝调音乐和摇滚音乐有关；还有一个地址：牛津大学。

牛津……密西西比州的牛津。

我在密西西比州大学网站上找到了这所大学的信息，这所大学也被人们称为"密西西比大学"，这所大学就位于密西西比州的牛津市。罗琳·威廉姆斯就在南部文化研究中心做研究，我找到了她的邮箱地址和电话号码。

我埋好单，离开酒吧，街上依旧非常荒凉。我按照网站上给出的电话号码给罗琳·威廉姆斯打了个电话，但是没有人接听。

我重新回到了野马汽车里，在我的手机上输入了密西西比大学的地址，我想看一下怎么从克拉克斯代尔赶过去。如果我运气稍微好一点儿的话……

我开车深入密西西比州的腹地，我越是接近目的地，周围的景色就变得越发平和与葱郁。

早上十点刚过，我来到了牛津——"一座今日的城市，旧日的魅力"。我又给罗琳·威廉姆斯打了一个电话。这一次，她接听了。我用自己的真实身份做了一个自我介绍，我说自己是一位法国记者，我对蓝调音乐和摇滚乐深深着迷，我对李·大幽灵·罗伯特森很感兴趣，我恰好还路过了牛津。

我已经无须为这个见面再寻找什么别的借口了。

22. 密西西比州牛津市

她就在那里，就在我的面前。不，我说的不是那张专辑，而是那篇文章的作者——罗琳·威廉姆斯。

她约我在巴诺书店的快餐厅里见面，这家书店就位于大学生活动中心。大学生活动中心是一个为学生们提供见面与吃饭的场所，在这里有六个小吃店。我到得比较早，在我狼吞虎咽地吃完一个西兰花美国干酪馅儿饼（540卡路里），品尝了一杯真正的双量浓缩咖啡（10卡路里）之后，一个身材非常纤细的年轻美国黑人女孩儿出现在了我的面前，她漂亮的脸蛋儿被一副镜片过于厚重的眼镜给遮去了一部分。她问我道："您就是托马·迪普雷先生吧？"

"是的。"

"我是罗琳·威廉姆斯，很高兴认识您。"她一边说，一边把手伸了过来。

"很高兴可以认识您。"我一边回答着，一边站起身与她握手。我问道:“您想喝点儿什么吗?”

“不了,谢谢您。那么,这么说来,您是对李·大幽灵·罗伯特森这个人很感兴趣呀?”她一边坐下来,一边问我道。

“完全如此。我需要为一本法文杂志写一篇文章,我认为一个被人遗忘的蓝调音乐人的故事会是一个不错的主题。”

“哦,我可以给您列出近百位被人遗忘的蓝调音乐人,在他们身上发生了很多有意思的故事。但是,李·大幽灵·罗伯特森并不是一位被人遗忘的蓝调音乐人,他几乎可以算得上是一位根本不为人们所知的蓝调音乐人。我不知道您是不是真的能找到一个与他有关的值得讲述的故事。”

“我会尽力试一下的,您知道什么与他有关的事情吗?”

“实话实说吗?我对他一无所知。我知道他仅仅是因为他的那张专辑,然后我对他的兴趣并没有持续很久。我也查阅了一些文献资料,但我从未看到过他的名字,他真的就是一个幽灵般的存在。”

“啊……”

“这也是我博士论文中要深入研究的线索之一。”

“您的博士论文研究的是那些被人们遗忘的蓝调音乐人吗?”

“不是的。”她一边笑着一边回答道。

“如果这不是什么特别需要保密的事情,您是否可以告诉我您的博士论文研究的是什么呢?”

“哦,我的博士论文……研究的是音乐与神学的融汇相交。简单一点来说,我研究的就是宗教对蓝调音乐的影响。”

“这个论题很有意思。”

“实际上这个论题的内容非常丰富，甚至是过于丰富。那您呢？您为什么对李·大幽灵·罗伯特森有着异常浓厚的兴趣呢？他并不是唯一一个几乎不为人们所知的蓝调音乐人。”

“我想应该是他的名字激起了我的好奇心。还有就是除了在您的那篇文章中，他的名字不曾出现在其他任何地方。”

“好吧……”

“我甚至还没有听过《半月蓝调/地狱之歌》这张专辑呢。”

“啊？真的吗？如果您打算写一篇与李·大幽灵·罗伯特森有关的文章但是又没有听过他的专辑，这会是一件很麻烦的事情……”

“您真的是这么想的吗？”我傻乎乎地微笑着回答。

“我想您来到这里就是为了听一下这张专辑吧？”

“完全如此。这将会是一件让我感到非常快乐的事……”

“您可以听到这张专辑，但是您不能马上听到它。我一会儿……事实上，就是现在，我要去见一下我的论文导师。这张专辑被我放在了家里，我需要回家将这张专辑取出来，然后才能把它放给您听一下。我还没有您的电话号码呢！您可以把电话号码再给我留一下吗？”

“给。”我在收银小票上写下了自己的电话号码。

“好的，等我方便的时候我就会跟您电话联系。您会在牛津待很久吗？”

“我现在还不知道……这要看我能为自己的文章找到多少素

材了。”

“如果您时间充裕的话,您可以去我们学校的图书馆转一圈。在那里,您可以找到非常丰富的与蓝调音乐有关的档案。档案馆就在图书馆四楼的威廉姆斯馆中。”

“非常感谢,那我们一会儿见。”

罗琳站起身,迅速地离开了。

我去了档案馆,满怀希望,憧憬着可以找到一些罗琳没能找到的与李·大幽灵·罗伯特森有关的资料。

我在档案馆里翻看着那些不为人们所熟知的音乐人和乐队的专辑封面,这花费了我差不多两个小时的时间。这些音乐人与乐队都是蓝调音乐、乡村音乐与摇滚乐的先驱,人们亏欠他们很多,但是人们将他们完全遗忘了。我还发现音乐,特别是摇滚乐,究竟在美国的文化与社会中起到了何种作用,并且又是怎样展示了美国社会的惊人分化的。关于这一点,可以从美国3K党①贴在某些专辑封面上的警告文字中找到佐证。3K党发布的暂停通知:“出现在这些专辑中的叫喊声、愚蠢的语言与野蛮的音乐正侵蚀着美国白人青年一代的精神。”

我没有找到任何与李·大幽灵·罗伯特森有关的信息,不过,我却找到了一张克莱弗多纳唱片公司制作并且出版发行的黑胶唱片。这张唱片的出版发行年份“1957年”字样被印在专辑封面的脊部。

---

① 3K党是美国历史上和现在一个奉行白人至上主义的民间组织,也是美国种族主义的代表性组织。——译者注

档案馆的一个房间是福克纳档案室(这位作家曾经在牛津生活,人们现在依旧可以参观他在牛津的居所)。在这个档案室中收藏了一些非常罕见的资料,其中一份资料让我很沮丧。那是传奇蓝调歌手罗伯特·约翰逊(Robert Johnson)死亡证明的复印件,在这份死亡证明复印件上我们可以看到他死亡的原因是“缺少医生在场”。这并不意味着罗伯特·约翰逊的死因是由于他没有得到医生的救助,而指的是另一种更为糟糕的情况——在他去世的时候,没有一位医生过来证实他的死亡。罗伯特·约翰逊一个人孤独地死去了,甚至在死后……就在我沉浸在这份让人感到忧伤的文件中时,我听见了一个声音在我身后响起:“一切都还好吗?”

是罗琳,她对我露出了一个可爱的微笑。

“是的,一切都好,这里的档案非常有意思。”

“密西西比大学在档案保存与管理方面一直做得非常不错,然而密西西比大学绝大多数学生几乎从不曾踏足这里一步。”

“这真是太遗憾了……”

“在球场里发生的一切要更加有趣些。”

“密西西比大学里还有一个球场?”

“有一个可以容纳5.5万名观众的足球场,但是密西西比大学只有1.5万名学生。这就是美式足球,是这里的信仰。在这里每年都会举办六场大学生足球赛,今年我们学校的勒贝尔足球队将会对阵新墨西哥州的洛伯斯足球队!”罗琳一边说着,一边挖苦地交叉起手指。

“这可真让人感到震撼……”

“我们学校还有一个棒球场、一个垒球场、一个篮球场、一个排球场、几个羽毛球场以及一个小小的高尔夫球场。”

“但是在这么多课余活动的包围中,您还有时间学习吗?”

“我偶尔娱乐一下,我找到了您想听的那张专辑了。”她一边说着,一边给我看了看一个黑色的正方形塑料袋,“如果您愿意的话,我们可以在这里听这张专辑。”

“乐意至极!”

我陪着罗琳来到了一间小小的试听室中,她从黑色的塑料袋里拿出了那张专辑,但是我马上就发现了一个问题——在专辑封面上出现的是小理查德的照片。

“我没有那张原始的封面了,但是,请您不要担心,这张专辑就是李·大幽灵·罗伯特森的那一张。”罗琳一边给我看了看这张黑胶唱片,一边向我解释道,“我可以证实歌曲的名称、演唱者的姓名还有专辑出版发行公司的名称都在这张专辑上有所体现,但是,这张专辑的出版年代我找不到了。”

“为什么您这里没有原始的专辑封面呢?”我一边问道,一边试图掩盖自己的失望。

“我在密西西比大学音乐系买下的自动点唱机中找到了这张唱片。在找到它的同时,我还找到了其他三十几张唱片。基本上所有的唱片都遭到了相当严重的损毁,没有一张唱片还保有自己原来的封面,但是一些唱片保存完好,比方说您面前的这张。”她一边说着,一边将这张唱片放到一台多能士品牌唱片机的唱盘上。“您准备好了吗?”罗琳一边问道,一边轻轻地将留声机的金刚拾音头放在了黑胶唱片的边缘处。

“准备好了！”

《半月蓝调》的引入音乐就是大调的一个简单和弦，声音晦涩且嘈杂，这个和弦被演绎得非常认真，这样的状态一直持续到一种轻微的嗡嗡声的出现。嗡嗡声之后就是另一个强音来音和弦。这个来音被快速地连续弹奏了十六遍，然后又是一个连复段。连复段由一个兀自空转的拉音与一个连续的强音和弦“哆-哆-拉-咪-索-拉”构成。这个强音和弦有规则地，缓慢地，强烈地出现，连续出现了四次。在一段非常简单的副歌开始之前，这个来音和弦与连复段又出现了一次，这个简单的副歌由八个咪音和弦与八个低音来音和弦组成，之后又出现了一个连复段。唱段与副歌的交替往复一共反复出现了三次，在引入音乐中间的地方出现了一个非常短暂并且非常猛烈的暂停。这首引入音乐的结尾非常简洁，没有过多的装饰。

很明显，这个主要的连复段抓住了所有人的注意，更加引人注意的是演绎这个连复段的方式——简单，低沉，气势汹汹，有效。“缓慢还带有着催眠性质”，这段音乐就如同罗琳最后完美总结的那样。那些强音和弦与故意被做得晦涩难懂的、接近失真状态的音调更像是一种硬式摇滚，即便这个声调并不能达到硬式摇滚的高度。轻柔的假声也强化了这种感觉，我既惊讶又怀疑。

“怎么样？”罗琳问我。

“这样的音乐让我想起了（我担心这会让我显得很滑稽可

笑)……黑色安息日[1],他们的音乐在精神上有些相似。”

“黑色安息日?”

“我觉得这个连复段不仅仅是一种蓝调音乐。”

“是的,这个连复段非常奇怪,让人感觉非常不安。”

罗琳开始哼唱着这段连复段。

“等一下,这让我想起了某些东西……”在又一次哼唱这个连复段之前,罗琳说道,“不,我不清楚。在这个连复段中有一种糟糕的震动,这些歌词显得冷冰冰的。”

“啊?真的吗?我并没有尝试着去理解这些歌词。这些歌词讲的是什么呢?”

“这些歌词讲的是一个处于上升期或低谷期的男人,他扪心自问自己是否已经死去,就像他绝望地看着的那半个月亮。”

“死亡或者是活着,就像……幽灵一样吗?”

“是的,就像幽灵一样。除非他指的不是自己脑死亡,而是自己的心死了。”

我不知道该如何回应这个忧伤的想法,疲惫向我袭来。

“我先离开五分钟,一会儿就回来。”罗琳一边说着,一边离开了试听室。

我并不想让自己立刻重新投入《半月蓝调》的旋律之中,就像我并不想在安静中继续等待一般,我将这张黑胶唱片翻转过来听一下B面。这一面上的歌名让人回味无穷,但并没有让人感到开心——《地狱之歌》。

① 黑色安息日(Black Sabbath)为英国乐队。——译者注

这一面传来一阵吉他的喧闹声，这阵喧闹声让人感到非常不舒服。这段音乐被重复演绎，没有任何细微的变化。我起身确认这张黑胶唱片是否正常，我发现这张黑胶唱片只在一条槽纹上转动着，可能是灰尘使得唱片无法再向前转动。我将灰尘抹去，重新将唱片放回转盘上，但我还是听到了一个相同的音效。这张黑胶唱片被划了一下，它只能不停地巡回旋转，果真是《地狱之歌》呀……

我将金刚拾音头放在稍远一些的地方，这样我才发现……这张唱片的B面要更加出人意料，更加具有实验性。这毋庸置疑是一个唱片B面的故事，它远非一个简单的让人感到震惊的标题，它是一个……被人遗忘的出生证明。1958年，一位名叫李·大幽灵·罗伯特森的音乐人融合了蓝调音乐与电子音乐。在蓝调音乐中，他倾注了很多发自肺腑的情感，并将电子音乐用作一种大规模的杀伤性武器。这张在留声机老旧转盘上转动的黑胶唱片远非一张简单的第一张录制出来的金属音乐，这比英国的新兵乐队、齐柏林飞艇乐队、黑色安息日乐队、奶油乐队（Cream）与深紫色乐队还要早近十年，这些乐队被视为金属音乐的开拓者。这首如同巫术般的音乐——《地狱之歌》远比《半月蓝调》让人们浮想联翩。蓝调音乐就仿佛一个深远的三角洲一般，调动了某些可怕的事物，一种沮丧且凄凉的声音，还有启迪一切的负面能量。这是一个黑色的窟窿，这首歌曲只能开启一种让人觉得可怕的意象。歌曲末尾的笑声，这一笑声就在这首歌曲结束时的啸叫中，它仿佛是在说："我将这首歌曲完成了！"笑表达的含义不仅仅是：

"我当众唾弃着整个世界,我因此而感到自豪。"即便我个人认为他这笑声里包含着这种含义,但更确切地说,这个含义应该是:"伙计,这就是我们现在所处的环境,即便你无法理解,它就是这样。"这个标题包含着一种令人惊愕、使人产生幻觉的含义,就像……亨德里克斯的专辑名称一样。当然,李·大幽灵·罗伯特森给自己专辑的命名并没有亨德里克斯那样巧妙、讲究,甚至是注重旋律性。在音乐的和谐入耳方面,李·大幽灵·罗伯特森更倾向于借助自己的激情敲打弗兰肯斯坦吉他的琴身。他从科学的方面发现了一个全新的音色,这个音色并没有那么悦耳,但是可以调整。李·大幽灵·罗伯特森试图应对这个新发现带来的影响,可是他没有能力实现这个想法。在歌曲最后的减弱音中,李·大幽灵·罗伯特森猛烈地弹奏着自己的吉他,借此表达自己那饱受痛苦的灵魂。让人感到惊讶的就在于,李·大幽灵·罗伯特森借助一把吉他就完成了这首歌曲的弹奏,对于他所处的那个时代而言,他是超前的。这首歌曲也将我征服,以至于我完全忘记了自己要听这张专辑的初衷:Moderne吉他。

因为,不可否认,这个声音来自Moderne吉他,它既猛烈又尖锐,既浓烈又强劲,既原始又新颖。就如同朗尼·麦克与他那把Flying V吉他那样,李·大幽灵·罗伯特森发现自己那把Moderne吉他音色中的新颖独特之处,用它可以弹奏出新的音符,他通过自己的方式来弹奏自己的吉他。在这一方面,朗尼·麦克表现得既热情灿烂又精湛;李·大幽灵·罗伯特森则沿着一条相反的道路前行,因为无论是他的音乐,还是他的音色都不会让人们感到悦耳。他的音乐中有一些明显的笨拙与过度,他没有将那种可能的预期效果(无论如何,这是一个当代听众的观点)呈现出来,音乐效果听上去会让人感觉制作简陋。不过,这不是最主要的,最主要的是在所有的表象之下我发现了李·大幽灵·罗伯特森一个更为阴暗的意图——他想让人们感到不快。那么,他成功了。

借助那古老又前卫的啸声,李·大幽灵·罗伯特森将我迷惑,将我从密西西比州的腹地带到一个未知的、神秘的音乐领域中。这样一个音乐方面的领军人物是如何被人们遗忘了这么多年的呢?

23. 牛津市密西西比大学

“地面指挥呼叫汤姆船长。”一个声音在我身后响起。罗琳回到了试听室，用一种古怪的眼神看着我。

我从自己的幻想中走了出来。

“您还好吧？”

“是的，是的，我还好。”

“听听这张专辑吧。”罗琳一边说着，一边从一个被划破的封皮中抽出一张黑胶唱片。那是汉伯纳·维利·纽伯恩在1929年出版发行的《杂乱蓝调》(*Roll and Tumble Blues*)。

她将转盘设置成快速旋转，然后将这张有些翘起的胶木唱片放在了转盘上。这是一首蓝调音乐，这首简单的蓝调音乐仅仅由一把原声吉他搭配着人声。我马上就明白了为什么罗琳想让我听听这张专辑——出现在这张专辑中的连复段与出现在《半月蓝调》中的连复段一模一样，只不过《杂乱蓝调》中的连复段要更为粗琢些，听上去年代要更为古老。这张专辑展现了一个如此遥远、真实又带有阴谋的世界，以至于我们别无他法，只能认真将它听完。这就是音乐的魔力，是最南部的三角洲音乐的魔力。

但是，这样的音乐还是与《半月蓝调》相距甚远，那就更不用提《地狱之歌》了。

“这首歌曲被许多乐队都翻唱过，这些翻唱曲目大多以“翻滚与跌倒”（Rollin´ and Tumblin´）命名。穆迪·沃特斯就将这首歌曲改编成了电子音乐。也许李·大幽灵·罗伯特森也从这首歌中获取了灵感，即便他将歌词与旋律都改换一新。”

“您已经听过了B面的《地狱之歌》了吗？”

“听过了，不过我感觉这张专辑的B面已经被划坏了。”

“是的，差不多就是这样。实际上，这张专辑的B面在开头被做成了循环播放的模式，但是在循环播放结束之后还有一首完整的歌曲。”我一边解释，一边让罗琳看了一下音轨。

“啊？这会带来什么影响呢？”

“我认为《地狱之歌》要比《半月蓝调》更具有原创性，也更为……有力，您想听一下这首歌曲吗？”

“不，现在不行。我今天晚上会听一下这首歌曲的，我们现在必须离开这间试听室了。”罗琳一边说着，一边指了指一个正等在门外的学生，这个学生的胳膊下夹着一张黑胶唱片。

我们离开了试听室。罗琳将《杂乱蓝调》这张专辑放回了卡槽中，这让我想到了可以去查认一下李·大幽灵·罗伯特森的名字有没有出现在克莱弗多纳唱片公司出版发行的其他专辑中，因为他不是一个简单的音乐人。

“克莱弗多纳唱片公司还出版发行过哪些专辑?”

“这是芝加哥市的一家很小的唱片公司,它成立于1956年。为了与切斯唱片公司和戴尔马克唱片公司竞争,它签下了一些无法与这两家唱片公司签约的音乐人。至于它的音乐风格,有蓝调、爵士、福音音乐、嘟·喔普合唱,也还有一些……摇滚,就像这张专辑一样。”罗琳一边说一边指着李·大幽灵·罗伯特森的专辑。她继续说道:“但是这家唱片公司没有出版发行什么讨人喜欢的音乐,它的音乐销量也不太好。这家唱片公司很快就破产了,应该是在1958年或者是1959年。不过,这家唱片公司之所以为人们所知,还是因为它出版发行了鹈鹕乐队的第一张专辑,这算是这家唱片公司取得的一个相对的成功。”

“鹈鹕乐队的第一张专辑也收藏在这个档案馆里吗?”

“我想是的,请跟我来。”

我跟在罗琳身后,她轻而易举就抽出了一张黑胶唱片。“1957年”,专辑出版发行的年份清清楚楚地印在封面上。与我今天下午单独一人在档案馆找到的那些专辑都不一样的是,在这张专辑中有一张乐队全体成员背着乐器的照片。如果这家唱片公司经常会为自己旗下的艺人拍摄这样的照片,那么我也可以寄希望于找到一张李·大幽灵·罗伯特森背着他那把Moderne吉他的照片。这样一来,人们就可以看到这把Moderne吉他,这把吉他也就可以被鉴定出来了……

“档案馆里还收藏了克莱弗多纳唱片公司出版发行的其他专辑吗?”

“也许吧。”罗琳回答道。

但是,她没有向我提议再去找找看。她可能会思考:找到这些专辑又有什么用呢?无论如何,我希望的就是找到李·大幽灵·罗伯特森那张专辑的封面,而非其他专辑的封面。但是,我怎样才能找到这张专辑的封面呢?李·大幽灵·罗伯特森是一个不为人们所知的音乐人,他只出版发行了一张专辑,出版发行这张专辑的是一家小小的唱片公司,这家唱片公司还很快就破产了……不管怎样,我现在找到了一条正确的线索,我感受到了。很显然,罗琳就是那个可以助我一臂之力让这张专辑封面重新浮出水面的理想人物。我不想滥用她的时间与她的善良,我只想找到一种方法可以帮助我再次腾飞,前提是我可以想到办法将覆盖在我翅膀上的淤泥清理干净。

“您真的可以确定您还好吗?”罗琳再一次问道,“您看上去非常疲惫。”

“我还好,谢谢您。我只是有些累了。我很好奇的就是,我在哪里才有可能找到那张《半月蓝调/地狱之歌》专辑的封面呢?我怎样才能找到更多与李·大幽灵·罗伯特森有关的信息呢?我应该从何处着手呢?”

罗琳看着我笑了起来。在她的眼睛里我没有看到怜悯,但是看到了一种理解的同情。我觉得在这一刻,她要比我自己还要了解我。我还觉得,在这一刻她看到了一些我没有看到的东西。

“至于从哪里开始,”罗琳回答说,“我建议您可以在外面稍微转一圈,呼吸一下新鲜空气。”

我们从档案馆大楼里走出来，路过了一处铜制塑像，这个铜制塑像是一位西装革履的年轻男子，他坚定果断地走向一处仿古希腊建筑的四柱门廊，在门廊的三角楣饰上还刻着一个词——努力。

“这象征着密西西比大学的校门。”罗琳对我解释道。

“那这个年轻人又是谁呢？”

“他是詹姆斯·梅雷迪思。您知道他吗？”

“不知道。”我承认道。

“就像这座铜制塑像展现出来的那样，这是一个29岁的年轻黑人男子。在军队里服完九年兵役之后，他便准备投入其一生的战斗中去：进入只接收白人学生的大学中学习。”

罗琳试图用一种淡然的语气来讲述这一切，但是她的声音中还是带有一种激动的情感。罗琳继续说道：“在20世纪60年代初期，密西西比大学与南部所有其他学校一样，依旧贯彻着种族隔离政策。詹姆斯·梅雷迪思提交了一份入学申请，但是被拒之门外。他又一次提交了一份入学申请，结果还是一样，他再次遭到了拒绝。在全国有色人种协进会（NAACP）的帮助下，他一纸诉状将密西西比州政府告上了法庭，后来，他赢得了诉讼……他成为第一个有权进入密西西比大学学习的黑人学生。但是——”

罗琳调整了一下自己的眼镜，然后直视着我：“您可以猜一下，在1962年9月30日那一天，肯尼迪总统究竟派了多少警察来保证梅雷迪思可以进入密西西比大学上课吗？我指的是他本人走进密西西比大学。”

“我不知道……”

“一万六千名。”

“一万六千名警察?”

“一万六千名警卫与警察被派来保证美国联邦法律的实施……值得一提的是,五年前,在相邻的阿肯色州也发生过一次相同的事件。美国最高法院允许六个美国黑人女孩儿和三个美国黑人男孩儿进入高中学习,他们九个人成为小石城的九名新高中生。随之而来的就是日复一日的骚乱与暴力。在种族隔离主义者举行游行示威的三个星期后,艾森豪威尔总统不得不派出军队。因此,在后来,为了防止类似事件的发生,肯尼迪总统也派出了相同数量的军队。”

“詹姆斯·梅雷迪思最后走进大学校园学习了吗?”

“当时还是发生了一些骚乱,有两百名警察受伤,还有两人死亡,其中一个还是一名法国记者。”罗琳带着一丝狡黠对我解释说。

“一名法国记者?”

“他的两肩处受到了枪击。现在这个枪击事件发生的地方竖了一块纪念碑。梅雷迪思最后得以进入大学里学习,但是周围的环境过分紧张,以至于他不得不在警察的保护下完成一年的学业。”

“这可真是……难以置信。”

“后来梅雷迪思说他这样做是‘为了他的国家、他的种族、他的家庭,最后才是为了他自己’。他的斗争不会停滞于此。1966年,为了获得公民权利，他组织了一次游行，除了‘上帝的帮助’之外，他没有得到任何保护。一个白人狙击手朝他射击，但是梅雷迪思躲开了这一劫。随后，他进入了共和党。”罗琳打趣地说道。

“真的吗？”我愣在那里问。

“是的，不过，下一次我可能会把这个故事讲给您听。我得……我现在得跟您告辞了。”

“当然可以，谢谢您，谢谢您为我做的这一切。”

“我也很感谢您。您激起了我对李·大幽灵·罗伯特森的好奇心。我有些过分将他一笔带过了，我感觉在他身上还有……一些内容可以研究。如果您的行程不是特别匆忙的话，我想，我应该可以给您的那篇文章提供一些帮助。”

“我的行程并不匆忙，实话实说，我的时间还相当充裕。”

“在密西西比州，人们都很喜欢这句话。”罗琳微笑着对我说道，“您会在这附近住下吗？”

“会的。”

“那么，以后见了。请您好好休息一下。”

“以后见，非常感谢。”

我停在了一家不错的旅店门口，思量着自己已经度过了可怕的两天，还在野马汽车中睡了一晚，我完全值得在这样好的旅店里休息一下。不幸的是，旅店前台的接待人员告诉我，我的银行卡被冻结了。这张银行卡就关联在温斯莱勋爵为我提供旅费而开设的银行账户上。我还带了一张自己的银行卡，但是这间旅店房间的价格过于高昂,可能会逼得我储蓄银行的客服经理让·皮埃尔·皮雄给我打电话质问到底发生了什么事情。因此,我只能回到野马汽车里。

现在应该是下午五点。

24. 密西西比州牛津市

我醒来时是上午十点左右。尽管天气炎热,我最终还是在这辆野马汽车里睡得很好。唯一很现实的问题就是,这辆车里没有淋浴设施……

我将汽车开到最近的一个服务站,给汽车加满了油,简单梳洗了一下,换了身衣服。然后,我又回到了牛津市的市中心吃了一顿丰盛的早餐。在吞下了不少薄烤饼,喝了一杯真正的咖啡后,我觉得也许是时候重新联系一下温斯莱勋爵,解决银行卡事件了。就在这时,我的手机开始震动起来。这是罗琳打来的电话,她告诉我昨天晚上她听了一遍《地狱之歌》,这首歌曲让她……感到非常震惊。她将自己的这个发现告诉了文斯·布朗宁——她的人类学老师,也是她博士论文的导师,此人的专业就是蓝调音乐文化,并且她的导师提议让我到他的办公室去和他见一面。

十五分钟之后,我走进了那个带有殖民地风格的建筑物中,罗琳告诉了我她导师办公室的门牌号。在这间办公室里,两位研究员争论得正酣。

“你好！”文斯用法语对我说道。罗琳给我们相互引荐了一下。文斯先后在法国的巴黎和图卢兹生活过几年，他的法语讲得相当不错。文斯来自美国的新奥尔良，在那里，法语还是一门通用语言，就如同阿卡迪亚人[1]也会用法语唱歌一样。

文斯办公室中的布置非常简单，一个大大的书柜、一块地毯、一张书桌，还有一套高保真音响设备。我认出了那个印有小理查德照片的专辑封面，那是罗琳用来放置李·大幽灵·罗伯特森专辑的。

“今天早晨，我们用了一个小时的时间循环地听了这张专辑的A面与B面，尤其是B面。”文斯说道。

“啊？真的吗？”

“是的，他的这种演奏方式实在是太带有个人色彩了，尤其是他那把吉他的音色非常与众不同。”

我什么都不敢说，我完全同意文斯的说法。在很大程度上，这样的音色要归功于Moderne吉他。文斯对此会不会知道些什么呢？

文斯继续说道：“《半月蓝调》这首歌的音色非常晦涩难懂，不过，这个音色还是比较符合那个时代要求的。然而，《地狱之歌》的饱和程度与啸声的使用都是前所未闻的。不过，还有一些事情会让我们感到更加吃惊。”文斯一边说着，一边走向了那台留声机。他继续说道：“为了发现这一点我们必须多听几遍。”

① 美国路易斯安那州操着法语的居民。——译者注

黑胶唱片传出了前面的几个撕裂声，文斯将声音调高了些，这张黑胶唱片传出来的声音与我第一次听到的声音非常不同，也许这是因为文斯的这套高保真音响设备的缘故，他的这套高保真音响效果要更好些。一直没有发生变化的是，从最初的几个音符开始，演奏者就用琴拨摩擦着琴弦，与此同时，扩音器将声音放大，这就造成了声音的失真，使得啸声变得凄切，完全没有将这首歌曲中的任何错误与蠢笨掩盖起来。我们可以清清楚楚地听到李·大幽灵·罗伯特森在与自己手中的乐器做斗争，试图将其驯服，或者恰恰相反，他试图折磨自己手中的乐器，让其发出那种奇怪的声音。这首歌曲中糅合了一种业余性与过分的投入。我们不应该把注意力放在这首歌曲的旋律上，而是应该放在这首歌曲的声音上，或者更确切地说，放在这首歌曲的嘈杂声上。在歌曲的第二段中，我发现吉他弹奏出的连复段稍显粗重，就好像是人们在这个连复段中加入了低音贝斯的合奏，稍有些后缩。然后，在歌曲的第三段中，声音变得更为浓重，就好像是另一把吉他也加入了合奏一般，但实际上这不过是打击乐器发出的声音。我的感觉很奇怪——这首歌曲的曲调在变得沉闷的同时，吉他发出的声音也失去了清澈。歌曲结尾的时候又出现了另一层次的声音，在高亢的声音中，只有一把吉他在独奏。在歌曲的整体音效中，吉他独奏的声音异常清亮以至于人们可以分辨出这是一把Moderne吉他发出的声音。我第一次听到这首歌曲的时候，并没有注意到这一点，因为这一层声音几乎完完全全与歌声重合在了一起，这一层声音进入了一系列接连出现的类似呻吟的可怕声音中。然后，进入了整首歌最后的一个音节，这个强音和弦让我感受到了一种前所未有的穿透力，这个和弦在死亡般大笑声的作用下衍生成了一阵啸声。

我又一次感受到了一种震惊与错愕。这首歌曲中包含着一种具有感染力的痛苦，这种痛苦钻入了我的内心深处。就如同李·大幽灵·罗伯特森真的从地狱深处发出了某种信息一样。

“怎么样，您听出什么了没？”文斯好奇地问我，猛烈得让我的理智瞬间归位。

“这首歌中出现了好几把吉他，这些吉他逐一加入歌曲的演奏中来。”我这样回答说。

“确实如此！”文斯大笑着说道，“不过，让我很感兴趣的是他是如何做到的呢？”

我思索着，我认为这些相互叠加的吉他声音都是Moderne吉他弹奏出来的。这样的话，要么李·大幽灵·罗伯特森与至少两个人一起合作完成了这首歌曲，并且他的合作者们每一位都拥有一把Moderne吉他。在我看来这是不大可能的事，要么就是……

“这是多轨录音吗？”我试探着问道。

“差不多吧！”文斯回答道。很显然，文斯非常高兴，他继续说道：“这首歌曲的录制时间，这首歌曲的录制时间应该是在1958年，也许是在1959年，在那个年代没有几家录音室装了多轨录音设备。那么可以肯定的是，作为一间规模很小的唱片公司克莱弗多纳唱片公司的录音室里绝不可能配备了多轨录音设备。还有就是，在这家唱片公司出版发行的其他唱片中我们没有发现任何与多轨录音有关的线索。实际上,李·大幽灵·罗伯特森采用的录音方式要更为简单——这张专辑的录制方式采用了叠加声音多轨录音技术,这种录音技术是莱斯特·威廉·鲍尔斯福斯在20世纪30年代发明出来的,他还有一个更为人所熟知的名字……"

"莱斯·保罗!"我脱口而出,并没有发现自己打断了文斯那如同讲课般威严的话语。

"没错,就是莱斯·保罗。"文斯兴奋地继续说道,"1954年,他为吉普森公司设计了那把著名的吉他,如果我没有记错的话……"

"是1952年,而且他并没有真正设计那把吉他,吉普森公司只是向他请求借用了他的名字而已。"我一边解释着,一边回想着,如果不是因为给温斯莱勋爵送去了一把最早的Les Paul吉他的话,我现在就不会来到密西西比州听文斯给我讲这些事情了。

"简而言之,"文斯继续说道,"除了为一把举世闻名的电音吉他做出了自己的贡献之外,莱斯·保罗还是一位技艺精湛的吉他手,尤其是,他还发明了一种录音技术,从根本上改变了人们制作音乐的方式——分段分层次录制。在这种录音技术的帮助下,人们可以录制很多音轨,然后可以按照自己的意愿将这些音轨混合起来。20世纪30年代,音乐都是直接录制在黑胶唱片上,也就是在那个时候莱斯·保罗萌生了一个想法——他先将一首歌曲录制在第一张黑胶唱片上,然后将这首歌曲录制在第二张黑胶唱片上的时候,同时把第一张黑胶唱片上的音乐播放出来,就这样如此往复。1949年,在莱斯·保罗拥有了第一台安培专业录音机后,他如虎添翼,重新用之前的方式录制音乐,但这一次他使用了磁带。他录制了一首歌曲，在这首歌曲中，人们可以听到十二重吉他的声音与十二重歌声，这就是用之前我说的方式录制出来的。李·大幽灵·罗伯特森就采用了这种方式录制了那首《地狱之歌》。我数了数，在歌曲的结尾处出现了五重吉他声音与两重歌声。”

“我也数出了相同的数字。在最后一段中，他还融入了一些打击乐器。不过，我想实际上这应该是他敲打吉他发出来的声音。”

“完全如此。有趣的是，李·大幽灵·罗伯特森在录制第一重吉他声音的时候放慢了录音带的转速，这就使得这首歌曲的节奏要更为缓慢，这也导致这首歌曲的声音与正常录制的歌曲声音相比要更为庄重与低沉。不幸的是，这个声音效果的获得建立在了损害录音质量的基础之上，因为录制的音轨越多，对信号的损害就越严重。不过，这首歌曲中还是蕴含了一些非常绝妙的创作。”

“那么这是不是就意味着李·大幽灵·罗伯特森一个人完成了整首歌曲的录制，或者是他希望可以一个人完成整首歌曲的录制呢?”罗琳试探性地问道。

文斯将身体转向罗琳，表示赞同。

“是的，有可能是这样的。在那个年代，歌手们想要录制双重或是三重吉他合奏的话，他们会找来相应数量的吉他手，几个人同时弹奏吉他，一次性完成录制。不过，这种录制方式并没有保留下来。李·大幽灵·罗伯特森采用的录制技术的优势就在于花费较低，因为他不需要花费多余的钱来请其他音乐人配合录制。

但是，我也有这样的感觉，我们遇到了一位……孤僻的天才。”

“并且怀才不遇！实际上，他确实不为人们所知。”罗琳在短暂的思考之后补充说道。

罗琳用一种恼恨的语气将这番话语表达出来，这时候，文斯看起来已经因为这个发现而狂喜不已。

“还有，极为可怕的是……”我随意补充道。

“是的，很凄凉。”罗琳说道。

“也很现代，”我又一次补充，“有时候……”

“这是一位孤僻的、不为人所知的，既可怕又现代的天才。”文斯总结说道，“托马，感谢您的这个发现。”他向我展露出了一个大大的微笑，继续说道，“我不知道您今天还有什么安排，但是我很开心可以向一位来自法国的记者展示一下我们在密西西比大学进行的研究。”

“我今天没有安排什么事情。”

“这简直太完美了。我想罗琳今天下午不能和我们一起了，因为她还有工作要去完成。”文斯一边说着，一边将身体转向了罗琳。

“这还不都怪您吗？”罗琳回应说，她的这个回答让我们三个人都大笑起来。

“不过，今天晚上我们仨可以聚在一起吃个晚饭，如果您方便的话。”文斯继续说道。

“这个安排非常完美。”我回应道。

“很好，那么现在应该是午饭时间了。”

午饭之后，我参观了密西西比大学，探索了属于它的秘密。密西西比大学的音乐专业毋庸置疑有丰富的资源，我开始后悔没能够在这里学习。文斯是一个充满活力的人，除了纯学术研究工作之外，他还在网络上教授一门名为“美国非洲文化”的课程，编辑出版了一本关于蓝调音乐的月刊杂志，主持了一档广播节目。我们谈论了很多与巴黎有关的事情，他给我讲述了一些他对这座城市的记忆，他还对罗琳大加赞赏：“这是我最好的学生。也许她有些过于严肃认真，但是，她就是为了学术研究而生的。”我们还多次提到了李·大幽灵·罗伯特森这位音乐人。

当天晚上，文斯开车带我去了“泰勒食品杂货店”——一家餐厅，这里距离牛津市市区有十分钟左右的车程。罗琳已经在那里等着我们了。涂鸦覆盖了从地面到天花板的所有角落，就连餐桌也不例外。那天晚上，在餐厅里进行演出的是一个很棒的三人组，他们演奏的是小酒馆中的乡村音乐。

在我们落座之后，文斯点了这家餐厅的特色菜——鲇鱼，然后，他又从袋子中掏出了一瓶葡萄酒。文斯对我解释说这家餐厅不出售酒水，允许客人们自带酒水，但是客人们需要将自己带来的酒水小心地用牛皮纸袋子套起来。密西西比州从1966年起才允许酒水贩售，而禁酒令早在1936年就已经被废除……此外，在密西西比州还有百分之四十的县镇至今依旧禁酒。

我们还讨论了一下密西西比州的一些奇怪的风俗习惯，但是我们的话题很快又转移到了李·大幽灵·罗伯特森身上。这个话题的转换是由文斯提出的一个问题引起的，这个问题让我有些措手不及。

“您是怎样找到这个小宝藏的呢?”

我不能回答说自己是在“一个精神病患者兼杀人犯家的房间里发现的,专辑封面的照片就放在一个沾满血污的文件夹里”。我避开了这个问题。

“啊,我什么都没有做,是罗琳找到了这张专辑。”

“确实是这样,是她让您听了这张专辑,”文斯继续说道,“但您是怎么对这个谜一般的李·大幽灵·罗伯特森产生兴趣的呢?”

“好吧,我想应该就是他的名字引发了我的好奇,”我双颊充血,继续说道,“还有就是除了罗琳之外没有任何一个人说起过他。”

“那么就是为此,您才来到密西西比州的牛津市见她一面,是吗?”

“是的,就是这样。”我尴尬地回答道。

为了避免一个让人无法忍受的死寂的出现,我非常小心谨慎地说起了我自己的推测。根据我的这个推测,我认为在某种程度上,在某些方面,《地狱之歌》应该是一首……

“该怎么说呢? 重金属音乐?”

“是的,这个词汇用得好,”文斯说道,“这首歌曲中有着一种既强有力又神秘晦涩的东西,它摧毁了人们的信仰。有时候,这首歌曲会让我想起黑色安息日。”

我很满意,因为我不再是唯一一个将这两者联系在一起的人了。不过,罗琳看起来并不完全赞同我们的想法:“我认为,这首歌曲属于蓝调音乐的范畴。就如同博·狄德利说过的:‘蓝调音乐就是一切音乐的源头,剩下的所有音乐都是它的衍生物。’除此之外,无论是这首歌曲的音调还是歌词都会让我联想到罗伯特·约翰逊。在这首歌里有一种衰落感,这种强烈的敏感似乎无法与现实生活相互调和,它还会将人们推向绝望。但是,在这之中,罗伯特·约翰逊表现得既积极又灵敏;而李·大幽灵·罗伯特森则笨手笨脚,几乎可以说是非常扭曲。这首歌的结尾跟《尖叫的杰伊·霍金斯》(*Screamin´ Jay Hawkins*)结尾处的吼叫相似!尽管如此,我还是得承认《地狱之歌》乐音中的灵魂具有扰乱性,它包含着某种本质的敌意。这不会将人们吸引住,只会推着人们向前。”

我看到文斯对罗琳的说法表示赞许。

罗琳继续说道:“20世纪50年代的摇滚乐通过各种各样的方式庆祝年轻、生命、性欲与解放。摇滚乐凭借自己的节奏释放了一种强烈的自由情感与大量的积极能量。但是,在《地狱之歌》中,一切都恰恰相反——这首歌曲借助一种缓慢且沉重的节奏,庆祝死亡、地狱、痛苦与绝望,甚至更可怕的是,他放弃了希望。你们有没有听到《地狱之歌》结尾处的那句歌词‘我希望不要再有任何希望’?这是他想对自己说的话吗?我不这么认为。我想他这句话是对我们说的,他希望一切就此结束。或者,他的想法要更加可怕些:我认为他想一切都已经完蛋了,我们已经身处在地狱中,我们将会永远地留在地狱中,我们需要适应在地狱中的生活。我认为即便这首歌的形式还表现出某些犹豫不决,但是它表达的实质性内容绝对真实。”

罗琳的声音颤抖起来，她已经深深地被这首《地狱之歌》触动了。

“我想说的是，如今，这种虚无主义的情感已经变得十分常见，虽然人们一直都会好奇这种情感的真假。如果人们会对自己提出这样的问题，这并不是因为与之前相比人们没有那么痛苦，也不是因为与那时相比人们没有那么多痛苦的权利，不是这样的。这是因为人们知道这种类型的音乐被售卖出去的可能性会更大些。正因为这样，它的真实性才会遭到人们的怀疑。但是，在20世纪50年代，这样的情感如果存在于美国通俗音乐中的话，那么这样的通俗音乐根本不会有什么销量，甚至我们在通俗音乐中都不会听到这样的情感表达。在各种层次的通俗音乐中，这种情感都不会出现。那时候，摇滚乐主要作为伴舞音乐出现，而非一种发人深省的音乐。‘来吧，伙计们，让我们一起沉浸在《地狱之歌》中吧！’你们可以想象一下李·大幽灵·罗伯特森会这样说吗？”罗琳用一种相当严肃认真的语气问我们，这种语气严肃到有些古怪。

文斯在自己的椅子上稍微扭动了几下，他竖起了食指，目光看向天空，与此同时，他还哼唱着《地狱之歌》的几小段歌词，而后，他的神情变得有些沮丧。“确实，这并不是什么显而易见的东西。”文斯说道。这让我开怀大笑起来。

罗琳微微一笑，然后延续着这个讨论话题：“这不仅仅是一首奇怪的歌曲，还是一种异常的现象。”

确实如此，不过，在我看来，这个评判有些过于确定了。我稍后才明白罗琳正在表述些什么,她想表达的内容与文斯的看法完全相反。文斯直视着罗琳的双眼回答说:“正是因为如此你才需要做一个更为细致的研究。”

这不是一个建议,这是一种善意的命令。

“我知道。”罗琳回答道。

就像罗琳后来对我说的那样,很久之前她就知道自己应该这样做。这个很久之前并不是那天上午,也不是她第一次听到《地狱之歌》之时,而是在她将这张封面已经丢失的如同幽灵般的专辑从暂时存放它的那个点唱机中取出来的时候,是在她第一次听到《半月蓝调》这首歌曲与《地狱之歌》开头部分的时候,但那时的她不敢对李·大幽灵·罗伯特森与他的那张专辑进行更进一步的研究,她害怕证实自己的预感与猜测。因此,在两年前,她只是这样写道:“这是一首缓慢还带有催眠性质的蓝调音乐。”这样表述是为了草草处理掉她希望自己根本没有听到的一些东西。

25. 罗琳家中

罗琳找到了李·大幽灵·罗伯特森的“尸体”，而我则让他重新“复活”。就在匆忙赶去录制自己的电台节目之前，文斯暗示了我与罗琳要是可以合作研究李·大幽灵·罗伯特森与他的专辑，应该是一个很棒的主意。文斯埋单离开了餐厅，这时，餐厅里的演唱也接近尾声，现在的气氛很适合进行一场严肃认真的讨论。但是，正当我想要张嘴说些什么的时候，罗琳示意我保持沉默。她斜眼示意我注意一个在距离我们几张桌子开外独自吃饭的男孩儿，他可能会听到我们的对话。

罗琳站起身，快速地跟男孩儿打了个招呼，然后我们就离开了餐厅。

“我想我们应该好好谈谈。”罗琳对我说。

“是的，我们确实需要好好谈谈。”

“我不太出门玩儿，我也不知道这个点还有哪些有意思的地方在营业。我觉得最好的解决办法就是去我家，只是为了谈谈话。”她一边说着，一边着重强调了“谈谈话”这个词。

“很好。”

我们坐上罗琳的那辆小小的雪佛兰轿车，穿过了一片长着榆树和柏树的林子，回到了密西西比大学。因为不太自信，罗琳全程都投入开车，我也倾向于保持沉默。她将雪佛兰轿车停在了停车场，我陪着她一起回到她的那间学生宿舍里。

“在密西西比州，男女生的宿舍都被分隔开了。”罗琳解释道，“好吧，尽管有时候男女生的宿舍之间只隔了一堵墙，但是，您还是小心谨慎些为好。”

“好的，没有问题。”

我们来到了罗琳的房间。相对而言，她的房间空间很大，收拾得也很整齐，虽然她在房间里摆放了很多书籍与唱片。

“请坐吧。”罗琳一边说着，一边给我指了指屋里的沙发。

“谢谢。”

罗琳自己则在书桌前坐了下来，看了一眼那张印有小理查德照片的专辑封面，在这张专辑封面里装着李·大幽灵·罗伯特森的唱片，然后她将身体转向我，面带焦虑。

“是这样的，今天上午，在您到达文斯的办公室前，他告诉我说希望我可以写一篇与李·大幽灵·罗伯特森有关的文章，而且我可以借用这样或是那样的方式将这篇文章加入我的博士论文中。但问题就是我的时间不太够了，我的进度已经落后了很多……简单来说就是……另一件事情给我带来了很大困扰，因为您说过您也打算写一篇与李·大幽灵·罗伯特森有关的文章，而且这个想法是您先提出来的,所以……"

"罗琳,我明白您的意思了。"

是时候将事情摆在台面上来说了,我不想让罗琳将我想象成一个严肃的、会在这篇文章的写作方面与她竞争的对手。如果我们之间要在一起合作的话,我也不想再扮演一个不得不通过撒谎将自己伪装起来的角色。因此,我对罗琳坦诚相待。总之……我说了实话,或者是……一部分事实。简单来说,我就是一名法国记者,我很喜欢摇滚乐,但是我现在受一位富有的收藏家所托为他寻找一把吉他,而这把吉他的存在还饱受争议。现在看来,这把吉他很可能为李·大幽灵·罗伯特森所有,至少在一段时间中为他所有。在这个版本的事实中,我只提到了那位收藏家与李·大幽灵·罗伯特森,我略去了那两场与Moderne吉他有关的谋杀案——这对于我俩来说会比较简单。

罗琳又问了我一些与我要寻找的吉他有关的信息,我发现向她解释越多与Moderne吉他有关的事情,罗琳就表现得越发震惊。不仅仅是震惊,我还感受到她最感兴趣的是她欣赏、正研究的音乐人所使用的吉他品牌。因此,在了解到我们的目标并不一致后,她长舒了一口气。刚到罗琳屋里时我感受到的那种紧张已经烟消云散了,我们聊天的口气也越发亲近,越发真诚了,但这种亲近与真诚在她问我这个问题时显得有些过分:"你确定你想要找的那把吉他并不是一个城市传奇吗?"

"不是的,这一点我可以确定。"我有些生硬地回答道。

罗琳明白了她的问题对我造成了伤害,然后,她非常严肃认真地继续问道:“可是,你又有什么线索可以证明李·大幽灵·罗伯特森曾经拥有这把著名的吉他呢?”

“一张照片。”

“一张照片?你有一张李·大幽灵·罗伯特森的照片?”

“是的。”

“我们应该从这张照片开始进行我们的研究!”

“但是这张照片的状态非常糟糕。”我边说边从夹克内兜里拿出那张被我粗粗修补好的、折了两折的封面照片。

“你是如何得到这张照片的呢?”

“这张照片是那位委托我帮忙寻找吉他的收藏家提供给我的。”

“那么,他又是如何得到这张照片的呢?”

“这我就不清楚了……”

罗琳撇了撇嘴。我知道自己的说法可能不是那么有说服力,不过,罗琳也明白现在不是就这张照片的来源问题提问的好时机。罗琳轻柔地将这张照片展开,就好像这不是一张照片,而是一件珍贵的圣物。当她看到李·大幽灵·罗伯特森的容貌时,她似乎很吃惊。

“我没有想到他会如此年轻。”罗琳说道。

“你觉得他有多大?”

“也就刚刚20岁吧。”

“啊?我觉得他可能有25岁了。”

“不,他要更年轻些。不过他有些太瘦了,这让他看起来显得老成。”

罗琳继续细心地观察着封面照片上的李·大幽灵·罗伯特森。

“他看上去非常决绝,不过他的目光有些浑浊。他视力可能有些问题。我知道了……他应该是一个有着白色皮肤的黑人,是一个白化病患者。”

我被罗琳的这个发现惊呆了,我靠近了一些,想再仔细观察一下这张照片。这张肖像照的曝光有些过度了,这就使得人们不是那么好分辨出李·大幽灵·罗伯特森的具体模样。不过,借助他面部的某些光影,我们可以猜测出他应该就是一位白化病患者。

“我觉得你说得很对。”

“我差不多可以确定自己的想法是正确的,白化病应该在李·大幽灵·罗伯特森年幼的时候给他造成了一些困扰,因为他不属于任何一种人。不过,值得注意的是,他并不是第一位患上白化病的蓝调音乐人,像他这种情况的音乐人还有坦帕·雷德(Tampa Red)、皮亚诺·雷德(Piano Red)以及斯帕克莱德·雷德(Speckled Red)。”

“这我就不知道了。”

“这就是你的不对了。斯帕克莱德·雷德唱过一首《十二金刚》(*The Dirty Dozen*),你听听。”

罗琳转身在她的电脑上敲了几下。几秒钟之后,一段钢琴弹奏的布基伍基[1]音乐就响了起来,这完全就是老式摇滚,但是歌曲

① 布基伍基(boogie woogie)是20世纪60年代节奏摇滚(blues rock)的一个重要分支,曾经有一段时间人们对这种音乐情有独钟。——译者注

的结尾处更接近Rap。

“这首歌曲是哪一年发行的？”

“1929年。”

“嗯？”

罗琳开始大笑起来。

“人们肯定会告诉你说摇滚乐的鼻祖是埃尔维斯·普雷斯利，不是吗？要么就是1954年比尔·海利的那首《围着时钟摇摆》(*Rock Around the Clock*)开启了摇滚乐的先河，是不是？”

“是的……好吧……也不是。在此之前还有艾克·特纳与他的《火箭队88号》(*Rocket* 88)。”

“《火箭队88号》是一首1951年出版发行的歌曲。的确，摇滚乐在20世纪50年代大范围推广普及。那个时候，大量的白人也开始欣赏、演奏这种音乐，一个真正的文化大融合出现在不同的社会群体中。不过，摇滚乐出现的时间要更早一些。听听这首歌吧，坦帕·雷德的《那样的严格》(*It´s Tight Like That*)，这首歌出版发行于1928年。”

我听了这首歌曲……除了打击乐器之外，这首歌曲中还糅合了其他乐器，即使……“不管怎么说，这首歌曲都是一首布基伍基。”我说道。

“完全如此，克拉伦斯·史密斯的那首《皮恩托普的布基伍基》(*Pinetop´s Boogie Woogie*)也是在同一年问世的。不过，从那时起，也就是从20世纪三四十年代起，摇滚乐开始发展起来，涌现出以胖子乔·特纳、路易斯·乔丹、亚瑟·克鲁杜、维诺尼·哈里斯、约翰·李·胡克、法特斯·多米诺等为代表的近百位摇滚音乐人,其中还有一些女性摇滚音乐人,比方说罗塞塔·塔尔普姐姐以及阿尔比尼娅·琼斯。此外,还有一些白人摇滚音乐人:哈特曼的偷心人,威尔·布拉德利,比尔·门罗,等等。"

"还有汉克·威廉姆斯。"我补充道。

"是的,这些音乐人在近三十年间融合在一起的元素赋予了20世纪50年代的摇滚乐以灵魂。"

罗琳的讲述能完善我的音乐知识,这让我感到非常幸福,不过此时我最为感兴趣的是另一位摇滚乐的先驱,他要更为神秘,更为孤僻……就像是读懂了我内心的想法一般。罗琳又将话题带回了那张照片上:"那么,这就是他的吉他吗?这把吉他看起来很古怪,你确定这是一把吉他吗?你知道的,很多蓝调音乐人没有钱去买吉他,他们会自己制作一些吉他,他们会用一切可以利用的材料,无论这些材料究竟是些什么东西,比方说烟盒,金属桶,等等。"

"我知道,不过,这把吉他的琴头与我要寻找的那把吉他非常相似。"

"你这样做是有些轻率了……"

"是的,我知道。这也就是我希望至少可以找到那张原始专辑封面的原因。我们可以看到一张更为清楚的照片,也许,在专辑的封底我们还能看到一张更为完整的照片也说不定。"

"我们会找到原始封面的。"罗琳说道,她对自己非常有信心。

"如果说李·大幽灵·罗伯特森在1959年的时候差不多20岁,

那也就是说他应该出生在1939年前后。你觉得他现在还活着吗?”

“我希望他还活着。”罗琳说道,然后她停顿了一下,继续说,“不过,我想他应该已经死了,并且在很久之前就已经死去了。根据我所观察到的来看,这是一个被自己的艺术毁掉的人。如果他可以活过30岁,这绝对可以被称为一个奇迹。不过,也许我说得不对。”

实际上,我很赞同罗琳的观点。李·大幽灵·罗伯特森的目光就如同一个已经死去的人。除此之外,在那首《半月蓝调》中,李·大幽灵·罗伯特森明确地说出了他的心已经死了。在我看来,《地狱之歌》就是一封来自地狱的绝望且令人感到灰心丧气的信件。摇滚音乐界不乏永远年轻的面庞,因为这些年轻人被自己的放纵生活击垮,实际上,他们与死亡的冲动以及自我毁灭紧密相连。与其他人不同,李·大幽灵·罗伯特森对此完全保持着清醒。罗琳继续说道:“让我感到震惊的是,他是一个非常有潜力的人……并且,在他之后也没有出现过任何一个可以与他比肩的人。即便他已经不再混迹在摇滚音乐圈中,我们还是应该让人们都知道他的存在。人们最终会在摇滚音乐圈里给予他一席之地。我想他应该是被人们直截了当地拒之门外了,但我非常希望自己的这个推断是错的。”

“那么,我们应该如何去做呢?”

“我们应该坚持自己所坚信的一切。第一,我在一个点唱机里找到了这张专辑,点唱机来自密西西比州的格林伍德。在那里，李·大幽灵·罗伯特森的专辑一定还会被放在其他的点唱机中，可能还有一些被保存了下来。既然在网络上我们找不到任何与这张专辑有关的信息，这就说明了没有任何一位大唱片行会将这张专辑列为样本唱片。但是，在那里还有一些小唱片行。你可以从那些小唱片行开始寻找，你可以踏遍密西西比州。我有所有这些小唱片行的地址。”

我表示赞同。罗琳继续说道：“第二，李·大幽灵·罗伯特森在1958年或是1959年在克莱弗多纳唱片公司出版发行了一张专辑。下午，我去查阅了一下资料，我找到的唯一信息就是克莱弗多纳唱片公司的创始人在1980年就去世了。不过，我会尝试去找到他的家人和唱片公司的雇员。”

“那我们对一下手表。”我开玩笑地跟罗琳提议道。

也许，我应该这么认为，在密西西比州时间可能会流逝得正常一些。

我离开了罗琳的宿舍，在一个自助取款机上试了一下那张与温斯莱勋爵为我开的账户关联的银行卡。银行卡立刻被退了出来！我实在是太累了，以至于我现在不想处理这件事情。因此，我又在野马汽车里睡了一夜。

第二天，我找到了一家咖啡厅。联上网后，我想要弄清楚事情的进度，那件与我有关的事件的进度。布鲁斯·佰尔维斯·普雷斯利乐队的网站上没有更新什么特别的消息，但是我也很难从中推断出什么。我查找了一下与迪克逊弦乐器制造师的谋杀案有关的消息，我看到了负责这件谋杀案的罗伯特·麦高芬警长，他介入了这个案件，他无法接受这个卑鄙可耻的凶杀案玷污他那迷人、平静的小镇的名声，他还向小镇中的居民们保证会尽快将凶手绳之以法。现在他没有找到这场凶杀案的目击证人，不过，有几个人揭发说在疑似案发的时间点上，他们看到了一个可疑男人围着商店四周徘徊。麦高芬警长还发布了一张嫌疑人的素描像，上面描绘了……一位年轻的美国黑人。这是目前麦高芬警长同意对外公布的唯一线索。很显然，留给我的时间不多了。

我决定给温斯莱勋爵打一个电话，多多少少为我的沉默向他表示歉意，但是他并没有接听我的电话。几分钟之后，我接到一个隐藏号码打来的电话，是温斯莱勋爵。我向他解释说我掌握的那个证据效果并不是很好，我还需要一些时间才能把证据展示在他面前。我向他请求给我一个月的时间完成这个工作，我只需要一个月的时间。他又一次要求我将歌手的姓名与专辑的名称告诉他，但是我没有同意，要么是一个月的时间，要么就什么都没有。不过，如果最后我没有找到任何新的线索，我会将歌手的姓名与专辑的名称告诉他，为了使这一切都值得……

这样一来，温斯莱勋爵想知道我和布鲁斯之间究竟发生了些什么，为什么我需要仓促地离开田纳西州，那个争吵到底是怎么回事儿，因为我在上一通电话中跟他提到了这件事情……我感觉自己不得不在某些方面做出让步，我将所有的一切都告诉了他，包括那把仿制的Moderne吉他，被杀害的迪克逊弦乐器制造师，我夜访布鲁斯家，那个女孩儿，还有这一切是如何结束的。所有的压力又都出现在我的身上。

“这确实挺让人讨厌的，不过，您无须为此过分担心。”温斯莱勋爵说道，“您无须为这个凶杀案负责，那个布鲁斯早晚都会发现自己被人欺骗了，他肯定也会做出相同的举动。”

“无论如何这都太可怕了，我需要跟警察联系一下。”

“不，您不要这么做！您这样做会引起一些没用的纠纷。您的时间也会被耽搁下来，并且您还不得不讲到那把Moderne吉他，我不希望引起别人的注意。”

“但是，如果有人会因此被误判呢？”

“那我们就到时候再说。”

“我也非法进入了布鲁斯家……此外，我还可能将他给……”

“不管怎样，他都不会提出诉讼。从他的处境来看，上诉不会给他带来任何好处。”

“但如果他死了，他的太太报警的话？”

“您已经假设太多了，别将您的时间浪费在这件事情上。麻烦您将注意力集中在主要的事情上——证明原版的Moderne吉他存在。如果情况恶化，请跟我电话联系。我在美国认识些人，我可以给您请来美国最好的律师，他可以轻而易举解决所有的问题。您阻止了一个杀人犯进行二次犯罪，那个女孩儿可以为您做证。从某种角度来看，您是一位英雄。”

“真的吗？”

“忘记这件事情吧，将它彻底忘记吧。”

我感觉很安心，也许温斯莱勋爵说得也不无道理。

“好的。”我回答说。

“完美！那么从现在起，请您将全部精力都放在追踪线索上，寻找到那张专辑的封面。啊，我忘记它的名字了。”温斯莱勋爵试探着说道。

“您的意愿就是命令。”在结束这次通话之前我回答道。

一个小时后，我的那张银行卡解冻了。

26. 在南部深处

我没有丝毫停歇地跑遍了整个密西西比州，为了向温斯莱勋爵证明我没有滥用他的慷慨。我跑了很多路，还住过很多环境糟糕的汽车旅店。我从南海文跑到科林斯，从图珀洛跑到哈蒂斯堡，从杰克逊跑到格林维尔，却什么都没有找到。在任何一间唱片行里我都没有找到《半月蓝调/地狱之歌》这张专辑。维克斯堡的一家唱片行老板说自己有这张专辑……但是，在翻找了几分钟后，他给我拿出了另一张专辑，他认为这张专辑要比我寻找的那张更好些，他还说如果我要买下的话，可以给我八折优惠。

整整两周过去了，我一无所获。这时，我遇见了威利·勒罗伊，一家“古董”商店的老板，他看穿了一切，事实上他的这家“古董”商店就是一处昏暗的寄售商店。这家商店就位于克拉克斯代尔，我初到密西西比州的那个夜晚就在这座幽灵般的城市住过一晚，这座城市属于“十字路口”与罗伯特·约翰逊。

威利·勒罗伊是一个骨瘦如柴的老头儿，他身着一件肥大的衬衣，头戴一顶过时的棒球帽。“这家商店里最古老的古董应该就是我了。但是，没有人会打算把我买走。不管怎样，现在没有人会来买东西了。”

他的这番话语完美地总结了克拉克斯代尔的现状。那些“暂时”关门停业的商店与因为破产而倒闭的商店交替出现。几辆全新的四驱车湮没在20世纪70年代生产的老古董汽车中，这些浅褐色、奶油色还有栗色的老旧汽车表面已然凹凸不平，布满了灰尘，这些汽车至少有一个已经爆裂的轮胎，或者是龟裂的挡风玻璃。

在克拉克斯代尔，我去了三家唱片行，这三家唱片行都是罗琳推荐给我的。当我看到“三角洲古董商店”还有这家商店提供的黑胶唱片目录时，我失望地离开了。脏兮兮的橱窗后面挂着一块告示牌，上面写着“下午两点回来”。现在已经下午两点半了，但是这家商店依旧大门紧闭。我不想再来克拉克斯代尔了，因为这已经是我第二次来到这里，而且我希望能告诉自己已将这座城市深入探索了一遍。我先去了一家名为“亚伯的烧烤吧”的餐厅吃了一顿午饭，这是一家自甘衰败的路边小餐厅，它的墙壁为松木材质，家具都是弗米加塑料质地。罗伯特·约翰逊应该多次来到这里用餐。我点了一份特色菜——烧烤吧猪肉：一份文火煮熟的猪肉，搭配着面包、白菜、大红豆与糙米。我记得非常清楚，这家餐厅还提供一种家常酱汁，应该是这家餐厅久负盛名的缘由。这家餐厅并不贩售酒精饮料，为了可以招徕食客，这里会提供一种名为乐啤露的饮品——一种带气、微甜的饮料。谢天谢地，这款饮料没有被舶到大西洋另一端的欧洲。我想说的是，所有的味道都原汁原味，所有被传播出去的音乐都非常完美。

下午三点一刻，这家商店依旧大门紧锁，我决定先去参观一下三角洲蓝调音乐博物馆，因为……我知道查理·帕顿——这位被人们最早记录下的蓝调音乐人——喜欢弹奏Stella吉他，他偶尔还会用小刀弹奏吉他。我还知道詹姆斯·索恩·托马斯是密西西比州利兰的一位歌手与吉他手，他还是一位掘墓人，他因用真正的人类牙齿美化头颅雕刻品而为人们所知。唇边带着一丝微笑，我念出了一句穆迪·沃特斯的名言："人们可以说我不会唱歌，也不会弹奏吉他，但是他们不能说我不是一个绅士。"

一张小字条解释了罗伯特·约翰逊的结局，在格林伍德他至少有三处墓，他最有可能长眠的那座墓应该在小锡安传教士浸信会附近。在博物馆中，我没有找到任何与李·大幽灵·罗伯特森有关的信息。

下午四点半，我又回到了那家商店。这一次，商店的大门开了。这也许是为了让空气流通一下，因为商店里的顾客们并没有相互推搡。打算离开这家商店的时候，我看到许多二手唱片凌乱地散落在左边。不过，只消看到专辑封面的颜色，我就可以知道这里没有我想找的那张专辑——那些二手专辑的时间都太新了。无论如何，我还是仔细地翻看了一下。我这样做是对的，以防万一。我走近了那个正在自己办公桌后昏昏欲睡的家伙，他的双眼处在一种半闭半合的状态。我没有办法判断出他是否睡着了，而我本人已经是满身大汗，这种炎热简直让人窒息。我站在他的面前,但是他一直都没有对我做出回应。因此,我一边将李·大幽灵·罗伯特森那张专辑封面的影印件递过去,一边试探性地问道:“先生,您好。很抱歉,我想买到这张专辑。”他连身子都没有直起来就将影印件拿了过去,然后一边将这张纸举得很远,一边斜着脑袋用自己的左眼审视着。他什么都没有看见,他将影印件放在自己的办公桌上,将一只手伸向办公桌下方,有气无力地拉了一下一只抽屉上的手柄。他又稍微使劲儿地试了一下,还是没有将抽屉拉开。他将自己的椅子滑向后方,以获得更大的空间,用尽了力气又拉了拉这只抽屉上的手柄。这一次抽屉终于被他拉开。他在抽屉里面胡乱翻找着,然后从中翻出了几件东西,其中包括一副眼镜。他将眼镜架在自己的鼻梁上,仔细看着这张纸。

他的脸上浮现出一丝微妙的表情,根据我所能观察到的一切,这种微妙的表情应该可以被视为一种形式的反应。他又将自己的椅子向后滑了一些,然后站了起来。他花了整整两分钟的时间才完成了这两个连续的动作,这绝对不是我在蓄意夸大其词。他站起来之后,将工作台上散发着微弱光线的台灯对准了影印件,使劲儿地眯了眯眼睛,然后感叹道:“啊,原来如此!我觉得他跟那个可怜的老幽灵像极了。”

“那您认识他吗?”我问道,然后就是短暂的如同催眠般的停顿。这种停顿将我带入了一种极度的兴奋之中。

“我想我应该认识他,这张照片上的人真的跟幽灵很像,因为跟他一样的那些人并非满大街都是。”

“那您是在哪里，什么时候，怎样认识他的呢？”我大体上问了他这样三个问题，但我记不清这三个问题的顺序了。

威利·勒罗伊的记忆与他的视力一样糟糕：从根本上来看，他的记忆已经完全消退了，他只能记得住一些突然间一闪而过的零碎片段。在他的记忆里，李·大幽灵·罗伯特森要比他小一些，也就小一两岁的样子。根据这条线索，可以确定李·大幽灵·罗伯特森的出生时间就在1939年前后。威利·勒罗伊在我的请求下明确告诉我他是1937年生人，他们在密西西比州的格林伍德曾经同校读过书，这大约是在他们8岁到12岁期间。勒罗伊来自距离克拉克斯代尔不算太远的琼斯镇，但他并不清楚李·大幽灵·罗伯特森的家乡到底在哪里。

“李·大幽灵·罗伯特森的家乡是格林伍德吗？”

“这个我不清楚。”

“李·大幽灵·罗伯特森是否还有亲人？”

“应该是有母亲或者是婶婶、姨母之类的亲人。”

“那他是否有兄弟？”

“至少在我的记忆里他没有兄弟，有关他的兄弟姐妹应该是一个谜团。”

“那您知道李·大幽灵·罗伯特森的姓氏吗？”

“啊……大家都称呼他‘幽灵’是因为他的皮肤完全是白色的。”

“那您知道他的名字吗？”

“嗯……这个……好吧……”勒罗伊显得很迟疑。

根据勒罗伊提供给我的信息，李·大幽灵·罗伯特森是一个孤僻的、仿佛被抛弃的男孩儿，但他并没有为了被人们接受而做出过什么努力。他人不坏，性格也不算古怪。此外，他对棒球运动完全不在行。"应该注意到的一点就是他看不到什么东西。"很明显，李·大幽灵·罗伯特森应该有些眼疾。勒罗伊跟我描述说李·大幽灵·罗伯特森是一个有些不合群的孩子，看上去还散发着一种负面的光环。勒罗伊还告诉我李·大幽灵·罗伯特森曾经发生过一些事情。我坚持问道："是什么类型的一些事情呢？"

"我并不是说他就是，但当这些事发生的时候，我们都会想到幽灵。"

"到底发生了什么？"

"哦，这不过是发生在小孩子之间的一件事。大男孩儿斯宾塞应该还记得这件事。"

"大男孩儿斯宾塞？"

"是的，我们就是这么称呼他的。因为他的手臂像火腿一样粗壮，他挺有趣。这个大男孩儿，不过……好吧……我们也不能过于美化他。这家伙有点儿像我们那个小团体的首领，他知道如何让别的孩子尊重他，或者我们可以说他知道如何让别的孩子明白尊重他可以获得什么好处。因为，如果我们不尊重他……"

"我知道了……然后呢？"

"好吧，我并不非常清楚这件事情是如何开始的，也许是幽灵做了件什么让大男孩儿不开心的事，但不管怎样，大男孩儿不止一次地让幽灵把东西归位。可是，幽灵却时不时地发点儿小脾气。您知道的，他心眼儿真的不坏，您也应该知道我们在那个年纪时究竟是什么样子。简单来说，幽灵学会了在大男孩儿斯宾塞出现在他附近的时候小心谨慎地行事，但是大男孩儿总是能寻一些事情找他的碴儿。不过，幽灵从来不将自己的事情告诉任何人。幽灵默默忍受着，默默忍受着，他从不跟任何人说。

“有那么一天，我们去莱科威尔玩，大男孩儿故意给幽灵找碴儿。哦，不过这再正常不过了。大男孩儿的做法甚至还要更加收敛一些，因为沃恩夫人在一旁看管着我们。下午的时候，我们一群人都在柏树的树荫下休息，沃恩夫人应该也在睡觉，因为她什么都没有看到。简单来说就是幽灵在距离大男孩儿斯宾塞不远也不近的地方，不管怎样，我们也不能说这两个人就在彼此的旁边。总之，大男孩儿号叫着醒了过来，他就这么抓着自己的耳朵。”

威利·勒罗伊一边抓着自己的耳朵一边说着：“鲜血从他的耳朵里流了出来，然后他拿开了自己抓着耳朵的那只手，有一些东西从他的耳朵里流了出来，好像是刺进他耳朵里的东西。大男孩儿哀号着就如同被人拔去了牙齿一般。也许这个东西很偶然地就在那里，大男孩儿在睡觉的时候一扭头这东西就刺进了他的耳朵里。无论如何，大男孩儿需要去看医生，但是这并没有带来什么变化，他的那只耳朵以后再也听不见了。简单来说，让我们最为震惊的是当大男孩儿开始哀号的时候，我们都被吵醒了，我们所有人，除了幽灵之外的所有人都被吵醒了。大男孩儿说这件事就是幽灵干的，因为他看见幽灵动了。沃恩夫人把幽灵叫醒，但是幽灵说自己什么都不知道,他只是在睡觉,仅此而已。大男孩儿自己也不完全确定这件事情就是幽灵干的……不过,也许这件事真的就是幽灵干的。自此之后,大男孩儿再也没有靠近过幽灵。”

“在幽灵身上还发生过别的什么事情吗?”

“是的,我想应该是发生了不少事情,但我已经不大回忆得起来了。”

“在那个时候,李·大幽灵·罗伯特森已经开始演奏歌曲了吗?”

威利·勒罗伊表示了自己的怀疑:“也许他在到处敲打着些什么的时候就是在弹奏吧?”

“他会到处敲打些什么吗?”

“他经常会拿着些什么东西去敲打另一些东西。不过他也不是想敲打出一些节奏,或者某个明确的东西。他敲打东西就是想制造些噪声而已。‘听听看它的回响如何?’他经常这么说,如果我的记忆没有出错的话。”

“这就是全部了吗?他不会弹奏吉他或是其他乐器吗?”

“我不清楚。”

我给威利·勒罗伊留了一点儿时间思考这个问题,我发现如果我不是特别急迫地催促他,他反而可以回想起更多。

“啊,是的,我现在想起来了!在教堂里还发生过一件与幽灵有关的事。”

“一件发生在教堂里的事?”

“是的，幽灵每周日都会在教堂的唱诗班里唱歌。有那么一天，不是个周日，但幽灵还是去了教堂，他在教堂里弹奏管风琴。不过，这件事情，这件事情让富兰克林神甫非常不开心，之后富兰克林神甫不再希望幽灵在他教堂的唱诗班里唱歌了。”

“这件事情挺严重的。”

“是的，不过这件事情之后，人们证实了幽灵并没有弄坏教堂里的什么东西，因为这件事情发生之后的那个周日，管风琴的声音效果依然非常完美。因此，人们去问幽灵他那天到底做了些什么，幽灵告诉我们说当富兰克林神甫像疯子一般冲进来的时候，他正在安安静静地弹奏管风琴。他停止了演奏，立刻向富兰克林神甫道歉，但神甫说仅仅是道歉并不足以求得原谅。幽灵问神甫为什么他弹奏管风琴会成为一件如此严重的事情，更何况他也没有弄坏什么东西。神甫回答说，严重的并不是他弹奏管风琴，而是他弹奏管风琴的方式。幽灵完全不能理解神甫想要说些什么。也就是说，神甫说幽灵在管风琴上弹奏了一些人们不能在教堂里弹奏的音符。他还说虽然幽灵并不是故意这样做的，但他依旧弹奏出了那些不应该在教堂里弹奏的音符。幽灵必须要一直去教堂请求原谅，在这期间他不能在教堂的唱诗班里唱歌。不过，幽灵再也没有踏足过那间教堂。”

“人们不能在教堂里弹奏的音符？”

“是的，这就是幽灵的说法。我想起来了，他的这番说辞让我记忆犹新。”

就在这时，我手机里进来一条短消息，我向威利·勒罗伊道了歉，查看了这条短信。这是罗琳发来的一条短信："我找到了你一直在寻找的那张专辑。"

我兴奋异常，我问威利·勒罗伊是否还能够回想起其他的事情。他回答说想不起来了。我记下了他的电话号码。在他的商店里，我看到了一把已经完全腐烂的Stella老吉他。我以100美金的价格爽快地买下了这把吉他，完全没有讨价还价。这把吉他的价格其实还不到40美金，不过，好吧，在时机到来的时候我也许就会变成一个百万富翁。

我立刻启程回到密西西比大学，那张专辑已经在那里了——在专辑封面里夹着一张唱片。

"鲍勃·戈登(Bob Gordon)的遗孀从芝加哥给我寄来了这张专辑。鲍勃·戈登就是克莱弗多纳唱片公司的创始人，他是在1980年去世的。"罗琳跟我解释说，"她将自己丈夫出版发行的每一张专辑都保留了一份。"

"那她认识李·大幽灵·罗伯特森吗?"

"非常遗憾，她并不认识李·大幽灵·罗伯特森。她的年纪已经非常大了，她记不起什么事情可以讲给我们听了。不过，她很开心会有人对她丈夫曾经做过的事情感兴趣，给我这张专辑也让她感到非常幸福。现在，这张专辑是你的了。"

"罗琳，谢谢你，非常感谢。"我诚挚地向罗琳表示着感激之情。

这张专辑的封面是一张黑白照片，其背面并没有照片。不过，专辑正面的照片非常清晰，我们可以非常清楚地看到Moderne吉他的琴头,这把Moderne吉他的琴头被染成了黑色或者是另外一种非常暗淡的颜色。镶嵌在吉他上面的琴键完全与那个时代制作的Flying V吉他的琴键一模一样。现在没有任何疑虑了——这就是Moderne吉他的琴头,而专辑出版发行的年代正是1958年,这个年份被印在了专辑封面上。

罗琳陪我去了一趟图书馆,将这张专辑的封面做了一份高清扫描件。我将这份高清扫描件放在邮件的附件里发给了温斯莱勋爵。我将这封邮件命名为"希望可以对您有所帮助"。当我按下发送键的那一刻,我感受到了一种无限的宽慰。

我完成了合同里规定的我需要做的那部分工作:我得到了温斯莱勋爵永远的感激,同时也将获得那份梦寐以求的酬劳。

27. 副歌

“不是的。”

“是的。”

“很抱歉,但真的不是。”

“是的。”

实际上,不是这样……不是这样！根据温斯莱勋爵律师的说法,李·大幽灵·罗伯特森的那张带有Moderne吉他琴头的专辑封面并不能被当作一个证据。或者更加明确地说,这张封面照片只能被某一个对1957年制作的Moderne吉他的存在坚信不疑的人视为一个证据。也就是说这个证据不能说服保险公司,让它相信1957年制作的Moderne吉他真实存在——因为这张照片并没有将Moderne吉他完完全全地展现出来,在吉他的琴头上没有吉普森公司的标志。虽然这把吉他的琴头与当时设计图纸上的形状完全一样,但是无论谁都可以从这张设计图纸上找到灵感,制作出一把仿制品。人们甚至都不知道这把吉他的琴身是不是Moderne吉他的琴身……

因此,不行,这张专辑的封面不能成为一个证据,温斯莱勋爵也不打算立刻付给我之前已经谈好的报酬。

“不过,这也证明了您现在找到了一条正确的线索！我在网上也看到了这个李·大幽灵·罗伯特森的名字出现在了密西西比大学的学术研究中,也许……”

“我已经在密西西比大学了,我也正是在这里找到了专辑的封面。”

“啊……好的,非常好。这样的话,请继续您的寻找吧。为了表示我的诚意,我很愿意提前支付给您一小部分的报酬。请您找到其他一些有着李·大幽灵·罗伯特森与他的那把Moderne吉他的照片。或者,如果您可以找到他的那把Moderne吉他就再好不过了！那时候,我们就不会再犹豫不决了,您也可以得到全部的报酬。”

“希望如此……”

“这也许不会耗费很长时间,我感觉您已经快接近目标了。您要记住人们因为相信才去寻找,我等着您的好消息。”说完,温斯莱勋爵就挂断了电话。

实话实说,我打心眼儿里就知道这件事情会发展成这个样子,我知道自己不可能这么简单地就从这件事中脱身。李·大幽灵·罗伯特森在过去的黑暗中游荡着,而我则需要完全投入其中将他从这黑暗中硬拉出来。

𝅗𝅥第三章
Troisième couplet

28. 密西西比州密西西比大学

“各位听众朋友们，晚上好，欢迎收听61号高速公路电台。今天晚上，我们会听到蓝调音乐，蓝调音乐，还是蓝调音乐。不过，我们为各位预留了一份惊喜，一首各位可能从来没有听过的歌曲。今天的节目是一期特别节目……”

是我想到的这个主意：尝试在蓝调音乐与摇滚音乐的爱好者间找寻信息。因此，文斯的夜间电台节目便成为一个完美的平台。文斯找到了一个很棒的话题，并且邀请我和罗琳做客他的电台直播节目。不过，罗琳非常坚持不让我们提到《地狱之歌》，因为她希望为自己那篇即将出炉的文章保留一些专有权。从我这方面来说，我也跟罗琳请求不要谈到Moderne吉他的相关事宜（文斯对此毫不知情）。

文斯将我们介绍给了听众们，并且宣布在午夜时分会播放一首从未被发行的歌曲——李·大幽灵·罗伯特森于1958年录制的《半月蓝调》。文斯立刻号召听众们：“如果各位也想就这首歌曲或者是这位不为人知的音乐人展开互动讨论的话，请拨打我们的热线电话。”

随后，文斯就开始了自己的习惯性节目流程，从现在开始直至午夜时分每十五分钟他就会提醒听众们。

午夜时分依旧没有人将电话拨进广播平台。我们播放了《半月蓝调》这首歌曲，但是听众们没有任何反应，因此文斯在我们之间开启了一场讨论：

“托马，在这首歌曲中是什么最能吸引您的注意呢？”

“实话实说，最能吸引我注意的就是这把吉他的声音。我不清楚这位歌手究竟使用了何种吉他，不过这把吉他的声音让我非常感兴趣。有一种对当时来说很重要的饱和声音，我记得那种饱和声音出现在1958年，这是一种非常现代的东西。”

“的确如此，这把吉他的声音让人觉得不可思议。”

“与亨德里克斯的音乐相比，这首歌曲没有那么饱和，但是与奇想乐队在1964年出版发行的那首《我真的被你打败了》（*You Really Got Me*）相比，音乐效果要更为饱和。在新兵乐队的《漫步》中，以及两年后出版发行的《爆发》（*Blow Up*）中也可以听到如此饱和的声音。”

“《漫步》这首歌曲是一首改编曲目，是对约翰尼·伯内特的三人摇滚乐队那一版本的《摇滚列车》（*The Train Kept a Rollin´*）的改编。”罗琳插了一句，“这首歌曲出现在1956年，这首歌曲中的吉他声音已经带有着相当的饱和度了。”

“还有一个人值得一提，那就是林克·沃瑞。1958年，他为了录制出那首美妙绝伦的《嗡鸣》(*Rumble*)在扩音器的护膜上插入了一支圆珠笔,他也在录制其他歌曲的时候使用了这种方法,比方说《黑桃尖》(*Aces of Spades*)、《生皮》(*Raw Hide*),当然还有《模糊》(*The Fuzz*)。"文斯详细解释道。

"林克·沃瑞的嗓音非常独特,不过在他之前也有不少音乐人有着非常独特的嗓音。"罗琳再次指出,"比方说,1955年博·狄德利的那首《你到底爱谁》(*Who Do You Love*),以及第二年也就是1956年查克·贝里的那首《强尼·古德》(*Johnny B. Goode*)。在此之前,穆迪·沃特斯于1950年出版发行了一首《滚石》(*Rollin' Stone*)。实际上,至少从1948年开始,我们就可以找到充满饱和度的声音了,比方说皮威·克雷顿的《活力皮威》(*Bounce Pee Wee*)。同年还有一首《穆迪跳一下》(*Muddy Jumps One*),是穆迪·沃特斯的作品。这些歌曲的名字真是太传奇了!"

"这位伟大的穆迪·沃特斯! 的确如此,如果没有他,没有他的音乐、他的声音,也许吉米·亨德里克斯就不复存在了。"文斯继续说道。

"另外一个对亨德里克斯产生了重要影响的音乐人是阿尔伯特·金,他弹奏一把Flying V吉他。在1958年,这还是一把相当别具一格的吉他。"我详细解释着(不过,各位应该都清楚我为什么会在这里提到Flying V)。

"一提到那些充满饱和度的声音,我们也不能忘记艾克·特纳在1951年出版发行的那首《火箭队88号》,这首歌曲被某些人看作摇滚音乐的开山鼻祖。"文斯补充说道。

“在前往录音室途中，吉他手威利·吉扎尔(Willie Kizart)的音箱掉落在了61号高速公路上，这个音箱被刺穿了，这位吉他手用纸将音箱修补好，这就使得吉他发出了一种扭曲的声音。”我一边回忆着自己在克拉克斯代尔的博物馆里看到的东西，一边说道，“但是在我看来，《半月蓝调》完全已经超过了以上所有的音乐。《半月蓝调》这首歌曲蕴含了一种孤僻且阴暗晦涩的情感，一种存在于扭曲中的激烈情感，还有一种人们只能在不久之后才能感受到的强烈音调。”

“确实如此。”文斯总结说道，“好了，现在让我们聆听一下摇滚音乐的起源歌曲。一首《穆迪跳一下》送给大家，这首歌曲是穆迪·沃特斯在1948年的作品。”

差不多快到凌晨一点的时候，我们在广播平台上接到了一个电话。文斯先是在电话里跟对方讨论了一分钟，然后才宣布：“现在有一位听众朋友想跟我们分享一些与李·大幽灵·罗伯特森有关的事情。”

我的心脏开始强烈地跳动起来，文斯继续说道：“艾伦，您的电话已经被接入直播间。您是从哪里给我们打来电话的呢?”

“得克萨斯州的休斯敦。”

“得克萨斯州的休斯敦。那么，艾伦，您想跟我们分享些什么呢？您是否认识李·大幽灵·罗伯特森？是否已经听过《半月蓝调》这首歌曲了呢?”

“李·大幽灵·罗伯特森是摇滚音乐界最被人们低估的一位音乐人之一，人们对他并不是非常了解，因此也没有什么好说的。”

“来吧，艾伦，请跟我们分享一下您知道的与李·大幽灵·罗伯特森有关的事情吧……”

“现在已知的是，他并非随意地选择了自己的这个艺名。在伏都教的传统中，灵蛇（Li Grand Zombi）或大蟒蛇（Damballah Wedo）是一条被赋予了重要意义的蟒蛇，这条蟒蛇指向一种对灵蛇的崇拜，这条蟒蛇并没有被视为不吉利的生物，而是被当作了直觉认知的守护神，这种认知不能被记录下来。同时，这条蛇还是脐带的象征，是母亲与孩子之间的传承，因此这是一种不借助语言文字的传承。”

我们三个人大眼瞪小眼地看着彼此，神色诧异。这位听众继续说道：“不过，接下来还有让你们更加吃惊的事情。大幽灵没有获得任何成功，但是对于很多音乐人来说，大幽灵是影响他们的最主要力量，我的意思是……那些伟大的音乐人。”

“啊？真的吗？那他影响了哪几位伟大的音乐人呢？”

“亨德里克斯去世之后，人们拍卖了他收藏的专辑，这之中就有一张李·大幽灵·罗伯特森的专辑。”

惊愕笼罩了整个直播间。

“您是怎么知道这些事情的呢？”文斯问道。

“这是……人人都知道的事情呀。”

“很好，那么还有其他音乐人受到了李·大幽灵·罗伯特森的影响吗？”

“当然还有黑色安息日，在人们听《半月蓝调》的时候，人们很容易就可以发现这一点。不过，他们不是唯一受到李·大幽灵·罗伯特森影响的乐队……滚石乐队也受到了他的影响。”

“滚石乐队？真的吗？为什么您会这么说呢？”

“李·大幽灵·罗伯特森不仅仅录制了一首《半月蓝调》，他还录制了其他一些歌曲。”

“啊？真的吗？”

“是的，是真的。”

“比方说，他还录制了哪些歌曲呢？”文斯问道。

“比方说《地狱之歌》，为什么你们没有提到这首歌曲呢？”

我、文斯还有罗琳都窘迫到说不出话来，的确，我们这位听众真的知道一些与李·大幽灵·罗伯特森有关的事情。因为这个问题而尴尬不已的文斯用一种自然的口气回复道：“好吧，艾伦，我们会聊到这首歌曲的，这首歌曲是一个惊喜。”

“我知道了，那么，非常抱歉，我将这个惊喜给毁掉了。”

“艾伦，您是否知道一些与这首歌曲有关的事情呢？这首歌曲的名称非常有意思。”

“这个，我只知道这是一条密码。”

“这首歌曲蕴藏着一条密码吗？”

“不，是这首歌曲的歌名中蕴含了一条密码信息。歌名本身就是一条密码，这是一个字谜。”

“真的吗？您可以再给我们详细解释一番吗？”

“如果你们将组成这首歌曲名称的字母全都写下来，并且将它们的顺序打乱重组的话，你们就可以得到一句全新的话语，这就是一条密码信息。”

“艾伦,谢谢您,那么这个字谜又是什么呢?”

“好吧,如果我们将组成《地狱之歌》(*Song to Rest in Hell*)的字母顺序打乱重新组合的话,我们就可以看到……‘滚石’(The Rolling Stones)。”

“‘Song to Rest in Hell’与‘The Rolling Stones’就是一个字谜吗? 这还挺有趣的……”文斯说道。

我拿来一张纸想验证一下这个人说的是不是真的。

“不,这一点儿都不有趣,这完全不是一个偶然事件。”艾伦回答说。

“您的意思是……”

“滚石乐队是为了向李·大幽灵·罗伯特森表示敬意才为乐队起名为滚石的,是的,就是这样。”

“但是,无论如何,”罗琳插了一句,“众所周知,滚石乐队这个名称的灵感来源于穆迪·沃特斯的那首歌曲《滚石》。滚石乐队的成员们都非常喜欢芝加哥的蓝调音乐!”

“这,这只不过是官方的说法,我刚刚给你们解释了滚石乐队名称的真实来源。”

我震惊了,如果将《地狱之歌》字母的顺序打乱重新组合就可以获得“滚石”,与这位听众的说法完全相符。因此,字谜的说法是成立的。我刚打算总结说我们遇到了一位天才,或者说我们至少遇到了一位熟知内情的人时,罗琳突然问道:“乔伊,是你吗? 乔伊?”

“什么? 我不是乔伊。”

罗琳切断了自己的麦克风，低声请求文斯将打入直播间的电话号码给她看一下。她一边接通自己的麦克风，一边在手机上按着些什么，也许她正在自己的通讯录里寻找着这个著名的“乔伊”。

“很抱歉，艾伦，我搞错了，但是您又是怎么知道这一切的呢？”

“我没有办法将所有的一切都告诉你们。有些事情……我需要保守它们的秘密。”

“这不是乔伊的手机号码。”罗琳悄悄地对我和文斯说道，“请等一下，我想参与到这个话题的讨论中来。”

“那么，您是否知道李·大幽灵·罗伯特森是怎样将《地狱之歌》录制出来的？”

“好吧……我想这应该是……因为吉他音箱的缘故吧，他吉他的音箱应该是出了什么问题，也许是这样。”

我有些失望，就在这个时候，我们听到了一些典型的手机干扰音。这些手机干扰音应该来自电话线的另一端，来自我们的这位听众，他的手机响了。罗琳笑了起来，她正在给她提到的那位“乔伊”打电话。我们听到了这位听众拿起自己手机的声音，他打算将自己的手机关机。

“好了，别再胡说八道了，乔伊。”罗琳通过电波对他说道。

“我说过我不是乔伊！如果你再这样说，我会将电话挂断！”

这样的愤怒让罗琳扑哧一声笑了出来。我很生罗琳的气，因为她的举动可能会让我们失去唯一一个愿意与我们互动的人，我们也可能会错过一些有用的信息。他提到的这个字谜完全没有错误,然后……这时一个女人的声音出现在了我们这位听众身后,这位女士也在大声喊叫着:“乔伊,你够了！你现在立刻把电话挂了,你不应该在家里这样大喊大叫!”

电话那头传来了一些窸窸窣窣的抢夺电话的声音以及一声微弱的“可是”,然后电话就被人挂断了。

我们既窘迫又愉快,以至于文斯都没有办法正确地用电台设备将唱片播放出来。当我们的麦克风被切断的时候,我们疯狂地大笑起来。费了很大的力气我才停止了大笑,我问道:“谁是乔伊?”

乔伊就是那天我们——我、文斯与罗琳——在泰勒食品杂货店里吃鲶鱼的时候坐在我们旁边桌子的年轻男子。正是因为他在场的缘故,罗琳才会邀请我去她宿舍讨论一下。

罗琳认为,乔伊在电台连线的时候提到的所有故事,只不过是他根据听到的我们聊天当中与李·大幽灵·罗伯特森有关的只言片语编造出来的。很显然,乔伊的专长就是无论你将什么样的话题丢给他,他都能给这个话题一种晦涩的神秘感,或者赋予这个话题一个古老而美丽的阴谋论。他确实来自得克萨斯州,但是与他的说法相悖的是,他并不是休斯敦人,而是奥斯汀人。他没有被坐落在奥斯汀市的那所杰出的得克萨斯大学录取,在不得已的情况下,他才选择来到密西西比大学读书。不管怎样,密西西比大学也是一所拥有全美最漂亮校园的大学,而且在校园里还栽种了一种美洲大麻。事实确实如此,但是,他忘记了栽种这种大麻只是为了医学研究，学生要至少在经过了三年的医药学研究之后才被允许接触到这些植物。校方对这些植物的管理与控制相当严格，没有人能从种植这种大麻的田地里带出任何一点儿。乔伊还对音乐有研究，尽管他苦苦找寻，可还是没能找到一个合适的博士论文题目。

简而言之，这个年轻的男子发现了一个出人意料的字谜，但是除了从我们口中听到的与李·大幽灵·罗伯特森有关的只言片语之外，他对李·大幽灵·罗伯特森一无所知。这次的电台节目并没有给我们带来任何额外的信息。

因此，第二天我就联系了鲍勃·戈登的遗孀，就是那位慷慨地将李·大幽灵·罗伯特森的专辑寄给我们的夫人。她接受了我提出的见面请求，当天我就开着野马汽车出发前往芝加哥了。

29. 伊利诺伊州芝加哥市(1)

我们商量好下午茶时间在她家里见面。在赶了两天路之后,我于将近下午四点到达一处新哥特式建筑风格的别墅前。戈登夫人在女儿埃莉诺的陪伴下等待我的到来。

我给戈登夫人带了一份礼物,是一盒在芝加哥最好的甜点店买的点心。我们在客厅里坐了下来。首先我热情地感谢了戈登夫人,感谢她给我们寄去了李·大幽灵·罗伯特森的专辑。

“哦,这不是什么大事儿,如果这会让您感到开心的话。”戈登夫人回答说。

“您认识这位音乐人吗?也就是李·大幽灵·罗伯特森,您认识他吗?”我问道。

“我从来不会插手我丈夫的事业,他经常改换自己从事的领域,我从来都不会去管他。我能回忆起来的就是他创立的那家克莱弗多纳唱片公司没有维持很长时间,那家唱片公司还花去了我们不少钱,那都是些糟糕的回忆。”

“我很抱歉。”

“没什么，这不是您的错。”

“克莱弗多纳唱片公司出版发行的专辑销量不好吗？”

“我想应该不算太好，不过最致命的一击就是录音室被烧毁了，但是保险公司的赔付远不及我们修建录音室时投入的资金数额。”

“克莱弗多纳唱片公司被烧毁了吗？”

“是的，录音室被烧毁了，我可以向您证实这一点。”

“那么，就没有留下什么东西吗？没有留下任何文件资料，没有留下任何档案吗？”

“没有，什么都没有留下，除了一些被我丈夫存放在家中的专辑，还有几张照片。”

“我可以看看这几张照片吗？”

“在接到您的电话后，为了迎接您的到来，我已经把这些照片准备好了。”戈登夫人一边说着，一边将一只牛皮纸信封递给我。

我取出了被放在这只牛皮纸信封里的照片，大约十张左右。照片上，要么是她丈夫站在克莱弗多纳唱片公司前的单人照，要么就是一些合影，与她丈夫合影的那些人我都不认识。我快速地翻阅着这些照片，直到我看到了这张……这是一张他与李·大幽灵·罗伯特森的合影。李·大幽灵·罗伯特森戴着一副黑色眼镜，坐在一架电子琴后，而制作人戈登先生就站在他的旁边。遗憾的是，在这张照片上并没有出现 Moderne 吉他……人们很难解读李·大幽灵·罗伯特森脸上的表情，他的表情与鲍勃·戈登那微笑着的自信表情形成了鲜明对比。制作人戈登先生像父亲一样将自己的手放在了李·大幽灵·罗伯特森这位音乐人的肩膀上，就好像是想要表达："这是我的小宝贝。"

这张照片上还有李·大幽灵·罗伯特森的一个签名，但是照片背面却没有留下任何记录。

最后的一张照片记录了火灾发生之后的克莱弗多纳唱片公司，屋顶、大门还有窗户都被烧得一干二净，消失得无影无踪，只留下了一部分已经坍塌的墙体，越过这一部分已经坍塌的墙体，可以看到一些被烧焦的家具与录音设备。

我又翻到了前面的那张照片，将这张照片给戈登夫人看，问她道："这个人就是李·大幽灵·罗伯特森，他的面容是否能让您想起什么呢？"

"我什么都想不起来了，我的孩子。"

埃莉诺瞥了一眼这张照片。

"是他呀！"埃莉诺说道，"我想起来了，就是这个人烧毁了录音室。"

"啊，真的吗？"她的母亲问道，"你怎么知道就是他烧毁了录音室呢？"

"因为这是爸爸告诉我的。在我还年幼的时候，有一天，爸爸带我去了一次录音室。我想起来了，我记得这个戴着大大眼镜的男人，他是一个白化病患者，这让我印象深刻。他把我给吓坏了。"

"那就是他了。"我证实道。

“当我们从录音室离开的时候，我问爸爸这个人是谁。他向我解释说这个人是一个音乐天才，他制作的音乐都是一些充满变革与创新的作品。爸爸还说自己将大赚一笔的希望都寄托在了他的身上。”

“啊，真的吗？”她的母亲问道。

“是的，在这之后，录音室就被烧毁了，爸爸告诉我说这一切都是这个人造成的。因为这个人在晚上的时候会独自一人待在录音室里，他会将一些奇奇怪怪的东西通上电来制作自己的音乐。爸爸还告诉我说这个人也被烧伤了。”

“李·大幽灵·罗伯特森死在这场火灾中了吗？”我惊恐地问道。

“不，不，他没有死在这场火灾中，但是他被烧伤了。正是因为这一点，爸爸才会说火灾是由这个人造成的。”

“啊，真的吗？”她的母亲又一次重复问道，“我都记不起来了。”

“那后来他的境况如何呢？”我问埃莉诺。

“那我就不知道了。从此之后，我再也没有听到我爸爸谈起过这个人。”

“那您知不知道他的真实姓名呢？”

“我不知道，我的父亲就称呼他为‘幽灵’。”

“那您还能回忆起其他与李·大幽灵·罗伯特森有关的事情吗？”

“我想应该没有了。”

“好的，谢谢您。对李·大幽灵·罗伯特森我们知道得实在是太少了。多亏了您，我们对他的了解才稍微多了些。当您的父亲提到李·大幽灵·罗伯特森，说他是一位音乐天才的时候，他没有弄错。让李·大幽灵·罗伯特森自由自在地使用录音室制作音乐，对您的父亲而言是一种荣幸，即便……”

“我的孩子，我并不赞同你的这种观点。这个唱片公司让我们付出了太大的代价。”

“当然了，戈登夫人，我并不是这个意思。”

“我知道，不过，无论如何这都是鲍勃的错，这是我们必须要明确的一点。他总是有一些异想天开的想法，他就是这样一个人……”

“戈登夫人、埃莉诺，非常感谢二位。在我离开之前还有最后一个问题想要问问。您的丈夫是否与他旗下的歌手签订了合同呢？如果有的话，您是否还保留着这些合同？我这样问是因为，最让我们感到震惊的就是，我们现在还不知道大幽灵的真实姓名。”

“除了我给您的这些东西之外，就没有别的什么了。”戈登夫人回答道，“这些合同也许会在公证人那里……我可以将公证人的联系方式给您。”她一边说着，一边打算从椅子上站起身。

“妈妈，您就别动了。”埃莉诺一边说着一边离开了客厅。

“我亲爱的女儿，谢谢你。”

我不作声，安静地等待着埃莉诺回到客厅。这时，戈登夫人开口问我道：“在您看来，时至今日，这个男人，就是幽灵，或者更确切地说，他的这张专辑还有没有可能被再次贩售呢？”

“我不知道……就目前的情况来说，只有密西西比大学对这张专辑感兴趣。这张专辑蕴藏了某种历史重要性，不过，从研究发展到贩售的可能性……实话实说，我是真的不清楚。”

戈登夫人看起来有些失望，随后，她的脸上又绽放出了一丝光彩：“有人会对我丈夫之前做过的事情感兴趣，这让我非常开心。无论如何，还是多亏了他……”

“是的，多亏了他。”

这时，埃莉诺回到了客厅。

“我给公证人打了一个电话，他说自己确实还保留着我父亲与那些音乐人签订的合同。不过，他告诉我说自己需要一些时间去将那份您感兴趣的合同找出来，然后他会将这份合同通过邮件给我传过来。您可以把邮箱地址留给我吗？”

我将自己的邮箱地址留给了埃莉诺，并对她与戈登夫人表示了无尽的谢意，感谢她们的热情接待与宝贵帮助。

我重新坐进了野马汽车里，我对自己的这次拜访感到非常满意，戈登夫人甚至还非常殷勤地将那张带有大幽灵签名的照片送给了我。这时，一个让人烦恼的问题浮现在了我的脑海中：Moderne吉他是否也在那场火灾中被烧毁了呢？

30. 伊利诺伊州芝加哥市（2）

哈罗德·克莱。

李·大幽灵·罗伯特森真实的姓名就是哈罗德·克莱，他出生于1939年5月4日，出生地是密西西比州格林伍德。1958年11月18日，他与鲍勃·戈登签订了一份合同。因此，在录制《半月蓝调/地狱之歌》这张专辑的时候他才19岁。

“罗伯特森”并不是他的真实姓氏，他应该是认为将“罗伯特森”放在他那已经很长的艺名后面应该不错，他做出的这个选择真的非常古怪。我个人认为“大幽灵”带来的效果要比在它后面的“罗伯特森”更好些，而且也比“罗伯特森”要更好记一些。也许这涉及一些法律上的问题……

拜访戈登夫人后的第二天，我就收到了那份合同的复印件。那时我还没有离开芝加哥，因为我决定在这里住一宿。我立刻给罗琳打了一个电话，将这条新的线索告诉了她，这条新线索为我们的寻找工作敞开了一扇更为宽广的大门。罗琳非常兴奋。我还跟她提起了那张李·大幽灵·罗伯特森坐在一架电子琴后面的照片。

因为合同上标明了克莱弗多纳唱片公司录音室的确切地址，我打算过去一趟，仅仅是为了看看……现在这里已经被一座巨大的玻璃建筑物占据。

在芝加哥我已经没有什么需要做的事情了，除了……

我给埃莉诺·戈登打了一个电话，感谢她给我发过来的合同复印件，并问她或者她的母亲是否能回想起某些克莱弗多纳唱片公司职员的名字。她的母亲回忆起一个叫莫里斯的人，这个人是她丈夫的朋友，与她丈夫的关系非常好，在录音室被烧毁之后，他俩还一起筹划了一番新的事业。我问埃莉诺莫里斯现在是否在世，埃莉诺说她已经很久没有见过莫里斯了，但她觉得莫里斯还活着。戈登夫人从一本老旧的记事本中找到了莫里斯的电话号码，埃莉诺还跟我详细解释了一下，根据她所知道的消息，莫里斯一直都住在芝加哥。

我给莫里斯打了一个电话，接电话的是他的儿子，他问我为何打这个电话，然后告诉我不久之前莫里斯住进了芝加哥市南边的养老院。他同意将养老院的地址告诉我，并且同意将我打算拜访的意图提前告诉莫里斯。

五十分钟之后，我出现在莫里斯·福斯特面前。莫里斯·福斯特已经是一位95岁高龄的老人了，他的耳朵已经聋了，但是他很健谈，基本上什么都说了些。

在做自我介绍的同时我还跟他解释说我是在戈登夫人那里听说他的名字的。就因为这个原因，在接下来整整十五分钟的时间里莫里斯滔滔不绝地自顾自说了一些与鲍勃·戈登有关的话，但他一次都没有提到克莱弗多纳唱片公司。

借着莫里斯调整自己助听器的短暂间隙，我继续着自己的话题，问他在克莱弗多纳唱片公司从事什么工作。

“录音师，我的孩子，这就是我那时候从事的工作。那时候我的耳朵还听得到声音。”

“您还记得自己给哪些音乐人录制过歌曲吗？”我用明白易懂的语言大声地问道。

莫里斯·福斯特差不多将克莱弗多纳唱片公司当时旗下的所有音乐人都给我数了个遍，还提到了很多那时候的趣事，但他唯独没有提到李·大幽灵·罗伯特森。

“那李·大幽灵·罗伯特森呢？您有没有给李·大幽灵·罗伯特森录制过歌曲呢？”

“谁？”

“他！”我一边说着，一边将李·大幽灵·罗伯特森的签名照给他看。

“啊，是的，我当然知道这个人，就是他烧毁了录音室。幽灵，就是他，对吧？”

“是的！”

“不，我没有给他录制过歌曲。”

“为什么？”

“什么？”

“为什么？”我又大声地问了一遍。

“啊？为什么？我不能……”

“为什么?”我又问了一遍。

我看到莫里斯·福斯特从床上坐起身,调整着自己的助听器。看起来他似乎是在自己的脑袋里收集着回忆……

“什么?”他又问了我一次。

“为什么您没有给幽灵录制歌曲呢?”我撕扯着嗓子问道。

“啊,因为他不愿意,就是这么简单。我尝试过,但那是一次非常糟糕的经历。您想听我讲讲这件事情吗?”

“好的,麻烦您了。”

“有一天,这个家伙来到了录音室,他对鲍勃说道:‘我希望您可以听一下我制作的音乐。’那时我们正忙着为鹈鹕乐队录制歌曲,如果按照之前的习惯,我们会告诉他让他明天再来。但是,那天不知道是为什么,鲍勃让他在旁边等一下。不得不提的就是,在不认识幽灵的时候,他会给人造成恐惧。他坐在我身后,在我给鹈鹕乐队录制歌曲时,幽灵全程都捂着自己的耳朵。后来,我问他是不是还好,声音是不是有些过于强烈,但他告诉我说都还好。可他继续捂着自己的耳朵,直到鹈鹕乐队的队员们将手中的乐器放下。然后,我们告诉他我们有五分钟的时间来听听他的音乐。他随身带着一把吉他和一只小小的音箱,我记得那是一只Silvertone音箱。我们录音室里的那只音箱要比他自己的那只好很多,但他并不想用录音室的那只。他将自己的音箱通上电,拿出自己的吉他,好吧,如果我们可以将其称为一把吉他的话。如果您看到那把吉他,您一定会觉得那把吉他简直太可怕了!吉他的样式实在是太奇怪了,应该是他自己制作的,不过他并没有什么天赋。简而言之,他束紧了自己的装备,捣鼓着音箱上的各种按钮。他将按钮的音量都调到最大,然后居然还让自己的吉他正对着扩音器!很显然,这造成了一种很可怕的啸声,但他并没有改换自己的位置……因此,我命令他停下来,因为这样的啸声让我的耳朵非常不适,可他依旧站在原地不动。接下来,他开始弹奏一些非常古怪的音乐,那是一些可怕的声音,与音乐没有丝毫关系。我站起身,想要再次命令他停下来,可鲍勃却对我说让我等一会儿。然后,幽灵又弹奏了一些充满哀怨的音符,这些音符在歌曲中循环出现。在这样的音乐伴奏下,幽灵开始用自己的假声唱歌。最后,他终于停下了自己的表演。我对鲍勃说:'这是我听到的最糟糕的东西。'可是鲍勃却回答我说:'我们把他签下来吧。'

"我想这应该是一句玩笑话……但是一周之后,鲍勃告诉我说我必须给幽灵录制歌曲。我问他:'什么?我们要把他做的东西录进一张唱片中吗?'他回答:'不,我们把他做的东西录进B面。他会弹奏一曲经典蓝调音乐作为A面的曲目。'一曲经典蓝调音乐……开什么玩笑……"莫里斯一边说着,一边翻了翻白眼。

莫里斯对他与大幽灵还有Moderne吉他的初次见面做了一个粗犷的描述,这个描述让我非常兴奋……

"请继续!"

"他将自己音箱上的按钮都调至最高音,继续弹奏那些可怕的音符。我打算将他从录音室里给扔出去,但是鲍勃告诉我让我不要去管他,就让他这么做。他还告诉我他跟幽灵谈过一次,幽灵告诉他无论自己的音乐会不会让别人喜欢，他都不会对自己的音乐进行修改，因为他说这个声音就出现在他的脑海里，或者是其他一个我不知道的地方。因此，鲍勃告诉我不要去管他，让他尽可能将这种独特的音乐录制下来。上帝啊，我还真的听从鲍勃的话将他的歌曲原样录制了下来。在录制进唱片之后，他那可怕的歌曲就如同水晶般清晰。幽灵进入录音室听自己的歌曲时开始变得疯癫，我完全不知道这是怎么回事儿。他的歌曲使我感到震耳欲聋，在那个时代，这并不真实。他看到了正在转动的唱片，将唱片从安培专业录音机里拔了出来！他把这张唱片扔在地上，又将它用脚踩碎。看到这一幕，我和鲍勃都目瞪口呆，因为幽灵是一个生性害羞、脾气古怪的人，但他绝不是一个坏人。那时的他像个疯子。他对我说：'我希望这首歌曲可以更加强烈，请将音箱的按钮全部都调至最高！'我告诉他，如果将音箱的按钮全部调至最高，那么这首歌曲的声音就会达到饱和，这不是我们希望得到的效果。我还告诉他必须立刻赔付他刚才损毁的那张唱片。他平静了下来，说自己愿意按照我们希望的价格来赔付，但是在声音方面，他希望可以将音箱的按钮都调至最高。他还说如果这首歌曲可以将人们的耳朵缠绕起来的话，那样效果会更好，因为这才是他希望得到的效果，这也会是人们在不久的将来希望听到的音乐。这样一来，我告诉他，如果他对此这么确定，那么他可以凭借自己的力量完成录制。后来，他在得到了鲍勃的同意后，真的就按照自己的想法把歌曲录制出来了……"

"他自己录制了《半月蓝调》这首歌曲吗？"

“他一个人录制了那张专辑中的所有曲目。但是,他的速度并不快。对我来说,这都一样,因为在他录制歌曲的时候我并不在场。他都是一个人在夜里录音,他应该花费了整整一个月的时间来录制那张专辑。我想他应该是自学了所有与录音有关的知识,因为他原本对录音一无所知,他也从来没有向我咨询过。”

“您允许他在录音室里使用录音设备吗?”

“那是鲍勃的录音室,那间录音室和我没有任何关系。因此,如果鲍勃觉得可以的话,那么……我只是要求幽灵将所有的设置都恢复到前一天晚上他使用前的样子。必须承认的一点就是,幽灵一直都是这么做的。他应该是把这些设置都记录下来了,因为早上我看到那些设备的时候,就觉得他似乎从来没有改动过。”

“在这张照片上,我们可以看到幽灵坐在一架电子琴后面,他会弹奏电子琴吗?”

“啊,是的,他弹奏的这架电子琴是B-3。这是哈蒙德公司制作的最好的型号,我们还有一个与其配套的莱斯利录音室。”

“但是,在他的那张唱片中我并没有听到电子琴的声音……”

“确实如此,他是在出版发行了那张专辑之后才开始在录音中使用电子琴的,这是为了他的新专辑。”

“他的新专辑?”

“在出版发行了那张单面一首曲目的黑胶唱片后,幽灵想制作一张新专辑。根据鲍勃的说法,那应该是一张收录曲目比较多的专辑。录制两首歌曲就需要花费他两个月的时间,因此,六个月之后鲍勃还是没有听到任何一段后续音符。也就是在这时,幽灵烧毁了录音室。我想这件事情一定会发生,因为我看到他将所有的设备都打开了,也没有将音箱用蒙布罩好。我想他应该是不停地在对自己的音乐进行着修改。"

"在六个月的时间里,他都是夜里独自一人在录音室录音吗?"

"确实如此,每天夜里!周围的邻居都对此怨声载道。"

"那后来这张专辑怎么样了?"

"我不知道,我再也没有听说过这张专辑的事情。当录音室被烧毁之后,我们结束了与音乐有关的一切事务。我更倾向于做吸尘器的贩售业务。"

"我想在那次火灾中,幽灵也被烧伤了……"

"是的,我想起来了,他的脸部和双手都被烧伤。这是因为他想抢救出那些唱片。"

"是他自己的那张专辑吗?"

"这我就不知道了。当他发现录音室里着火并且自己无法将火扑灭之后,他想到的事情不是直接逃出去打火灾报警电话叫来消防员,而是想要将那些唱片抢救出来。他将我们录制的所有唱片都抢救出来了,唯独没有将自己的唱片抢救出来。"

"他会不会已经将自己录制的唱片都保存起来了呢?"

"可能吧。那个时候,最让我们感兴趣的当属他录制的音乐。不过,不幸中的万幸就是他抢救回了其他所有的唱片。"

"您之后就没有再见到过他吗?"

"没有,但是鲍勃有没有再见到过我就不知道了。"

“您有没有听说过在这之后关于他的消息呢?”

“没有。我想不起来了。”

“您还有他的照片吗?”

“没有,完全没有。”

“您是否知道还有其他什么人和他见过面吗?”

“啊……录音室的话,只有我和鲍勃跟他见过面,我从来没有看见过他和他的朋友们在一起。他真的是一个很孤僻的人。啊,不,我想起来了,有一次鲍勃告诉我说他把一个在切斯唱片公司工作的家伙带到了录音室。”

“一个在切斯唱片公司工作的家伙?”

“是的,他也是一名录音师。”

“您还记得他的姓名吗?”

“当然记得,那个人就是杰里·拉莫内。他那时还在切斯唱片公司做助理,他的事业才刚刚起步。我曾经完全不看好他,但他还是取得了如今的成就,这一点我必须承认。也许,幽灵最后还是需要一些意见。”

“幽灵的吉他是不是跟这把吉他非常相似呢?”我一边将手机里保存的图片拿给莫里斯看,一边问道。

“完全就是这个样子的,只不过他的吉他是黑色的。”

“您是否知道在火灾发生的时候他有没有将自己的吉他抢救出来呢?”

“这我就完全不知情了,年轻人。”

31. 纽约市苏荷区

“您说的是哈罗德吗？”

“是的，哈罗德。”

我成功地找到了杰里·拉莫内。他对李·大幽灵·罗伯特森记忆犹新，他甚至还记得李·大幽灵·罗伯特森的真实姓名。我担心在电话里会错过一些非常重要的细节，因此我开始赶路。一段漫长的旅程之后，我来到了杰里·拉莫内的那套宏伟的公寓，这套公寓就位于纽约市苏荷区中心处的一座建成于20世纪30年代的建筑物顶楼。杰里·拉莫内曾在切斯唱片公司做过录音师，他曾为约翰·李·胡克，还有查克·贝里录制过歌曲，然后他在纽约设立了自己的录音室。在他家的吧台上引人注目的地方摆放着他与大卫·鲍威、帕蒂·史密斯、迈克尔·杰克逊以及卢·里德的合影，当然也摆放着几座格莱美奖杯。

杰里·拉莫内已经82岁了。很久之前，他就终止了自己的职业生涯，但是在谈起李·大幽灵·罗伯森的时候，他却像是在说一件昨天才发生的事。

“哈罗德真的是一个奇才,是一位最……我不能说他是一位最具怪癖的音乐人……不过,他是我见过的最古怪的音乐人。”

“您是怎么跟李·大幽灵·罗伯森相识的呢?”

“当他来到切斯唱片公司试唱的时候我也在场,那应该是在1957年或者是1958年。那天他演奏的音乐并没有说服伦纳德,而且伦纳德才是决定是否签下他的决策人。但我觉得哈罗德的音乐……从艺术角度来看,非常有趣。哈罗德是在下午来公司进行试唱的,几个小时之后,在我离开录音室时,我在公交车站又遇到了他。一辆公交车到站,但是哈罗德并没有上车。我走过去跟他见了一面,他看上去精神有些失常,他不明白我为什么会走过来和他说话。我告诉他我很喜欢他的音乐,我们开始讨论他制作的音乐。他对声音有一种极为特别的概念。他谈到了结构、回想与噪声。他有自己特别的词汇,而我立刻就明白了他的这些用语。他还跟我提到他正在策划一张专辑,但是他还不能将这张专辑中的歌曲演奏出来。他和我讲得越多,我就越对他的音乐感到好奇。”

“是什么让您感到好奇呢?”

“我记得他想将城市的声音,比如火车的轰鸣声、教堂的钟声和路上卡车发出的轰隆声都录下来,加入自己的音乐中。这种想法非常奇特,甚至比奇特包含的内容还要更多,简直就是野心勃勃。整张专辑只有一个主题。他希望创作出一支完整的作品。在那个时候,一张专辑里面有几首相继出现的歌曲,人们希望从这些歌曲中获得最大的成功。哈罗德没有说到歌曲，而是说到了章节与过渡。”

“就像交响乐一样吗？”

“是的，就像是某种摇滚歌剧。这是一张概念专辑。在那时，没有人会想到做一张这样的专辑。他超前所有人十年的时间。”

“那张专辑的主题是什么呢？”

“我不清楚，他专辑的主题挺复杂的。我想应该是哈罗德对好坏、生死的理解吧。不过，我认为从整体的角度来看，专辑的主题应该是他自己。这是一种抽象的自省。他还跟我谈到了他看过的电影中的音乐，他都是躲过了电影院女工作人员的注意才得以进入电影院看到这些电影的。比方说《来自另一个世界的事物》(*Les Choses Venue d´un autre monde*)、《地球毁灭日》(*Le Jour où la Terre s´arrêta*)，还有很多我都记不清名字的恐怖电影与科幻电影。这些电影中的音乐都很古怪，他想将这些声音都收入自己的专辑中。我自己也是科幻电影与摇滚乐的爱好者，我觉得将这两者结合起来是一个很棒的想法。我知道特雷门琴可以弹奏出哈罗德提到的大多数声音。您……您知道什么是特雷门琴吗？”

“吉米·佩奇是不是用这种不用接触就可以发出声音的乐器演绎了歌曲《全部的爱》(*Whole Lotta Love*)？”

“完全如此。这就是一种电子圆拱，人们可以用双手远程操控这种电子圆拱，使其摆动，发出声音。海滩男孩在1966年的歌曲《美好心情》(*Good Vibrations*)的摇滚乐部分第一次使用了这种乐器。在此之前，这种乐器经常出现在胶片的B面，您知道……”

杰里·拉莫内哼着艾德·伍德导演的一部电影中的一段旋律，模仿着特雷门琴发出的让人不安的过时音调。然后，他继续说道：“哈罗德问我如何才能制作出《禁忌星球》(*Planète interdite*)中的音乐，他很欣赏《禁忌星球》的电影原声带。在谈到《禁忌星球》的电影原声带时，他就像是在讨论一首绝对的代表作一样，称其是向未来音乐敞开的大门。我无法回答这个问题……他告诉我说自己需要在一首歌曲中制作出这种类型的声音，这不仅仅是一首歌曲，这还是一种‘没有影像’的电影。这个想法让我感到非常吃惊。我告诉他说自己会去打听一下，他给了我一个可以找到他的电话号码。”

“那您最后知道那种类型的声音是如何被制作出来的吗？”

“几周之后，我听说居住在格林尼治村的一对录音师夫妻——碧碧和路易·巴伦是《禁忌星球》电影原声带的制作人。我给哈罗德打了一个电话，告诉他我会在去纽约工作的时候尝试拜访他们。他则告诉我自己正在录制第一张唱片的B面歌曲，他被……签了下来。”

“克莱弗多纳唱片公司。”

“是的，就是克莱弗多纳唱片公司。他告诉我与巴伦夫妇见面是一件让他很感兴趣的事，他会跟我一起去拜访巴伦夫妇。他还提议在与巴伦夫妇见面之前让我去录音室跟他见一面，他说他遇到了一些音乐录制方面的难题……”

“那您过去了吗？”

“是的，我在一天夜里去了一趟，不过我表现得非常小心谨慎，因为从严格的职业角度来看，这着实有些……尴尬。他向我展示了自己是如何录音的。他用吉他将所有的音乐都分层次相继录制出来。比方说，他会先录制一段纯节奏的部分，为了录制这一部分，他会敲打琴弦或者就是用琴拨拙劣地来来回回地拨弄琴弦。他会录制好几次，然后他会听一下录制好的素材，对这几次的录制进行比较，留下他最感兴趣的那一次录制。他还会加入其他的节奏层次，他每次都会使用一些不同的演奏技法或者是不同的录音技巧。为了增强一个节奏，减弱或是加快某个连音，将某一连音反置，他会恰如其分地反复敲击一根琴弦。实际上这就是一首小样，但我之前从来没有见过。接着，他开始弹奏旋律与和音的部分，为了得到最好的声音效果，他会在最后才录制最重要的声道。也就是说在录制最初的和音部分的时候，他就已经非常清楚地知道他想要的最重要的声道是什么样子的了。为了做出一首听上去非常简单的富有旋律性的歌曲，他做出了惊人的壮举。不过，这样做出来的音乐在音色上会非常浓重，无法被人们定义。”

“那么您给予他帮助了没？”

“几乎没有，因为他采用的录音技术非常不合传统，因此我也不知道从什么地方着手给予他帮助。他借助反传统的方式完成了一切。我只是建议他将麦克风放在不同的位置来收录其他的声调，避免一些阶段性的问题。但即便在这个层面上，也是哈罗德给我展示了该如何去做，比方说，将麦克风放在录音室的一角来加强低音贝斯的声音。他完全是凭借自己的努力找到这个诀窍的。您知道吗,哈罗德完全就是一个自学成才的人?甚至是在音乐方面……他不识字,也不曾写过什么东西,所有的东西都在他的脑子里。他弹奏着奇怪的音阶,他做的一切都是那么奇特。我告诉他,他录音的工作室音响效果完全不能与切斯唱片公司的相提并论。我还告诉他切斯公司可以买下其他唱片公司与歌手签下的合同。我建议他再去切斯唱片公司试一下,我保证可以给予他支持。他问我切斯唱片公司能不能像克莱弗多纳唱片公司一样允许他在每天晚上使用录音室录音。我回答说非常遗憾,这是不可能的事情。他跟我解释说自己需要时间,需要非常多的时间来完成自己的专辑,除此之外,他别无他法。我提议做他的录音师,我还告诉他与克莱弗多纳唱片公司相比在切斯唱片公司可以让他赚到更多的钱。他给我的回答非常简单,不带有丝毫的狂妄自大,但他回复中的某一方面让我记忆犹新:'如果我不能做自己的音乐,那么我赚钱还有什么用呢?'

"我一直都不敢想象,一位不为人所知的、对摇滚乐异常热爱的人会拒绝这样一个好机会,会拒绝与切斯唱片公司签订合同。一时间我既失望又恼火,但这句话也改变了我的人生。我明白了几乎在任何领域,尤其是在艺术领域,都需要表达自己的创造性,我们不能只去做别人希望我们做的事情,最后可以做出决断的是公众而不是出版发行方。对于这一认识,我需要感谢哈罗德。我想,今天之前我还没有跟任何一个人提起过这件事。"

杰里非常激动,我任凭他宣泄自己的情感。

“您是否认为哈罗德会带来一种音乐上的碰撞?”

“我同意您的看法。从一方面来说,很明显,他身上带有音乐天赋;从另一方面来说……就他所处的时代而言,他有些过于超前了,甚至在志向方面也是如此。我从来没有从他嘴里听到过诸如‘成功’‘销售’,甚至是‘公众’之类的字眼。我刚刚才回忆起来,他说他不希望人们用他的音乐做伴奏跳舞,但是他希望人们可以聆听他的音乐。哈罗德是一个非常挑剔的人,对自己对他人都一样。退一步来说,我想在他所处的那个时代,他的音乐是不可能被大众接受并喜欢的。恰恰相反,他的音乐会让人们……备感惊愕。”

“那后来发生了什么呢?”

“几周之后,因为查克·贝里要在纽约举办一系列的演唱会,我被公司派去了纽约,我问哈罗德届时他是否有时间去和巴伦夫妇见个面。他与我在纽约汇合,他还给了我一张他的专辑,这张专辑是才被轧制出来的。我们一起去拜访了巴伦夫妇。他们拥有一间小小的私人录音室,这间录音室就位于他们居住的村庄的中心,看上去这间录音室更像是一个录音机修理商店。当我们进入这间录音室时,巴伦夫妇正与约翰·凯奇在一起,这也是我第一次见到约翰·凯奇本人。几年前巴伦夫妇就与约翰·凯奇一起合作了。1952年,凯奇在巴伦夫妇的录音室里录制了自己的第一首歌曲《威廉姆斯混合曲》(*Williams Mix*)。巴伦夫妇——碧碧和路易做的都是些振奋人心的事情。巴伦夫妇与阿道司·赫胥黎还有田纳西·威廉斯一道录制了今天人们所说的有声小说。简言之,我告诉巴伦夫妇我与哈罗德两个人都很喜欢《禁忌星球》的电影原声带,我们非常荣幸可以见到他们。哈罗德将自己的专辑送给了巴伦夫妇,巴伦夫妇说:‘这简直太棒了,我们等下一起来听听这张专辑。’哈罗德差一点儿昏厥过去。”

“约翰·凯奇一直跟你们待在一起吗?”

“是的,他一直都在录音室里。哈罗德说自己没有办法按照自己的意愿将喜欢的歌曲放在唱片的A面,因此他说我们应该一起来听听B面的歌曲。这首歌曲给我们留下了深刻的印象,我们都是一些先锋音乐人,非常开放,我们都明白这首歌曲想要表达些什么。”

“那张唱片运转得正常吗?”

“完全没有问题。”

“那这究竟是一首循环播放的旋律还是一首完整的作曲作品呢?”

“啊,对了,我明白您想要说什么了!”杰里一边大笑着一边说道,“我几乎把这件事情全都忘记了。在一曲结束的时候,巴伦夫妇向哈罗德表示祝贺,说他完美地掌握了电子音乐的真谛,而约翰·凯奇则严肃地丢出来一句:‘还挺有意思的。’这个评论已经非常不错了,但他的这句话还是让气氛变得有些尴尬。约翰·凯奇继续说道:‘如果这首歌曲的名字是《地狱之歌》的话,那就应该把这首歌曲做到极致。’我们都不明白他这句话的意思。凯奇拿起了那张专辑和一把随意放置在一旁的螺丝刀,问道:‘可以吗?’哈罗德表示没有问题。凯奇在那张专辑边缘处的槽纹里划了一道小小的线条,然后将这张专辑重新放入了留声机中,我们听到了前奏中那可怕的声音在循环播放。'现在地狱就变得永恒了。'凯奇说道。我们都哄堂大笑起来,然后,凯奇就告辞离开了。

"巴伦夫妇跟我们讲到了密闭槽纹技术,这个技术是一个名叫皮埃尔·舍费尔的法国人在十年前偶然发明的,凯奇刚刚把这种技术重新应用起来。巴伦夫妇对无调性的音乐、凝固音乐、埃德加·瓦雷兹、马特诺音波琴等都非常感兴趣。巴伦夫妇还跟我们讲起了他们自己的录音技术:碧碧会将各种声音存档归类,然后她会将这些声音拼录进磁带中。她会借助控制走带的速度或者是走带的方向制作出巡回播放的效果。他们采取的录音方式与前几个星期哈罗德给我展示的录音方式一模一样。不过,将这些声音制作出来的是路易,我们可以在听到这些声音的同时,在他的示波器中看到这些声音的流动。他从出现在诺伯特·维纳(Norbert Wiener)的著作《控制论:活人与机器中的信息与调节》(*La cybernétique: Information et régulation dans le vivant et la machine*)中的方程式里获得了灵感,制作出了一些具有偶然性的不可控的音乐回路,然后他会对这些音乐回路加以扩大。实际上,路易制作出来的这些回路似乎有着自己的生命,直到它们完全燃烧起来。这种小机体既简单又不稳定。总体上来说,它们发出的声音都来自偶然,大部分情况下这些声音非常荒诞。巴伦夫妇将音乐视为一种本质混乱的艺术,这着实让我激动。

"在回程的路上,哈罗德告诉我说他真的非常想在自己的专辑中创造出这种类型的音乐。我打心底地希望接受这项挑战。

因此，我拜读了维纳的那本著作，我打算尽自己的所能创造出一种音乐回路。我将注意力都放在了环形转调上，不过最初的尝试让我非常失望，我很快就放弃了。”

“真的吗？”

“声音回路非常不稳定，非常容易被烧毁，我无法控制那些超载电流，而且那些声音都非常饱和、刺耳。我给哈罗德打了一个电话，告诉他我没有办法做成这种音乐回路，但无论如何，他还是希望我可以将我做出的音乐回路通过电话放给他听一下。哈罗德觉得这种音乐回路非常棒，他还问我能否做出一个音乐回路让他可以在上面加上他弹奏的吉他声音，这样一来，他就可以更好地对声音效果加以控制。我按照他的要求做了，这花费了我三个月的时间。我把所有的空闲时间都放在了制作这段音乐回路上，我成功地做出了一段更为稳定的音乐回路，可以调节速度与音调。我将这段音乐回路给了哈罗德。”

“那他的反应如何呢？”

“他非常满意。他告诉我他从这段音乐回路中提取的声音有些过于尖锐，但是当他将录音带的速度调慢之后，这些声音就变得完美了。他希望我在条件允许的时候去他的录音室听听他从这段音乐回路中提取的声音效果。”

“那您过去了吗？”

“过去了，差不多在一个星期之后，我去了他的录音室。对我而言，这就是一个冲击。”

“一个冲击？”

“从我制作的音乐回路中传出来的声音与我在尝试的时候获得的声音完全不一样。哈罗德从音乐回路中提取出了精华部分。在他与电子音乐之间存在着一种互动与融合。和谐的声波从各个方向溢出,他将声音的饱和度变得更加悦耳,这一点正是我没能做到的。他正在制作的歌曲……非常迷人。它可以让人们置身于星空和地狱之间,炽热和黑暗之间。我从来没有听过这样的歌曲。”

“您还记得这首歌曲的名字吗?”

“啊……不,我不记得了。不过,哈罗德让我听了几首歌曲,在其中的一首歌曲中,他不停地重复着一句话:‘我们都是红色的。’我问哈罗德他是不是一位共产主义者。对此,他感到非常震惊……实际上,这句话与政治毫无关系。”

“那时候他已经出版发行了自己的第一张专辑了吗?”

“据我所知,他的第一张专辑并没有出版发行。”

“啊?真的吗?为什么会这样?”

“从纽约回去之后,他决定手动将自己的那些专辑都划出一些痕迹。那时候,这些专辑都存放在克莱弗多纳唱片公司等待出版发行。他觉得约翰·凯奇的想法非常绝妙。不过,他的这个做法被唱片公司的老板知道了。老板拒绝将这些专辑出版发行,因为有被退货的风险。没有人会愿意发行划伤的专辑……那个时候我才知道,如果哈罗德接受了我提出的转签切斯唱片公司的提议,我可能会被老板辞退。”杰里哈哈大笑地说道。

“哈罗德做出了什么样的反应呢?”

“他并没有把这件事情放在心里。据他所说，克莱弗多纳唱片公司将会压制一个新系列的唱片，但因为公司的一些临时性资金问题，他还需要再等一段时间。这正合他意，因为他恰巧需要一些时间。他说，这需要花费他几年的时间……”

“但是，他的这个愿望未曾实现，他的专辑从未出版发行。”

“我也这么认为。哈罗德也许将几份‘被划伤的’专辑分送给了他周遭的朋友们，除此之外便无更多了。他的专辑从不曾被发行销售。后来，在录音室被烧毁之后，签下他的那间唱片公司也就破产关门了。因此，他没有出版发行过任何专辑。”

“您还一直保留着他的那张专辑吗？”

“是的，它就在这里。”杰里一边说着，一边将专辑从封面中抽出来给我看，“在您过来之前，我又听了一遍。也许这是唯一一张没有被划坏的专辑了。”

这张专辑上还有致辞。

“我可以看一下吗？”我问道。

杰里将这张专辑递给我。专辑上的致辞非常凄切：“送给我唯一的朋友杰里——哈罗德。”

“哈罗德手里拿着的吉他非常奇怪，您知道这是一把什么吉他吗？”

“我不知道，这把吉他确实非常奇怪。我想起来了，这把吉他的音效非常好，而且哈罗德还在这把吉他上涂了黑漆。哈罗德对他的这把吉他三缄其口，表现得非常神秘。我想这把吉他应该是他偷来的，或者是通过类似渠道获得的。”

“您认为这把吉他也许属于另外一个人吗?”

“我对此一无所知。不过,我曾经问过他这把吉他是不是他自己制作出来的,他说不是。但是当我问他是如何得到这把吉他时,他并没有对我的问题做出回答。”

“那您弹奏过这把吉他吗?”

“没有,从来没有。”

“哈罗德曾经跟您谈起过哪些人对他产生过影响吗?他还听过哪些音乐呢?”

“是的,我们讨论过。在拜访了巴伦夫妇的那天晚上,我们一起去百老汇散了会儿步,还看了一场歌剧表演,那是田纳西·威廉斯的作品《琴神下凡》(*La Descente d'Orphée*)。不久之后,这部歌剧被改编成了一部电影,我记不得那部电影的名字了……啊,我想起来了,是《蛇皮人》(*L'Homme à la peau de serpent*)。简言之,电影讲述了一个带着自己的吉他来到一座南部小城的男人。这让哈罗德这个来自南方的男人想起了很多事情,比方说思想的狭隘、一致性、种族主义、无处不在的宗教、巨大的压力与失落,还有跟女人的关系。那时候,他跟我说自己非常喜欢罗伯特·约翰逊的歌曲,不过当时我还没有听过这位音乐人的作品。您知道,罗伯特·约翰逊的作品在20世纪60年代中期才被人们发现,在一定程度上这还要感谢某些英国乐队。哈罗德告诉我说罗伯特·约翰逊的音乐对他的影响最大,比方说在音乐主题、弹奏吉他的方法上面。我知道他还喜欢某些被切斯唱片公司签下的歌手,比如嚎叫野狼,穆迪·沃特斯,查克·贝里,博·狄德利,索尼·宝恩·威廉姆森，等等。他还和我说起过苗条吉他与林克·沃瑞，说自己很喜欢他们的吉他发出的声音。他也很欣赏尖叫的杰伊·霍金斯。”

“在您第二次从他的录音室离开之后，您有没有再见过哈罗德呢？”

“没有，他给我打过一两次电话就我制作的音乐回路问过几个问题，比方说，这个音乐回路会随着时间的发展产生何种变化。但是，我不太清楚应该如何回答这些问题。他的专辑已经将他整个人完全占据，他问了我许多在我看来都变得愈发混乱的问题。我没有办法再理解他的想法。哈罗德说他已经快要接近自己的目标了，他获得了很大的进展，但他离我越来越远了。在克莱弗多纳唱片公司的录音室被烧毁前的几个月，哈罗德已经不再跟我联系了。我很确定在火灾发生的时候，他就在录音室里录制自己的音乐。对此，我并不知道过多的细节……而且，我也无法像之前一样跟哈罗德联络了。我只有哈罗德录音室的电话，可是现在连录音室都被烧毁了，我甚至都不知道哈罗德住在哪里。我等着他给我打电话，但他不再跟我联系。我……您是否知道……”

“哈罗德在那场火灾中被烧伤了，不过他并没有生命危险。”

“啊？真的吗？这还算是一个不错的消息。那他后来怎么样了？”

“我不知道，这也正是我在尝试着探查的事情。”

“我很好奇他在火灾之后的际遇。他能从那次火灾中脱险，我感到非常……我长舒了一口气。我一直以为他已经在火灾中遇难了。而且,一直以来我都很想知道是不是我做的那些音乐回路……”

“不是的,火灾的原因是一个没有被熄灭的烟头。”我迅速地编造了一个理由,“他将自己录制的歌曲保存了下来……”

“啊！听到这个消息我太高兴了!”

“如果可以听到这些歌曲的话那简直是一件再美好不过的事情了,但我们都不知道这些歌曲是否被保留到了现在……您还能记得起与哈罗德有关的其他事情吗?”

“嗯……我想我已经把我知道的所有事情都告诉您了。”

“您是否还认识一些其他曾经与哈罗德有过联系的,并且我可以联系得上的人呢?”

“没有了,我想应该没有了。我之前跟您提到的那些人都已经去世了。”

“您还记得住非常多的细节,您讲到哈罗德的时候满怀情感。您是否认为哈罗德对您的事业产生了一定的影响呢?”

“那是当然。但是,他对我事业的影响力达到了何种程度呢,这就很难说了。在我录制某些歌曲的时候,我会使用一部分哈罗德展示给我看的录音技术。在遇见巴伦夫妇之后,我对电子音乐的热爱更加强烈,我还尝试着制作了一段音乐回路。在我接下来的音乐生涯中,这些都起到了重要的作用。我需要将这一切都归功于哈罗德！当我认真仔细地思考时,我发现对我产生最深远影响的应该是……更多的哲学……让我印象最为深刻的是,与结果相比哈罗德更看重意愿。这是他的优点所在,也是他的局限所在。最后的结果就是,哈罗德根本不在乎人们会不会喜欢他的音乐。也许在不久之后一个很偶然的情况下,哈罗德会意识到自己的音乐并不受人们的喜爱。他在未来中捕捉着自己的想法,他还对着这个未来讲述自己的想法……对于哈罗德而言,现在不过就是一个没有什么意义的片段。他是一个与整个世界格格不入的人……人们无法辨认出他究竟是黑人还是白人,他究竟来自北方还是南方,他究竟是不是属于我们之中的一员。后来,唯一可以给我留下如此印象的人是……迈克尔·杰克逊。是的,我认为哈罗德影响到了我,他推动我去尝试更多的新鲜事物,他帮助我找到了自己的道路。"

32. 密西西比州牛津市(1)

罗琳的双眼闪烁着光芒。就在她的宿舍里,罗琳神情严肃地听着我录下的采访对话,她有时候会点头表示认可,有时候也会表现出自己的震惊。我们的激烈讨论持续了一个小时,罗琳试图得到其他的一些细节,她对我说:"可以拿到这些证据真是太神奇了。不过,遗憾的就是杰里·拉莫内并不认识其他与大幽灵经常往来的人。"

"是的,线索就在这里断掉了。"

"是你的线索断掉了。"

"好吧,快跟我说说你的发现吧。"

接到罗琳的电话之后,我回到了牛津市,因为这个消息让我欣喜若狂——罗琳找到了大幽灵的一个妹妹。

"我着手研究了一下哈罗德·克莱的出生证明。他1939年5月4日出生于格林伍德,不过,我同时也发现了他在1966年6月6日去世,依旧被葬在了那里。"

“大幽灵已经死了……”

“是的,他死的时候只有27岁。”

“嗯……”

“我还查明了他父母与兄弟姐妹的身份信息。他有三位哥哥,只有一位现在还活着。我去见了他这位还在世的哥哥,不过这个可怜人已经失去了所有的记忆,什么都回忆不起来了。大幽灵还有一个妹妹,名叫多丽丝,就生活在科林斯。我前往科林斯与她见了个面,她对我讲述了自己的一生……还有大幽灵的一生,好吧,就是哈罗德的一生。你想喝点儿什么吗?”

“不用了,请你继续说下去吧。”

“那好吧,我继续。他们的母亲埃莫尼亚在1944年的时候因为肺部传染病去世,那一年哈罗德5岁,多丽丝只有3岁。那时他们的父亲克拉伦斯·克莱正在法国工作,克拉伦斯·克莱是一名机械培训师。他们这群孩子被分散开来养了:三位年长的哥哥被送到了住在芝加哥的一位姨母家里抚养,哈罗德与多丽丝留在密西西比州,由他们的另外一位姨母阿尔贝尼抚养长大。几十年前这位姨母就去世了,同时去世的还有他们的父亲克拉伦斯。多丽丝告诉我,哈罗德是一个非常孤僻的孩子,他身体不好,经常生病,还饱受着糟糕视力的折磨,这是白化病与甲状腺功能亢进导致的结果。看起来,哈罗德似乎生活在一个由自己幻想出来的世界里,还有就是,当时因为肤色问题,他被人们戏称为‘幽灵’。每个周日他都会去教堂的唱诗班唱歌,这差不多也是他唯一感兴趣的事情——音乐。多丽丝还将哈罗德与富兰克林神甫之间发生的事情告诉了我，她还将大男孩儿斯宾塞的耳朵事件讲给了我听。哈罗德对多丽丝承认说就是他刺穿了大男孩儿斯宾塞的耳朵……多丽丝还告诉我，哈罗德快12岁那年用琴弦和金属罐子制作了一把吉他，他将大部分时间都花费在弹奏吉他上。哈罗德梦想着拥有一把属于自己的吉他，但是阿尔贝尼姨母并没有足够的钱给他买一把吉他。在哈罗德青春期的时候，这些问题都恶化了。哈罗德变得越来越不合群，阿尔贝尼姨母在他面前也没有了丝毫权威。还有就是，阿尔贝尼姨母丢掉了自己的工作。因此，在1955年，阿尔贝尼姨母决定搬去芝加哥与自己的姐妹汇合，希望可以在那里找到一份工作，与家人团聚。哈罗德与他的三位哥哥团聚，但根据多丽丝的说法，这并没有让哈罗德发生任何改变。哈罗德成为哥哥们嘲弄的对象。阿尔贝尼姨母1956年搬离了芝加哥，她搬到了更北的地方生活。你猜猜她搬到了哪里定居呢？”

“我不知道……”

“她搬到了密歇根湖的另一边，一座小城……卡拉马祖。”

“啊，天哪！”

吉普森公司在卡拉马祖建立了第一间厂房，Moderne吉他也是在那间厂房被制作出来的……

“阿尔贝尼姨母在吉普森公司找到了一份工作。她负责在校准与测试吉他之前将琴弦装在吉他上。”

“啊，天哪！”

“有一天，她被允许带着她的侄子参观吉普森公司的厂房，哈罗德看得眼花缭乱。从此之后,哈罗德不停地要求姨母给他买一把吉他。但是阿尔贝尼姨母赚的钱不足以给哈罗德买下一把吉他。当时,吉他的售价非常昂贵,特别是吉普森公司的吉他。”

“我知道。”

“不过,阿尔贝尼姨母给哈罗德带回了一些制作吉他的材料与配件,这些材料与配件都有一些制作上的缺陷,因此它们都被公司丢弃了。哈罗德可以用这些材料制作出一把原声吉他。根据多丽丝的说法,这把吉他并不太好。他一直要求阿尔贝尼姨母给他买一把真正的吉他。在哈罗德看来,一把真正的吉他意味着一把电音吉他。看起来,这样的要求完全超出了阿尔贝尼姨母的能力,但在哈罗德的坚持下,她承诺说自己可以尝试。在哈罗德18岁之前的几天,他感觉可能会发生些什么事情。多丽丝告诉我她从来没有看见过哈罗德如此兴奋。”

“等一下,让我计算一下……哈罗德出生于1939年的5月份,因此,那应该是在1957年的5月份。这个时间非常贴合。”

“那个他如此期待的日子最终到来了,哈罗德终于收到了一把吉他……一把真正的吉普森公司制作的吉他。”

“是Moderne吉他吗?”

“不是,那是一把原声吉他……”

“啊……”

“他尽量非常客气地感谢了自己的姨母,但实际上他非常失望。这把吉他他只弹奏了一周的时间,然后,他做出了一个决定。”

“我听着呢，你继续说。”

“他想从吉普森公司的厂房里偷走一把吉他。他的姨母曾经几次跟他提到了一处地下室，在那间地下室里存放着一些有瑕疵的吉他。那些吉他在被销毁前都会被放在地下室里！因此，哈罗德决定在一天夜里潜入地下室实施这个计划。”

“然后……”

“他拿着一把难看至极的吉他回来了。”罗琳学着多丽丝·克莱那颤抖的声音说道。

“是Moderne吉他……”

“是的，我给多丽丝看了一张照片，她确定就是那把吉他。哈罗德将这把吉他藏匿了一个月的时间，后来，因为他的阿尔贝尼姨母没有跟他提起过任何一丝与吉普森公司的厂房发生失窃案有关的消息，哈罗德终于将这把吉他拿了出来。他撕去了吉他上吉普森公司的标志，并且将其涂成黑色。哈罗德还用在自己生日的时候收到的吉他换了一只音箱。然后，他告诉阿尔贝尼姨母说自己得到了一把新的吉他，并且还用她给自己的那把吉他换了一只音箱。哈罗德非常幸福，阿尔贝尼姨母也是如此。从那时候开始，‘哈罗德就开始弹奏一些更加奇怪的音乐了’。”

“多丽丝是否有一些与那把吉他有关的照片呢？”

“我就知道你会这样问我。很遗憾，她并没有。我从多丽丝那里拿到了三张哈罗德18岁时的照片，但是Moderne吉他并没有出现在任何一张照片上。你看！”

这三张照片都是家庭照。哈罗德看上去不苟言笑，很显然，在这三张照片上我们找不到任何与Moderne吉他有关的线索。罗琳继续说道:“因为他眼睛的缘故,哈罗德非常厌恶照相。对他来说,闪光灯是他无法忍受的事物。不过,多丽丝和我讲了哈罗德究竟是如何弹奏自己的那把Moderne吉他的。”

“快跟我说说。”

“差不多在哈罗德将那把吉他偷出来的一年后,他的三位哥哥与另一位姨母从芝加哥来到卡拉马祖拜访他们,哈罗德组织了一场小型的欢迎演唱会。他将客厅封闭了一个下午来布置。晚上,一家人都听到了一个低沉的嗓音宣布演唱会开始了。整个客厅的照明仅仅依靠几只蜡烛。然后,‘一个可怕的声音突然响起’,所有人都认为这一定是出了什么问题。在哈罗德的那个方向,几盏红色的聚光灯突然亮起,他背对着所有人,他的吉他正冲着那只小小的音箱。多丽丝告诉我,哈罗德在一块挂起的被单上用鲜红的颜色写着‘大幽灵’,这让阿尔贝尼姨母非常愤怒。随后,‘就响起了一些非常可怕的声音’。哈罗德,好吧,也就是大幽灵将身体转了过来面向自己的家人。他将自己的头发剃去了一半,将脸庞涂得如同活死人一般。他还撕碎了自己的衣服,用那些撕碎的衣服将客厅的地面覆盖。哈罗德的哥哥们放声大笑。歌曲这才正式开始,‘音乐非常强烈,以至于整所房子都跟着颤抖了起来’。所有人都用手将耳朵捂住,大喊着让哈罗德停下来。来自芝加哥的姨母甚至离开了房间,其他人虽然留在了客厅里,但都用纸将耳朵堵了起来。大幽灵弹奏了几首歌曲。按照多丽丝的说法,这几首歌曲让人无法忍受。但自相矛盾的是,那些最为和缓的歌曲也让人感觉最为可怕……因为他们可以听明白其中的歌词。这些歌词讲述的尽是一些非常残酷的事情:死亡与腐败。阿尔贝尼姨母从头到尾都被恐惧所震慑,最后她感到非常不适,这也为哈罗德的演唱会画上了句号。”

“我真希望自己可以在场。”

“我也是。多丽丝告诉我哈罗德用自己的那把吉他弹奏了很多非常古怪的音乐,他用不同的东西做琴拨,刮擦着琴弦,这其中还包括一块动物的骨头。他——甚至还把脚踩在吉他上面。”

“哈罗德把脚踩在Moderne吉他上面?”

“我们应该相信多丽丝的话……所有的家庭成员都认为哈罗德走火入魔了,这让他们感到非常震惊。他们都是浸礼会信徒,而且他们还是经常参加宗教活动的信徒。阿尔贝尼姨母在演唱会之后的那几天身体真的非常不舒服,从此以后,她严禁哈罗德在家里弹奏吉他。哈罗德接受了姨母的要求,他很担心姨母,害怕她的身体会出问题。对于阿尔贝尼姨母来说,发生在自己家里的一切都非常可怕且极其严重,她说这有伤风化,亵渎神明,还说这样的事情已经不是第一次发生了。在此之前,在教堂里已经发生过一次管风琴事件了。不过,让阿尔贝尼姨母感到更为震惊的是——这件事另有隐情……”

“要比亵渎神明更加可怕吗?”

“是的……因为,虽然哈罗德的表演有些幼稚——他也许是从那些恐怖片,或者是戴着骨头项链从棺材中走出来的尖叫的杰伊·霍金斯那儿获得灵感的。但是,他也许还表达了一些意义更为深刻的东西，这让阿尔贝尼姨母非常担心。”

“是什么呢？”

罗琳看起来有些犹豫，不想将接下来的内容讲给我听。

“我会将这件事情告诉你的，但我自己对此有些不太相信。如果这件事情是真的，这真的可以算得上非常……有意思的……发现了。这会使大幽灵成为历史上遭受最可怕诅咒的音乐家之一，成为一个完全……具有慑服力的研究对象。”

“他已经是这样了！快点儿告诉我吧。”

“在音乐会之后的一天晚上，哈罗德与多丽丝偶然间听到了两位姨母的一次谈话。阿尔贝尼姨母说，这些孩子的母亲埃莫尼亚在去世前曾经告诉自己一个秘密，她自己答应过埃莫尼亚不把这个秘密告诉其他人，但她无法再继续保守这个秘密了。那是1938年的夏天，埃莫尼亚与丈夫结婚后的第七个年头，她与一个‘极具魅力’的男人有过一段婚外情。当时，那个男人正好在格林伍德举办演唱会。这是一个让人惊愕不已的歌手与吉他手，他有着修长的双手、迷人的眼神。哈罗德就是这位音乐人的孩子，他并不是克拉伦斯·克莱的儿子。”

我感觉到事情的后续开始慢慢显现出来，但我没有办法相信这件事情的真实性……罗琳继续说道：“埃莫尼亚与这位路过格林伍德的吉他手共度了传奇的一夜，他还给了埃莫尼亚一张自己的专辑留作纪念。阿尔贝尼姨母将那张专辑拿给从芝加哥过来的姨母看了看，然后又将专辑放回了衣柜后面，那里是专辑的藏身之所。第二天，哈罗德和多丽丝就将这张专辑从衣柜后面掏了出来。这位音乐人的姓名被印在了专辑的封面上,他就是……”

“罗伯特的儿子……”我小声地说道,我突然间明白了为什么大幽灵要在自己的艺名后面加上“罗伯特森”。

“是的,你明白了,这个音乐人就是罗伯特·约翰逊。”

33. 密西西比州牛津市(2)

我无法相信自己的耳朵。这个世代相传的与诅咒有关的故事在我身上引发了一种无法言表的眩晕感。我试图保持实事求是的态度:“哈罗德的反应如何呢?”

“他什么都没有说,但从那时开始,他循环播放着罗伯特·约翰逊留下的那张专辑。多丽丝说阿尔贝尼姨母表示自己也从未完全相信埃莫尼亚的那个故事,直到那场演唱会。不过,既然这个故事已经得到了证明,这就使得哈罗德成了半个外人。阿尔贝尼姨母非常不安,因为她也知道罗伯特·约翰逊的去世时间就在格林伍德演唱会结束的两天后。人们认为——人们也一直这么认为——他应该是被一位心生嫉妒的丈夫给毒死的……”

“是大幽灵的父亲吗?”

“这就无从考证了。我并不希望掺和到这件事情中来。罗伯特·约翰逊曾经诱惑过不少女人,也留下了不少私生子。心生嫉妒的丈夫……应该有好些个吧。”

“那些日期之间相符吗?”

“罗伯特·约翰逊在1938年8月16日去世,而大幽灵出生于1939年5月4日,出生地是格林伍德,这两个日期之间有九个月的间隔,几乎一天都不差。”

“那么,这也就是说大幽灵的孕育可能导致了罗伯特·约翰逊的死亡……”

“我再重复一遍,我不想掺和到这件事情中来。多丽丝没有跟我说过任何可能引发人们如此遐想的内容。阿尔贝尼姨母为这件事情非常忧虑,因为她也知道发生在罗伯特·约翰逊身上的传奇故事,那个他与魔鬼签订的协议。因此,在阿尔贝尼姨母看来,哈罗德弹奏的并非一首奇怪的或者是刺耳的不讨人喜欢的曲子,而是一首魔鬼的歌谣。尽管哈罗德非常喜欢这种类型的音乐,但他不能弹奏这种类型的音乐了。因为,不管怎样,阿尔贝尼姨母认为哈罗德在其他的时间里都是一个非常乖巧的孩子,她甚至认为哈罗德被魔鬼附身了。阿尔贝尼姨母想烧毁哈罗德的那把吉他,但是那把吉他被哈罗德及时取回并且藏了起来。无论如何,哈罗德不能在家里演奏音乐了。”

“哈罗德遵守这条禁令了吗?”

“从表面上来看,是的。但根据多丽丝的说法,每天夜里,哈罗德都会从床上爬起来,去地下室偷偷地弹奏吉他。白天,趁着姨母不在家,哈罗德会听罗伯特·约翰逊的那张专辑。一切都逐渐平静下来,一年半之后,哈罗德宣布自己要前往芝加哥找一份工作。两个月后,他非常骄傲地带着一张唱片回到了家中,那是他自己的一张专辑。多丽丝不知道哈罗德希望得到什么，不过非常明显的是，当哈罗德将自己专辑的封面拿给她们看的时候，当阿尔贝尼姨母发现了他的艺名——李·大幽灵·罗伯特森的时候，可怜的姨母受到了惊吓，那就更不用说专辑B面的歌曲名称给她造成的冲击了。可怜的姨母拒绝听那张专辑，甚至拒绝与哈罗德交流。她告诉哈罗德说，除非他放弃音乐，否则他将没有权利再待在自己家中。因此，哈罗德决定彻底离开自己的家庭。他拥抱了多丽丝，然后带着自己的那把吉他孤身离开。”

“就是在那个时候，他回到了芝加哥，录制了自己的专辑……”

“是的，他并没有留下自己的住址。多丽丝告诉我，几天之后，阿尔贝尼姨母听了《半月蓝调》那首歌曲和专辑的B面，但是那张专辑的B面‘出了些问题’。不过，《半月蓝调》这首歌曲已经足以让姨母将那张黑胶唱片扔进壁炉里烧毁了。是的，阿尔贝尼姨母被歌曲的旋律和歌词吓坏了。从此之后，姨母因为担心自己的家族姓氏会与哈罗德的这张专辑联系在一起而禁止多丽丝与自己的哥哥见面。此外，这位姨母认为哈罗德灵魂上已经死亡。”

“那后来又发生了什么呢？”

“哈罗德没有再将自己的消息送回家中，但几个月之后，他唱片公司的制作人将电话打到了阿尔贝尼姨母家中，询问哈罗德是否回了家。阿尔贝尼姨母与多丽丝这才知道了唱片公司的录音室着火了，哈罗德或多或少需要为这场火灾负些责任，而且他从火灾中脱身时被大火烧伤了。在阿尔贝尼姨母看来，这也验证了哈罗德笼罩在这个家庭之上的威胁。不久之后，阿尔贝尼姨母与多丽丝回到了密西西比州的格林伍德。之后，多丽丝离开了姨母家，阿尔贝尼姨母再婚了。在好些年的时间里，她们都没有收到哈罗德的消息，他那三位居住在芝加哥的哥哥也没有得到他的任何消息。直到1966年的一天，多丽丝接到了阿尔贝尼姨母打给她的一个电话。姨母告诉多丽丝说，哈罗德就在她家里，就在密西西比州的格林伍德，而且他的身体非常糟糕。多丽丝赶到了哈罗德的病榻边，哈罗德已经变得非常消瘦，他一半的面容都在那次火灾中被烧毁了，他几乎说不出话来。当她们问哈罗德他消失的这七年都在哪里的时候，哈罗德只告诉她们自己住在丛林杰克家中，然后就再也没有详细解释些什么了。哈罗德并没有告诉她们自己究竟做了些什么，他只是说自己快要死了，他想为自己做过的坏事道歉，祈求原谅。”

“哈罗德生病了？”

“是的，非常严重。”

“他得了什么病呢？”

“这我就不清楚了，不过哈罗德的身体非常虚弱，在回到姨母家中的两周之后就去世了。在他去世的时候，多丽丝已经回到了科林斯，她没有办法去格林伍德参加哈罗德的葬礼，因为他的葬礼举行得非常匆忙。在哈罗德生病之后，他的三位哥哥不曾来格林伍德看他，也没有参加他的葬礼。”

“这可真卑劣……”

“是的，多丽丝告诉我，阿尔贝尼姨母觉得这件事让她感到非常害怕。哈罗德成为一个禁忌话题，没有一个人再提起过他的名字,直到我过去看望她的时候,她才讲起了哈罗德。”罗琳说道,然后,她停顿了一下,“好了,我想我已经将我知道的一切都告诉你了。”

“你告诉我说,阿尔贝尼姨母回到格林伍德之后再婚了……”

“是的,不过她的丈夫已经去世很多年了。”

“那么就是说你的线索也断了?”

“目前来看是这样没错。”

“你已经去大幽灵的墓看过了吗?”

“还没有,我想等你回来一起去。”

我们第二天就去了大幽灵的墓。墓园位于莫尼路,毗邻小锡安传教士浸信会教堂,就在距离格林伍德市北两英里的地方。墓园里有一座罗伯特·约翰逊的墓——他的三座墓之一,另外两座都在位于格林伍德市西南20英里左右的地方:一座在摩根城,另一座在基多。这位蓝调音乐人的墓就在一片小橡树林的边缘处。我们来到一座花岗岩墓碑前,墓碑就直接被立在地上,四周被落叶包围,墓碑下放了乐迷们带来的蜡烛、花束、项链、瓶装威士忌还有罐装啤酒。在墓碑上,我们可以看到如下文字:“罗伯特·约翰逊,生于1911年5月8日,卒于1938年8月16日。音乐人、作曲家,他影响了后世数百万人。”在这几句话下面,刻着罗伯特·约翰逊在去世前不久自己亲手写下的文字:“来自拿撒勒的耶稣啊,你就是耶路撒冷的王。我知道我的救世主还活着,他将会从坟墓中将我召唤出来。”

我们在罗伯特·约翰逊的墓碑前沉默了一会儿,然后就出发去寻找大幽灵的墓了。我们花了几分钟才找到他的墓,大幽灵的墓就在那里,在树林的更深处。在那个小小的有些歪斜的墓碑上刻着一行已经半消失的字:

“哈罗德·克莱,1939年5月4日—1966年6月6日。”

我们擦拭了墓碑,我在他的墓碑下放了一只琴拨。

34. 密西西比州密西西比大学

我知道了很多与大幽灵有关的事,他的照片也成了新的可以证明Moderne吉他真实存在的物证。我将制作成电子版的证据发给了温斯莱勋爵,并且告诉他大幽灵是如何得到Moderne吉他的——他是直接从卡拉马祖吉普森公司的工厂里将Moderne吉他偷出来的。大幽灵在1957年就居住在卡拉马祖这个事实也可以成为一项具有说服力的证据。温斯莱勋爵问我是否将多丽丝的证词录了下来,我回答说没有。在经过了一番思考之后,温斯莱勋爵告诉我说,这位对吉他基本上一窍不通的老妇人的证词并不能让保险公司的专家信服。无论如何,温斯莱勋爵对我的进展非常满意,他还激励我继续寻找证据。

我决定在罗琳的陪伴下留在密西西比大学,我将全部精力都放在罗伯特·约翰逊——可能是大幽灵的父亲——的音乐与生活上,这两位都给人带来了既奇怪又魅惑的感觉,我想要从中找到可以给我帮助的细枝末节。

罗琳告诉我,甚至都没有人知道罗伯特·约翰逊的具体出生日期，就连1911年5月8日这个日期也经常遭到质疑。无论如何，他的出生日期就在1909年到1912年这三年间，他的出生地为海泽赫斯特，这是一个位于密西西比州首府杰克逊市南30英里的小城镇。他的母亲茱莉亚·梅杰斯于1889年嫁给了查尔斯·多兹。查尔斯·多兹是一位手艺人，同时还在乡下拥有小小的一块土地。茱莉亚与查尔斯在一起生活了差不多二十年，他们的生活风平浪静，在这期间，他们生育了十个孩子。但有一天，查尔斯·多兹与其他几个更为富有的地主发生了争执，为了避免被那些富有的地主殴打，他迅速逃离了海泽赫斯特。根据家族传奇的记录，查尔斯化装成一个女人从海泽赫斯特逃走了。然后，他在孟菲斯市定居，而茱莉亚则与他的两位姐妹留在了海泽赫斯特。茱莉亚时不时地将孩子们送到孟菲斯市的丈夫那里，她一次只送去一个孩子，为了让孩子们可以跟父亲一起生活一段时间。在这段艰难的岁月里，茱莉亚遇见了在各处流动务农的工人诺亚·约翰逊，然后罗伯特就出生了。跟不久之后的大幽灵一样，罗伯特也是一段婚外情的私生子。

不久之后，茱莉亚因为交不起税金而被驱离了海泽赫斯特，她开始像一个务农女工一样在各个种植园间往来工作。在这期间，罗伯特由自己的一位姐姐照顾，这样的状况一直持续到1914年，那一年他搬到了孟菲斯市与查尔斯·多兹一起生活。查尔斯·多兹将罗伯特的名字改为查尔斯·斯宾塞。几年之后，罗伯特的母亲再婚了，罗伯特搬到了密西西比州的鲁滨逊维尔市与母亲一起生活，这个城市就在孟菲斯市南30英里的地方。罗伯特先后学习了犹太竖琴、口琴与吉他。在鲁滨逊维尔市他认识了一位蓝调音乐人，这位名叫威利·布朗的音乐人经常与三角洲蓝调音乐之父查理·巴顿一起演奏。1929年，年近17岁的罗伯特迎娶了15岁的维吉尼亚·特拉维斯，他们住在罗伯特同母异父的姐姐家中，距离鲁滨逊维尔市不远的一处种植园中。对于罗伯特而言，这应该是他最幸福的一段时光。他越来越多地将自己的时间用在弹奏吉他上，而他的妻子正孕育着他们的孩子。但是不幸的命运给罗伯特沉重的一击：1930年4月，维吉尼亚在生产中死去，甚至连他们期待的孩子也没能活下来。

不久之后，罗伯特·约翰逊遇到了艾迪·詹姆斯·桑豪斯，听到了他那既粗粝刺耳又感动人心的音乐，这种音乐对罗伯特产生了深远的影响。罗伯特开始到处追逐他的脚步。桑豪斯与他的朋友威利·布朗主要在那些为种植园工作的黑人劳工开设的娱乐场所演出，这些娱乐场所是在《吉姆·克劳法》与"隔离但平等"政策实施后才纷纷出现的。那些位于城外的简陋木板房与布局简单的谷仓成为黑人劳工们自由活动的场所，是他们的大本营与减压房。在那里，在几个小时的时间内，他们可以释放强压在他们身上的压力。黑人劳工们可以在那里喝酒吃饭，与朋友聚会，玩一些赌注微薄的赌彩游戏，买一些食品杂货来改善一下自己的日常生活或者买一些走私威士忌来暂时麻痹自己。更为重要的是，人们可以在那儿享受音乐，尽情舞蹈。从19世纪八九十年代开始，黑人劳工们会在这些娱乐场所中听拉格泰姆与布基伍基音乐。从1917年起，黑人劳工们开始听蓝调音乐，就如同罗琳告诉我的那样。

从1931年起，罗伯特·约翰逊就开始经常去那些黑人劳工的娱乐场所。在桑豪斯休息的时候，或者是当他出去呼吸一下新鲜空气、抽烟的时候，罗伯特就会借机拿起吉他弹奏。不过，他弹奏吉他的方式让人们很抓狂，他们会一边向外跑着一边要求罗伯特停止弹奏。桑豪斯建议罗伯特·约翰逊放弃弹奏吉他，并且将全部精力都放在吹奏口琴上，因为罗伯特在口琴演奏上表现出了明显的天赋。罗伯特无法接受这样的羞辱，他离开了鲁滨逊维尔，回到了离自己家乡海泽赫斯特不远的地方，也许他想寻找自己的生父。罗伯特在马丁斯维尔住了下来，他在那里度过了一年的时光……然后他又回到了鲁滨逊维尔。

当罗伯特再次出现在鲁滨逊维尔时已经成为一个焕然一新的男人。从前那个笨手笨脚摆弄着自己乐器、虐待听众耳朵的男孩儿已经成为一个沉着稳重的男子，他的声音非常迷人。所到之处，罗伯特都可以造成轰动，之前就认识他的音乐人们无一例外地都为他的才华所折服，桑豪斯也认为自己被这个天才超越了。罗伯特在消失一年之后就可以练就如此精湛的弹奏吉他的技艺，看上去简直不可思议。特别是在一个宗教与巫术都根深蒂固的地区，这种天赋就被人们视为超自然的现象，人们认为罗伯特·约翰逊一定是与魔鬼签订了协议。而罗伯特自己也喜欢跟别人说，当自己在克拉克斯代尔附近的一个十字路口打盹儿的时候，一个戴着巨大帽子的魁梧黑影将他唤醒，并拿起他的吉他重新调了琴弦，还在消失之前弹奏了几个音符。从那天起，他就这样弹奏吉他了。

罗琳告诉我,这个故事多半就是罗伯特·约翰逊为了奠定自己的传奇而编造出来的,这个故事的灵感几乎完全来自一位之前的蓝调音乐人汤米·约翰逊,这位蓝调音乐人声称自己自愿将灵魂出卖给魔鬼。实际上,罗伯特·约翰逊与一位来自亚拉巴马州的蓝调音乐人一起度过了一年,这位蓝调音乐人名叫以赛亚·艾克·齐默曼。艾克与自己的妻子住在一所离博勒加德墓地不是很远的舒适房子里,距离海泽赫斯特也不是很远。艾克是一位天赋异禀的吉他手与口琴手,还是一名优秀的老师。他成为罗伯特·约翰逊的良师益友,他们无时无刻不在一起,并且将所有的时间都用在一起弹奏吉他上。白天,艾克在自己家里招待罗伯特;晚上,为了不打扰自己的妻子休息,艾克会带着罗伯特去墓地练习。偶尔,他们会坐在别人的坟墓上练习到天微微亮。

之后的一段时间里,罗伯特·约翰逊就像一位流浪音乐人一样进行演出。当罗伯特来到一座从来没有去过的城市时,他会找到一条人来人往的街安顿下来,然后他会弹奏几首时髦的歌曲,直到有人雇佣他到节日活动的现场进行表演。他会在一座城市或者这座城市的周边待上几天,时间的长短会根据机会的不同而发生变化;然后,当他口袋里有了几美元之后,他就会跳上一辆货运火车、一辆公共汽车或者是小汽车的后座,任由道路——他唯一真正的家乡——指引自己去到下一个目的地。就这样,罗伯特·约翰逊的脚步遍布整个密西西比州与相邻的州,他有了无数的情妇。为了混淆线索,避免问题,罗伯特会改换自己的姓名。

在芝加哥、纽约、得克萨斯州以及肯塔基州陪伴他一起演出的约翰尼·杉斯就说过，当他们在满是灰尘的街道与肮脏的破屋里演出时，罗伯特·约翰逊永远都穿戴得“非常干净整洁，就好像周日一个从教堂走出来的人一般”。

1936年，在得克萨斯州的圣·安东尼奥旅店的一个房间里，罗伯特·约翰逊进行了第一次录制。第二年，在达拉斯市，罗伯特·约翰逊进行了第二次也是最后一次录制。罗伯特两次一共录制了29首歌曲。不久之后，在1938年，罗伯特于格林伍德市去世，去世时身边既没有医生也没有神甫的陪伴，他一个人在梅毒的折磨下孤零零地死去，也许他是被一个心生嫉妒的丈夫下毒害死的——人们说这个心生嫉妒的丈夫将士的宁放在了一瓶威士忌中。罗伯特去世时应该27岁左右。

我听过罗伯特的歌，在他的很多歌曲中都明确地提到了魔鬼，他的歌曲在20世纪60年代影响了很多英国乐队：滚石乐队、奶油乐队还有齐柏林飞艇乐队。后来，罗伯特的歌曲还影响到了一些美国乐队：红辣椒乐队（Red Hot Chili Peppers）与白色条纹乐队（The White Stripes）。在罗琳看来，罗伯特的音乐没有道理被埋没。“传奇永远都不会消亡。”

我将罗伯特·约翰逊的歌曲循环播放，在听第一遍的时候，我发现他弹奏吉他的方式有些朴素，但如果对此稍加关注，甚至是尝试弹奏他的歌曲就会发现，他的弹奏方式中有一种杰出的技巧。罗伯特让和弦、曲调部分与用大拇指弹奏出的低音交替出现或者将其融合，这样一来就给人们造成一种两位吉他手在一起弹奏吉他的错觉。我还发现:罗伯特使用了一把吉普森公司制作的吉他进行录制,可能由于一个技术上的难题,他的某些歌曲速度变快失真;歌曲的演奏速度欺骗了我们,还让我们弄错了罗伯特的音色,他的音色应该要更为低沉,更为深邃,更为巧妙,并且让人感觉更为忧心。

人们可以用一生的时间来探索这个让人琢磨不透的人物,但我的时间非常紧张。我发现大幽灵在一个时期希望罗伯特·约翰逊对歌手们的影响可以变得更大,那是在20世纪50年代末期,正是罗伯特知名度的低谷时期,也恰好是人们于20世纪60年代重新聆听罗伯特的作品之前。如果这并不能成为一项证据的话,那么这也是一个补充标志,说明了在罗伯特与大幽灵之间存在着一种精神上的亲子关系。不幸的是,这无法带来任何实质性的进展。

那条神秘的"丛林杰克"线索也是一样,李·大幽灵·罗伯特森在克莱弗多纳唱片公司的录音室被烧毁之后曾经在丛林杰克家里住过七年,我没有找到丛林杰克的真实姓名,没有找到他的住址,同样也没有找到他从事工作的线索。什么都没有找到!

我开始变得非常沮丧。

在一个绝望的晚上,我一个人去了一家牛津市的咖啡厅,在那里,我碰到了乔伊,那个在文斯的电台节目中打电话与我们交流的男孩儿。

乔伊一个人坐在吧台前……我决定跟他说说话。

35. 密西西比州牛津市(3)

乔伊将我认了出来,然后我们开始交谈。他并没有因为在文斯的电台节目中发生的一切而对我表现出丝毫的不满,但他将所有的怨恨都集中在了对罗琳的言语上。

“她完全就是一个愚钝的家伙。她什么都不懂,什么都不懂。她错过了非常多的事情。”乔伊脱口而出。

“的确如此,她是有些严厉,还很认真,但是……”

“她缺少好奇心,对于做研究来说,这是非常麻烦的。”

我并不想跟乔伊说反话,让他不开心,就如同我丝毫不为罗琳与她的学术研究工作担心一样,我听凭乔伊发泄对罗琳的怨恨。

“她回避着事实的全面性,她认为人们可以将事实简化成……”乔伊继续说道。

乔伊没有把后面的话说完,不过,他也没有必要将后面的话说完——他认为罗琳将事实简化成为自己想象的样子。我并不认同他的说法。我知道罗琳是一个有信仰的人,是一个能力非常全面的人,而且她的思想还非常开放。而我,则在乔伊描述的可耻的物质主义者的形象中看到了自己的影子。我又一次想到了在温斯莱勋爵家住下的那个晚上以及温斯莱勋爵跟我说过的话:"人们因为相信而去看。"虽然我个人倾向于相反的说法,不过,那时我喝的酒使我不能正确地探讨哲学。

我点了两杯扎啤,一杯自己喝,另一杯给了乔伊,我试图将我们之间的讨论引向其他的话题,而这些话题更接近我眼下最为关注的事情。为了不让乔伊回想起那段痛苦的经历,我并不想直接提到大幽灵这个人。我装作漫不经心地问道:"你是否知道一些与吉他有关的事情?"

"与吉他有关的事情?"

"是的。"

"那是当然,我还知道不少与吉他有关的事情呢!为什么你会这么问呢?"

"我正在为一篇文章收集素材。"

"我看看啊……"

在乔伊的提醒下我想起了新兵乐队的主唱基斯·雷尔夫被自己的吉他给电死了。乔伊还告诉我,在一次可怕的交通事故之后,人们在草地上发现了埃迪·科克伦的那把Gretsch吉他,吉他没有受到丝毫的损伤,但这位摇滚歌手却在那次车祸中死去了。我知道这是一把外壳凹进去的吉他,不过这把吉他非常脆弱。最后,乔伊讲到了一把被诅咒的吉他的故事,可惜这个故事并没有得到证实。这把被诅咒的吉他被人们拆卸开来,那些不知名的收藏者们都只获得了零件,几周后,这些收藏者们都死去了。我打算重新回到自己的话题上。

“这个故事非常有趣。不知道你有没有听说过那把吉他,那把人们甚至都不能确定究竟是不是存在的吉他……”

“你想谈Moderne吉他吧?”

我非常吃惊,不仅仅因为乔伊知道这把吉他,还因为他说话的语气,听上去这把吉他对他来说没有任何神秘感可言。我非常兴奋:“是的,就是它,就是Moderne吉他!”

“我当然知道这把吉他呀,而且这把吉他确实存在。”

我试图将自己的兴奋掩盖起来,我问道:“真的吗?”

“证据就是,泰德·麦卡蒂设计了一个系列三把吉他,这三把吉他的设计都非常荒唐。这几把吉他应该可以让吉普森公司起死回生,因此,这个系列的吉他必须有三把。”

“为什么?”

“嗯……因为吉他有六根弦,因此,三把吉他就形成了‘666’的组合。这是一个属于魔鬼的数字……”

“啊,真的吗?真的是这样吗?”我有些沮丧地问道。

“是的,如果你仔细观察就会发现,这个系列另外两把著名的吉他——Flying V和Explorer——都偏向于金属摇滚吉他,特别是黑金属摇滚。”

“这很有意思,但为什么吉普森公司只制作了这两把吉他呢?6乘以2是12……那个‘666’的组合并不成立?”

“也许麦卡蒂有些害怕，他需要保守这个秘密。简言之，麦卡蒂想到了一个办法，让人们只谈论其他两把吉他，并且忘记第三把吉他的存在。”

我没有刨根问底，乔伊的话毫无道理可言。不过，乔伊知道Moderne吉他，知道那个系列的其他两把吉他的名字，还知道这几把吉他的设计者。也许在这两次的胡言乱语中，乔伊可以给我指出一条至关重要的线索。

“好吧，那你又是如何知道Moderne吉他真实存在的呢？”我继续问。

“因为比利·吉本斯就有一把Moderne吉他。”

我非常失望，这是我在最早的时候就已经查证出来的事情之一，而且我很快就知道了比利·吉本斯的那把Moderne吉他是个冒牌货。

“他从来没有为自己的那把Moderne吉他做过鉴定。”

“为什么要给吉他做鉴定呢？难道你会给自己的女朋友做个鉴定来确定她的真假吗？”

我们的对话最好在此停下吧！不过，我还是想确定一下自己没有错过任何值得注意的细节，我继续问：“还有没有其他的证据可以证明Moderne吉他存在呢？”

“没有了，我不知道还有其他的证据。”

好吧，我们转了一圈又回到了起点。我是在期待些什么呢？突然，乔伊继续说道：“我听说……”

很明显，他等着我重新挑起话题。

“你听说了什么?”我试探性地问道。

“我听说……亨德里克斯……”

“你听说亨德里克斯怎么了?”

“我听说亨德里克斯也有一把Moderne吉他。”乔伊在确定没有人能听到我们的对话后,压低声音对我说。

“亨德里克斯,你确定吗?”

“是的……他应该用这把吉他录制了《电幻魔女岛》(*Electric Ladyland*)这张专辑。实际上,亨德里克斯使用的是Stratocaster吉他或者是他自己的那把Flying V。不过,在录音室里,因为需要长时间保持坐姿,他很难一边保持坐姿一边弹奏他的那把Flying V。他请求吉普森公司再给他制作一把可以非常舒适地弹奏的Flying V。也就是在那个时候,吉普森公司将Moderne吉他制作了出来。”

“但《电幻魔女岛》是1968年的作品!”

“也许吉普森公司给了亨德里克斯一把1957年的Moderne吉他。”

我考虑了一下……的确如此,跟Flying V相比,Moderne的凹陷表面会让保持坐姿的弹奏者更为舒适,但是……

“亨德里克斯是一个左撇子,他在弹奏的时候是反方向拿着自己的吉他的。因此,你的说法并不成立。”我向乔伊指出。

“也许吉普森公司给亨德里克斯制作了一把逆向式样的Moderne吉他。”

“好吧,但是……那就不再是一把1957年制作的Moderne吉他了……”

乔伊的神色非常惊惶。他思考了一会儿，然后他才明白过来，一把在1957年就已经制作出来的吉他不可能在十一年后再被制作出来。

“你听好了，我们对此并不是非常清楚。亨德里克斯不想把那把吉他拿给任何人看，证据就是亨德里克斯在舞台上表演的时候只弹奏自己那把Flying V。”

“那么，你是如何知道亨德里克斯在录音室里使用的是一把Moderne吉他呢？”我问道。

“我在某个地方看到过。”

“是在网络上吗？”

“当然是在网络上。”

但是，我个人并没有在网络上看到这条信息。还有就是，如果真的有人在网络上将所有与Moderne吉他有关的信息都看了个遍的话，那个人绝对就是我！我暗自说道：“无论如何我等一下会去查验这条信息的真假。”亨德里克斯拥有的那些吉他都是……天价。一把属于亨德里克斯的Moderne吉他，我简直连想都不敢想……

“亨德里克斯就是因为Moderne吉他那黑金属摇滚乐的特性才选择了它吗？”为以防万一，我对乔伊发问。

“亨德里克斯对科幻小说更为喜爱。”乔伊回答道。但是据我所知，跟滚石乐队的成员以及齐柏林飞艇乐队的成员完全不一样，亨德里克斯并不喜欢科幻小说。

“你知道吗？我参观过一栋曾经属于吉米·佩奇的小城堡。”

“啊？真的吗？在哪里呀？”乔伊好奇地问道。

“在苏格兰。”

“是博莱斯金之屋吗？你真的参观了博莱斯金之屋？”乔伊睁大了眼睛问道。

乔伊居然知道那座小城堡的名字，对此我感到非常震惊。

“是的，就是博莱斯金之屋。你是齐柏林飞艇乐队的粉丝吗？”我一边问，一边打手势示意服务生再端两杯扎啤过来。

“不，实际上我并不是他们的粉丝，即便吉米·佩奇是一位非常神奇的吉他手。不过跟吉米·佩奇一样，我也很喜欢克劳利。”

“是阿莱斯特·克劳利吗？”

“是的，吉米·佩奇非常迷恋黑魔法，同时也非常迷恋克劳利——他是20世纪最伟大的魔法师之一。正是如此，他才买下了克劳利的小城堡——博莱斯金之屋。”

我知道克劳利影响了齐柏林飞艇乐队、披头士乐队、鲍伊、奥兹·奥斯本，还影响了很多其他音乐人，比方说铁娘子乐队（Iron Maiden）和玛丽莲·曼森。我知道克劳利这位神秘学者还启发安东·拉维写出了《撒旦圣经》（*Bible Satanique*）。不过，我并不知道吉米·佩奇买下博莱斯金之屋的原因是克劳利曾经在那里居住过。对于温斯莱勋爵而言，这个因素是不是也同样重要呢？

“那么，你对克劳利应该非常了解，对吗？”我问乔伊。

“是的，我读过他最主要的作品。”

“他最主要的作品是——”

“是《法之书》(*The Book of the Law*)。”

“内容非常丰富……但是需要牢记的只有一句:‘最至高无上的律法就是做你想做的一切。’”

“做你想做的一切……”我重复道。

我的汗开始流下来。在我们见面的那天晚上,温斯莱勋爵极力强迫我接受的说法就是:“人们应该去做自己想要做的一切。这个法则不应该遭受任何抗辩。”后来,他用不同的表达方式表述着这个说法。温斯莱勋爵之所以买下博莱斯金之屋并不是因为喜爱吉米·佩奇,而是因为他们两人都有着相同的哲学喜好。此外,我还想起了温斯莱勋爵曾经将这座小城堡推荐给了佩奇……乔伊继续说道:“是这样没错。实际上,这句话并不出自《法之书》。它出自《巨人传》,这本书的作者是一个法国人……”

“是拉伯雷吗?”

“是的,就是他。拉伯雷描写了德兼美修道院,那个修道院建立在一群以‘做自己想做的一切’为原则生活的群体中间。这个原则也是现代撒旦教的基础。对了,你还没有告诉我这座小城堡现在究竟为谁所有呢……”

“温斯莱勋爵。查尔斯·德克斯特·温斯莱勋爵。”

所有的一切开始在我的大脑中混为一谈,我想远离乔伊。

站在我居住的汽车旅店的阳台上,置身于密西西比州那让人感到窒息的热浪中,我思考着我错过的或者是我不愿意看到的各种关联。不过,从现在开始,各种关联明晰地显现了出来,似乎可以将我从遇见温斯莱勋爵几个月间发生的一切都串联起来……

而温斯莱勋爵就是一个魔鬼。我在寻找一把最为珍贵的被诅咒的乐器，某些人将其看作撒旦的乐器。我知道这把Moderne吉他的阴影已经笼罩在所有我喜爱的或者研究的音乐人身上，从罗伯特·约翰逊到吉米·佩奇，从滚石乐队到披头士乐队，当然还有大幽灵。不过，一直以来，我都将摇滚乐中的魔鬼崇拜视为格朗吉涅勒剧院[1]上演的恐怖剧目，是一种幻象，人们自娱自乐，在没有危险的情况下制造恐惧。我现在明白了，这也许比我认为的要更为严重：魔鬼的思想或者是撒旦的思想已经潜伏在我的资助者——温斯莱勋爵的意识中了。这种思想不仅仅潜伏在他的意识中，甚至温斯莱勋爵本身也认同这种思想。我到底蹚了一摊什么样的浑水呢？

我开始惊慌失措。这把Moderne吉他的故事将我带进了越来越复杂、越来越阴暗的领域。我感觉自己没有办法控制局面了，但我不想放弃——那正等待着我的100万美金能为我避开一切约束，让我全身心地投入自己的艺术事业中。这就是我自由的代价。

我已经陷得太深了，不可能抽身而退。我又在布鲁斯的网站上研究了一番，但是网站上的信息完全没有被改动。究竟是没有什么好说的还是这个网站已经被弃用了呢？我又查找了一下与迪克逊弦乐器制造师谋杀案有关的消息……麦高芬警长将调查方向引向了迈阿密，但这位警长并没有对此做出明确的解释。我应该是错过了一些事情……

① 格朗吉涅勒剧院是巴黎的一家专门上演恐怖戏的剧院。——译者注

因此，我将关注点转向了克劳利。我突然想起来，在博莱斯金之屋我住的那间屋子的床头柜上摆放着一本老旧的《巨人传》。在睡前，我还曾快速地翻阅了那本书。乔伊还跟我提起了德兼美修道院。在网上，我查到了“德兼美”(Théleme)这个词来自古希腊语中的单词θελημα，也就是“意愿”的意思，也许这个词的含义是“神明的意愿”。我下载了《巨人传》这本书的电子版。我明白了，在拉伯雷的书中这个词的含义更倾向于“自由的意愿”。

在《巨人传》这本书的倒数第二章，阐述了德兼美修道院的道义，这是书中一个关键部分。1535年，拉伯雷展示了自己的人文主义理想，这是在法国文学作品中出现的第一例理想国：一个混合的、开放的，并且由接受过良好教育的自由、完美的人组成的修道院。“他们都接受了正规的教育，在他们之中，没有人不会读书、写字、唱歌、弹奏音调和谐的乐器、说五到六种语言，他们可以用这些语言作诗、写散文。”

德兼美修道院的生活与修士们的生活截然相反。人们可以在德兼美修道院随意吃吃喝喝。在这里，男女交融不仅仅是一件被允许的事情，还是一件被鼓励的事情——男性和女性可以相互交流，相互吸引，可以结婚。还有一点，人们可以离开修道院。在这里，不存在任何的等级分化，所有人都是自由平等的，他们只需要听从自己的意愿和那唯一的条款——“做你想做的一切”。

我的后续研究将我带入了更为晦涩难懂的境地，之所以这样说，是不想将其称为谵妄。差不多在四百年之后，“德兼美之法”

重新出现在阿莱斯特·克劳利的笔下，他声称1904年当他在埃及度蜜月期间借助……一个名为艾华斯的神秘领袖从拉伯雷那里得到了“德兼美之法”。这个神秘领袖在三天之内每天只用一个小时给阿莱斯特·克劳利传授秘法，因此，克劳利在开罗写下了三小章文字，这三小章文字最后就构成了他的《法之书》。“那个将我们称为德兼美的人并没有弄错，如果他非常近距离地观察研究着这个词的话。因为他将三个等级都藏匿了起来，这三个等级分别是——隐修教士、恋人、地上的人。做你想做的就是所有的律法。”

因此，克劳利成了一个致力于神秘学的英国秘密组织——金色黎明密令的成员，他将自己的这部作品提交给了这个秘密组织。其中的一个创始人将克劳利视为疯子，但另一位创始人鼓励克劳利，并且开创了一个新的密教，以便克劳利可以重新与他的守护天使艾华斯进行交流。克劳利就在……博莱斯金之屋实施这一密教仪式。

克劳利成长在异常严苛的宗教环境中，父亲去世之后，克劳利开始反抗这种宗教环境。当克劳利达到可以继承自己父亲遗产的年纪后，他将这笔遗产挥霍在世界范围内那些既晦涩难懂又狂妄自大的计划之中，比如攀爬干城章嘉峰[1]——喜马拉雅山脉的高峰之一——这次探险以失败告终，还造成了一位登山者与三位脚夫的死亡。因为吸食海洛因、性滥交与亲德文章，他总是会被自己定居的国家驱逐出境。最后，他终于回到了英国，并且于

① 世界第三高峰。——译者注

1947年在那里离世，他死于过度吸食毒品引发的慢性支气管炎。在离世的时候，克劳利穷困潦倒。

克劳利并非花花公子，也谈不上一位集浪漫主义、神秘主义与破坏主义于一身的魔法师，但克劳利至今依旧是摇滚音乐文化的一位偶像。

随着我对阿莱斯特·克劳利的了解越来越多，我就越来越好奇他究竟给温斯莱勋爵带来了多少影响。我还记得温斯莱勋爵经常放在嘴边的一些只言片语，在克劳利的笔下我几乎可以一字不差地找到其原型。启发了安东·拉维在1966年创立了撒旦教的哲学思想也与当时的摇滚音乐界紧密相连。这是否……

但是，疲惫感战胜了我，我倒在了自己的电脑上。

36. 密西西比州牛津市(4)

我被罗琳的电话给吵醒了,罗琳在电话那头异常兴奋地向我宣布文斯今天早上收到了一个“非常有意思的包裹”。

半小时之后,我来到了文斯的办公室。桌子上放着一只被打开的纸箱。

“托马,你好呀,过来看看吧。”罗琳对我说道。

这只纸箱里放着二十多个不锈钢圆盒,这些不锈钢圆盒被人用脏兮兮的布料包裹着。在这些不锈钢圆盒的旁边还放着一张一角被扯坏的纸,上面潦草地写着一行字:“更多大幽灵的音乐,请尽情享受吧!”没有署名。

“这些都是大幽灵的唱片?”我脱口而出。

“很明显就是。”文斯说道。

“您是在今天早上收到这些唱片的吗?”

“是的。这个包裹是从新奥尔良寄出的,之前我没有收到任何信息。”

“您有没有听过这些唱片?”我问。

“您看!”文斯一边对我说着一边小心翼翼地打开了一个不锈钢圆盒。

一股酸醋味道窜进了我的鼻孔,唱片上布满了霉斑。

“我们需要将这些唱片送到实验室里,看看能不能修复。”文斯说道。

看到这些唱片的情况,我们仨都非常焦虑。得知还需要等待,我有些失望。

“一共有22张唱片,并不是所有的唱片情况都如此糟糕。我们应该可以恢复整理出来几个小时的音乐。”文斯解释说。

“实验室需要多长时间才能把这些唱片修复好呢?”我问。

“需要几天吧……”

我告知温斯莱勋爵,我们可能拿到了大幽灵准备的那张概念专辑,因此,我们很有可能得到了用Moderne吉他录制的长达几个小时的音乐。我还告诉他,我们得到了寄出这些专辑之人的线索,他也许就住在新奥尔良。

然而,我和罗琳却陷入了更为彻底的混乱中。与专辑一起寄过来的那张字条非常简练,在之前,我们并没有听说大幽灵在新奥尔良或者是路易斯安那州有任何亲属。大幽灵是在那里度过了消失在众人之前的七年吗?将这些专辑给我们寄过来的人就是那个著名的“丛林杰克”吗?但是我们并不知道这个人的真实姓名。会不会另有其人呢?那他为什么要隐去自己的姓名呢?他会不会还保留了另一些曾经属于大幽灵的东西呢?比如……

他的吉他？

两天前那些唱片就被我们送去了实验室，当时，我想到了寄送人也许把自己的指纹留在了纸盒上或者是不锈钢盒子上。应该有些私人实验室可以精准地将这些指纹提取出来，这只需要花费几百美金。但这些私人实验室可以精准地从数据库里找到这些指纹究竟属于谁吗？思考这个问题非常荒谬，但是，好吧……

过了一个星期，罗琳给我打来电话，告诉我她正在文斯家中，文斯刚刚收到了实验室发过来的经过修复的电子版音乐，他们修复了大部分唱片。

我赶过去之后，文斯说道："在这22张唱片中，3张唱片已经完全损毁，没有办法被修复了，酸性物质已经将它们融化了；6张唱片上面的大量音乐被截去了；有12张唱片上的音乐几乎被完全保留了下来；最后一张唱片被烧毁了一些，只有一半的音乐被保留了下来。这些音乐的质量可以用专业来形容，走带速度是每秒钟38厘米，因此，每张唱片上都录制了差不多三十分钟的音乐。从大幽灵的这些唱片中，实验室一共修复了八个小时的音乐。我们现在就开始听？"

文斯播放了第一张唱片。总体来说，第一张唱片中的乐音非常轻且遥远，还夹杂了收音时产生的大量噪声。在第一张唱片中没有歌曲，只有一连串电吉他弹奏出来的不和谐且痛苦的音符，也许这些都是附加音轨或者是录音音轨。

第二张唱片与第一张唱片一样，不同的是，这张唱片里还包含了杰里·拉莫内尝试着做出来的循环转调音乐回路，在某些时候，这些转调音乐回路表现非凡。

“在这些音乐中有好的，也有不太好的。”文斯说道，“我们应该重新赋予这些唱片以重要性，让人们可以更好地欣赏大幽灵的音乐。虽然我很想跟你们一起听完所有的唱片，但我必须离开了……”

“我可以复制一份吗？”我问道。

“当然可以。”

在离开文斯家去罗琳宿舍之前，我和罗琳都复制了音频文件。我将罗琳的音箱连到了自己的电脑上，打开了一个音乐软件，打算听完剩下的专辑。这个音乐软件可以将每一段音乐的频率音节在电脑屏幕上显示出来。这样一来，我很容易就可以把精心制作的部分与简单的附加音轨区分开来。我使用了几个滤波器，在我们识别出来的第一首歌曲上使用了减噪滤波器，这样一来，这首歌曲的音色变得稍微好了些，我们听得清楚了些。我听出了那首《我们都是红色的》（*We're All Red*），在纽约时杰里·拉莫内和我说到过这首歌曲。这首歌曲非常棒，歌曲中蓝调音乐部分与更强有力的副歌部分交替出现，这是我们之前没有预想到的情况。这首歌曲是调音吉他弹奏出来的低八度曲目，还出现了架子鼓与低音贝斯，使大幽灵的音乐更加强而有力，大幽灵的声音则非常具有可控性与说服力。罗琳打算立刻就将这首歌的歌词誊写下来，我们将这首歌曲反复播放了好几遍才完成了这一工作。副歌部分：“我们都是红色的。无论黑人还是白人，我们都是红色的。在我们的不幸中，我们都是红色的，内部都是红色的。”

这也许是一个文字游戏，是一个双关语，这是专门针对那些知道大幽灵肤色的人说的话。因为人们用“红色”这个词来戏称那些皮肤白净、有红棕色头发的黑人，比如皮亚诺·雷德和坦帕·雷德。《我们都是红色的》这首歌让人们想起血液的颜色，不过，人们也可以这样理解这句话——“你们所有的人都跟我一样”或者“我们都一样”。这个信息体现出大幽灵将自己与人道主义联系在了一起，显得非常积极乐观。虽然歌词晦涩难懂，但人们逐渐意识到，对于大幽灵而言，人们唯一真正的平等就在于无论白人还是黑人都终将……走向死亡。

大幽灵使用的吉他弹奏技巧非常丰富多样。比方说，强有力的推弦以及“死亡摇滚的音符”，在弹奏这种音符的时候，需要用右手的手掌压住琴弦来完成和音，这是金属摇滚乐乐手最喜欢使用的弹奏技巧之一……

我们听了另外两张唱片，在这两张唱片里都是一些有趣的歌曲节选，但是没有一首完整的歌。大幽灵的录音技巧包罗万象，但不包括传统的录音技巧。我们在他留下的每一张唱片里都发现了他在录制音乐时留下的拼凑痕迹：重新录制、放慢的音乐段落、反面录制，还有其他一些我没能分辨出来的录音技巧。

除了多种多样的尝试之外，下面的一张唱片里出现了第二首完整的歌曲，在这首歌曲里没有了架子鼓的声音。按理说，这是一首传统的蓝调音乐，但是在这首歌曲中吉他的弹奏方式非常奇怪。大幽灵在这首歌曲中加入了尖锐且奇怪的不和谐音，这些不和谐音就如同钟声一般，这些不和谐音很有可能是大幽灵通过拨动吉他上的系弦板与琴马发出的。这种不和谐的声音反复出现了好几次,因此,我们决定将这首歌曲命名为《幽灵传记》(*Biography of a Phantom*),这是大幽灵与他那既想不起相貌又不知道生平的父亲之间的感人而绝望的争论。我们读懂了这首歌的歌词,即便大幽灵没有明确说明父亲的名字,我们也知道这个人就是罗伯特·约翰逊。或者,更加明确地说,大幽灵对他的这位父亲几乎一无所知,就如同他让我们猜测这首歌曲的名字一样。这首歌曲讲述了遗弃、音乐、徒劳无功的探求与诅咒。在这首歌里大幽灵提到了好几次他的吉他,他将这把吉他与自己父亲比作强有力的所在,不过,他并没有给出具体的细节。这是一首充满诗情画意又令人震惊的歌曲,带着高傲与恐惧,歌曲中并没有出现直接的痛苦,就如同所有的一切都已经被超越了。

时至深夜,我们都没有想到要吃饭,因为我们已经完全沉迷于我们的发现中。

接下来的一张唱片让我们大吃一惊,因为这首歌曲中的乐音以及歌手的嗓音跟其他歌曲完全不一样。实际上,这首歌曲是罗伯特·约翰逊《我与魔鬼蓝调》(*Me and the Devil Blues*)的一个片段。李·大幽灵·罗伯特森一边播放着这首歌曲一边直接将其录进了自己的唱片中——我们可以听到黑胶唱片播放时发出的噪声干扰——因此,这个声音显得更为遥远,如同幽灵一般。听过之后,我们发现这首应该是《恶魔之子》(*Son of Evil*)的另一个版本。不久之后,我们确认了这首歌曲有四个版本,其中的一个版本就出现在被部分烧毁的唱片中。这个版本的《恶魔之子》在大量的转调效果之间戛然而止。

在两个非常相似的版本中，我们听到了一些传奇的声音，这些声音是通过杰里·拉莫内制作出来的声音回路得到的，在精神上预感了20世纪60年代的幻觉。紧随这些传奇声音出现的是一声惊人的喊叫，这声喊叫模仿了一个刚刚出生的婴儿的哭喊声。在另外两个版本中，这声喊叫被撕心裂肺的吉他推弦声所代替。这样看来，《恶魔之子》这首歌曲并没有一个完成版，但是每一个版本都会让人们的血液凝固。这首歌曲中还有一些呢喃细语，最经常出现的词语就是"儿子"与"恶魔"。除此之外，这首歌曲中还有一些连罗琳都完全无法辨识出来的只言片语，就好像是一连串被打断的词语。这些词语并没有什么真正的含义，但它们经常出现在与"死亡""痛苦""地狱"有关的词语前后。这首歌曲中的连复段真是棒极了，依我们看来，在大幽灵制作的所有连复段中这是最棒的一段。整张专辑里，这首歌曲中的吉他声是最为痛苦的，甚至超越了《地狱之歌》。在这首歌曲中，我们听到了曾经出现在《我们都是红色的》中那异常简单却效果十足的鼓声，此外，我们还听到了电子琴的声音。大幽灵的声音从神秘晦涩的低音贝斯乐音中冲出，低音贝斯的乐音还被做成了奇怪扭曲的音效，这增强了吉他连复段的效果。这首歌曲中间的长长一部分被大幽灵刻上了宗教狂热的印记。歌曲的结束部分是一段精心制作出来的绝妙吉他独奏。

很明显，这首歌曲是整张唱片中最长的一首，这个版本的《恶魔之子》时长差不多为八分钟，包含了不可思议的丰富元素。单单就这首歌曲本身来说,它就是一部小型摇滚音乐剧,尽管这首歌曲在混音方面存在着一些小拙劣,偶尔这些小拙劣还会扰乱耳膜,但总体效果还是让我们目瞪口呆。

总之,除去约翰逊歌曲的节选,我们一共听到了五首原创歌曲,有些原创歌曲会存在几种不同的混音,或者是有几个不同的版本;还有四段制作精良的没有歌词的音乐,我们没有办法确定这几段是不是大幽灵正在制作的歌曲小样。

我们觉得《恶魔之子》是大幽灵那张专辑失败的原因,至少从我们现在掌握的资料来看是这样。在那些无法修复的唱片上面会不会还有一些同样扣人心弦的歌曲呢？我们永远都无从得知了！但是,我们可以确定这张专辑中的一部分音乐被毁掉是一件憾事。

聆听这些专辑可以将我们重新带回大幽灵那饱受折磨的曲折思想中,偶尔,我们会迷失其中。混音领域的可能性看起来无限宽广,无论如何,这大大超出了我们的解读能力。到底哪些歌曲已经被完成了,哪些歌曲还处于正在制作的状态,哪一段歌曲重叠在了另一段歌曲上了呢？有那么几个小时的录音就是各式各样的巡回播放,这些效果肯定会在一个音乐整体中得到各自的真正意义,但很不幸,这个音乐整体已经永远地丢失了。

我和罗琳在黎明时分离开了她的小屋,感觉一起在未经探索的处女地旅行了一遭,这片处女地令人感到惊奇。但对于这个发现,我们有着不同的看法,原因就是:我们的追求并不相同。

在罗琳看来,这些歌曲就是一个金矿,一个魅力十足的新颖研究题目。从严格的音乐角度来看,这些歌曲见证了自我捍卫的蓝调音乐。这一次,罗琳对大幽灵表示了认可,她超越了自己的原则,认为大幽灵的音乐达到了人们所认为的带有迷幻摇滚性质的原始金属摇滚乐水平。大幽灵的音乐形式前无古人,本质内容还要更为激荡人心。“宗教对蓝调音乐的影响”是罗琳的博士论文题目,这个题目对好与坏提出了非常多的质疑,描述了让人们沉迷其中的欲望,但在欲望之中一直带有恐惧与罪恶。在大幽灵的音乐中我们找到了一种忧郁的讽刺,一种伦理道德上的相对主义,一种超越,甚至是一种宗教情感的解放——这种宗教情感的解放不仅非常新颖,而且在美国音乐的背景下还带有变革性。

很明显,我对这些方面都非常敏感,但在我看来,这种发现的喜悦感与失落感相互叠加。我拥有了那么多Moderne吉他的录音,却没有能力证明人们听到的这些音乐就是Moderne吉他弹奏出来的!事实已经如此明显,但我就是无法拿到最终极的证据。

不过,这个证据就在那里,我可以感觉得到。

37. 大幽灵的心中所想

接下来的几天,我一个人戴着耳机听着大幽灵的唱片,发现了很多之前没有发现的细节,这些细节让我很吃惊。在我寻找证据可以证明这些音乐就是Moderne吉他弹奏出来的过程中,我将那些含有典型Moderne吉他声音的片段集合在了一起,可惜徒劳无功。

大幽灵的那些变革性创新在我眼中不再是一些古怪的东西。有时候,我越是听着大幽灵的歌曲,越是感觉疲惫,然后,突然之间,我被大幽灵嗓音中的激烈、吉他弹奏的技巧与歌词惊醒。

我从未如此接近过大幽灵。我无法触摸到大幽灵,但这样反而更好些,我钻进了他的心里。我可以想象出在录音室中的音乐人大幽灵:在寂静的深夜里,一个歌剧幽灵突然出现,大幽灵借助他的音乐展现出了自己孤独灵魂的颤抖。在所有的歌曲中,有一首是由那把我找了好几个月的吉他独奏的。但是,线索似乎就在那里断掉了……我非常生气。我敲打着自己的脑袋想从中找到一丝灵感,可是一无所获。我反复阅读着我和罗琳一起记录下来的歌词,希望从中找到一丝线索……依旧徒劳无获。在绝大多数情况下,这些歌词都富有寓意,缥缈且难以形容。某些话仅仅是呢喃细语,如同超现实主义者无意识说出的话语,其他的一些歌词也让人无法理解。但是……我突然被一种预感震慑。

我在电脑上检测了一下自己的想法……啊,是的,就是这样!我的电脑已经无法满足我的需求了,我需要真正的设备,录音室的设备。我给罗琳打了一个电话将自己的发现告诉了她,罗琳建议我将这件事告诉文斯。我立刻赶去了文斯的办公室,将自己的发现告诉了文斯。他否认地摇了摇头:"四声道录音技术不可能出现在1959年!那时候,美国广播唱片公司刚刚出版发行了第一张立体声技术密纹唱片。大幽灵那时可以录制四声道的技术还没有出现。无论如何,任何一位听众都不会为了听这种类型的专辑而在家里放置一套含有四组音箱的音响系统。从市场销售角度来看,这与自杀无异!"

"大幽灵真的完成了这一切,真的!"

"可是……"

"我已经在自己的电脑上验证了这个猜想。这有点儿混乱,但是,人们完全可以感觉到四个声道在一起运行。这并不是真正的四声道录音技术,大幽灵不过就是将四条单独录制的同步声道糅合在了一起。在1959年的时候,如果愿意的话,人们完全可以做到这一点。"

“好吧,好吧,好吧……但是,如果真是这样的话,我们应该如何正确地听这首歌曲呢?”

“我们需要一只有四个波道与四个音箱的扩音器。不知道密西西比大学里是否有一个录音室呢?”

“有,学校里有一个录音室,那里应该有一些专业设备。”

“我们现在可以去录音室吗?”

“我不知道录音室现在有没有被人占用,不过我们可以过去看看。我们可以将大幽灵的这首歌曲与我重新灌录的音乐放在一起检测,我也做了不少事情。”

我们去了录音室,但是录音室的大门紧锁。文斯给一位技术人员打了个电话,一刻钟之后,这位技术人员赶了过来。他给我们打开了录音室的大门,然后帮助我们在舞台上放好了四只大大的音箱,将所有的设备通上电。我们听了好几遍《恶魔之子》的前奏,尝试了几次想找到哪个声道究竟与哪个音箱相对应。我发现在文斯的脸上逐渐闪现出了光芒。

“说得很对,托马……大幽灵的确做到了四声道录音。”

“我得给罗琳打个电话。”

在等待罗琳过来的这段时间,在技术人员的帮助下,我们又做了各式各样的调整。在我们差不多搞定的时候,罗琳赶到了。

“怎么样?”她饶有兴致地问道。

“这应该是一件非常伟大的事情。”我回答道。

我在舞台中央与四只音箱等距的位置放好三把椅子,技术人员又调试了几个按键。

“都准备好了吗?”文斯问技术人员。

“是的。”

我们坐了下来,文斯将灯光调暗了一些。

“关于音量的问题,我觉得你们应该将音量调到……”

“最高……”我一边说着,一边想起了大幽灵在第一次录音的时候提出的要求。

“好的。”技术人员回答。

在末尾的那一段音乐中,罗伯特·约翰逊那幽灵般的声音从前方的两只音箱中传来。但是,当歌曲进行到倒数第二句让人感到恐惧的歌词“你可以将我的身体埋葬在公路的一旁”时,电吉他弹奏出的连复段突然在后面的两只音箱中响起,与最后一句歌词“因此,我那老旧的淘气思想可以赶上一辆公交汽车,并且坐在上面”同时回荡在四只音箱中,在时间同步方面出现了一丝轻微的位移,营造出一种让人感到不安的回声。在“皱纹”这句词结束之后,《恶魔之子》中的第一段和弦让我们从椅子上跳了起来。这首歌曲的音量、音色与和音的多样性,特别是歌曲的力度都已经远远超过了我们在电脑里或者是戴上耳机听到的效果。文斯将歌曲中的杂音清理干净,更改了被削去的信号,弥补了因为唱片年代问题造成的高音缺失,这的确是一项绝妙的工程。第一个和弦完全将人们刺穿,声音将人们从各个方位包裹起来。我向文斯投去了一个惊愕的眼神,但他正处于一种狂喜之中。我们并非走向了天堂,而是走向了地狱的漩涡之中。那些呢喃出的“儿子”与“恶魔”反复出现,如同一阵旋风,偶尔这些词汇出现得让人措手不及，在某些音箱中这几个词的声音比其他几个音箱中的要更大些，就如同恐怖电影中那些让人们大吃一惊的喧闹声。那些滑动着的系统下降的强音和弦似乎可以将人们拖进黑暗之中，而当人们认为自己就处于这种黑暗中的时候，大幽灵通过自己吉他弹奏出的不和谐音符又将人们更加深入地拽入黑暗。歌曲尾声出现了一些刺耳的咯吱声，大幽灵在松开的琴弦上滑动琴拨使之发出刺耳的声音，这些声音让人们感觉到锯条在慢慢靠近。这段音乐上升到了极点，这些倾泻而来的声音效果似乎并没有遵照任何逻辑，营造出了可怕的、近乎让人无法忍受的不适。然后，这一切都平静了下来，一段经过调音的音乐开始响起。大幽灵的吉他奏出的不和谐音符将人们带入曲折的混乱中，越走越远，这些音符会让人们想到平克·弗洛伊德乐队(Pink Floyd)的歌曲《不解神秘》(*A Saucerful of Secrets*)或者是《性》(*Umma Gumma*)中最忧郁的片段。这些图像似乎出现在了歌曲的正中，与简单的歌曲相比，这种感受更接近电影。这首歌曲将人们推向了一种光明，曲中有一种渐强的杂音，这种杂音可以与《浮生一日》(*A Day in the Life*)中的渐强杂音相媲美。但是与《浮生一日》中的渐强杂音不同，《恶魔之子》的渐强杂音并没有以具有拯救意义的最终和弦结尾，而是以一声让人恐惧的吼叫结束……在大幽灵那充满释放性的吼叫声平息之后，出现了一些模仿婴孩儿哭泣的声音。《恶魔之子》中那既无法被取代又容易被人们记住的连复段侵袭了所有的空间，连复段带来的强烈感在四声道录音技术的作用下得到了加强。只有上帝才知道这个连复段有多么棒！这个连复段既低沉又强烈，威胁与紧张增加了四倍，这就是“魔鬼的颤音”。这个三音音程被称为增四度，中世纪时，增四度在音乐中是被禁止的。“这些音符不被允许在教堂里弹奏”，我思考着，与此同时，我还想到了在克拉克斯代尔的时候威利·勒罗伊说过的话。

然后，唱词的部分开始了，大幽灵那如同魔鬼般的嗓音响起。这首歌曲中的歌词是我之前从来没有听到过的，因为每一句歌词中的每一个字都被录进了不同的声道中，通常情况是为了营造一种轮转效果。之前被我误认为毫无逻辑的唱词在现在看来具有了一种含义，组成了一些话语，这些话语讲述了一个故事……大幽灵的故事。我已经不知道从何入手了，因为连复段的音乐平衡发展，同时还以一种巧妙的方式变得越来越强烈。

我完全没有办法理解大幽灵想在这首歌曲中表达的一切，不过，我掌握了它的主要方向。大幽灵讲述了自己的生活、弱点、恐惧与失败，这才是真正的蓝调音乐：这是一种存在主义的形式，建立在内心直率的基础上，带有许多精神，但是缺少了远大志向。罗琳的眼睛里闪着泪水，这时候，我意识到我应该错过了不少细节。我完全明白了《恶魔之子》的副歌，在副歌部分只出现了一个人的声音，这个声音同时出现在了四只音箱中，但很多曲段中并没有转动的文字。在歌曲第三段中部，也就是最后一段中部，无论如何，我听到了某些东西，某些潜在的有趣的东西，但是我可能没有抓住，我并不确定。

这首歌曲以一段独奏结束。这首歌曲开头是一个问答游戏，这个问答游戏从四只音箱中迸发而出，我也是第一次发现了这个现象。然后，一段由韵律制成的纯旋律开始了，这段韵律出现在独奏之前。前两个声道的融合非常神奇，独奏也比我想象中的要更为精妙。在歌曲的开头，后面的两声道只加强了某几段音乐；不过，当四个声道都完全开启的时候，独奏的强度也会增加。这段由四道音轨组成的吉他独奏带有一种不可思议的复杂性，保留了一种完美的协调性。这并不是几把吉他之间的乏味竞争，这是巨大的力量与极致的精细间的一种协调，是真正的音乐艺术作品。这首歌曲在一个异常低沉与奇怪的次要和弦中结束，为了得到这个和弦，大幽灵在杰里·拉莫内制作的最高八拍音乐回路中精选了一个声音来加强。

一种死寂弥漫在录音室中，大幽灵将我们带到了非常遥远的地方，以至于我们都处于震撼之中，深深地为之着迷。

没有人敢开口说话，我们慢慢地从蜷缩的椅子上站起身。罗琳说了一句："这……"我们三个人绞尽脑汁也找不到合适的词语来形容自己的惊愕、欣赏与赞美。但是，除了刚刚经历过的情感方面的冲击之外，也许还存在最后一丝希望，那就是重新找到与大幽灵有关线索的希望……

借着文斯与技术人员交流的机会，我在罗琳耳边悄悄地问道："你听清楚大幽灵在这首歌曲的最后一段中唱了些什么吗？"

"当然了，我听清楚了。"罗琳一边说一边跟我使了个眼色，然后将自己记住的文字无懈可击地默写了下来：

我还没有将这件事情结束。

不过，当这一片狼藉结束之后，

我会去拉斐特与雪莉团聚，

我会尝试着捕鱼。

我们会在一起度过生命中的每一天，

就在红崖河畔。

38. 路易斯安那州拉斐特

开着那辆野马汽车，我和罗琳花了一周的时间踏遍了拉斐特以及周边地区。我们将大幽灵的照片拿给那些上了年纪的人看，询问他们是否听别人提起过一个有着白色皮肤的黑人吉他手，这个吉他手的名字要么是李·大幽灵·罗伯特森，要么是哈罗德·克莱，他大约于1959年到1966年在这里生活，他身边可能还有一位名叫雪莉的女伴。没有人认识大幽灵，但是有些人知道一些名叫雪莉的人。我们出发前去寻找“雪莉”，在拉斐特以及周边地区，我们遇见了几个雪莉……但是没有一个雪莉曾经与一位白化病吉他手有过往事。

拉斐特与红崖河应该是两条虚假的线索，无论如何，这两条线索不会给我们带来任何结果。我非常沮丧，我告诉罗琳说自己将返回巴黎。我们距离新奥尔良只有两个半小时的车程，罗琳提议去那里度过一个夜晚，去听听优美的音乐，我们不能白来一次路易斯安那州。我非常乐意地接受了罗琳的提议。

我们深入路易斯安那州，那里的许多居民都是阿卡迪亚人的后代。这些来到路易斯安那州的阿卡迪亚人大多都是农民、猎人和渔民，都来自法国的普瓦图。这些人是17世纪初期在黎塞留的命令下来到这里的，来到新法国的领土上生活，这个新法国的位置就在今天的加拿大境内。这些人中的一部分经历过大驱逐——这是在一个半世纪之后英国人对他们执行的，最终，他们在路易斯安那州这片满布沼泽的不宜居住的地区找到了自己的避难所。这些阿卡迪亚人被称为“说法语的路易斯安那州居民”。现在，绝大多数阿卡迪亚人都是贫困的劳动者，不过，他们试图保持自己那生气勃勃的本源与文化，尤其是音乐。这种感动人心的音乐带有典型的乡村音乐特点，在音乐中充满吉他、小提琴、口琴还有手风琴的元素，用法语唱出的歌词经常可以让人们想到已经消逝的天堂。

“就让好时光流去吧。”

这是我们在赶路途中休息时听到的一句歌词，这句歌词出自一位阿卡迪亚人之口，那时候他正在马丁湖畔安安静静地捕鱼。他听出了我话语中的法国口音，因此，我们简单地聊了几句。想听明白他说的话并不是一件容易的事，但我差不多理解了他的意思。他问我是不是来这里度假。无意识地，我告诉他自己在寻找一位音乐人……

“……一位非常具有天赋的吉他手，但是他并不为人所知。他虽然是一个黑人，不过他的皮肤却非常白皙。在20世纪60年代初期，他可能居住在拉斐特或者是拉斐特周边的地区，还有某一个叫……的人陪在他的身边。”

“您跟我说的这个人该不会是红色吉他吧？”他打断了我的话。

“红色吉他？”

“他有一把红色的吉他。不过，他的名字差不多就是这样，因为他是一个有着白皙皮肤的黑人。”

我目瞪口呆。

这个家伙继续说道：“是的，就是在那个时期，在20世纪60年代。他住在丛林杰克家里，他是个渔民，他的捕鱼技术还挺不错的。每周五和周六，他都会在男爵酒吧演出，那可真是一段美好的时光……他的歌曲强而有力。他唱过些什么呢？啊，‘我们都是红色的’……”

这个渔民粗略地模仿了一下吉他的连复段，这段旋律他应该有50多年没有听到过了。我瞪大眼睛吃惊地看着他，一个字都说不出来。

“这个红色吉他就是我们在寻找的大幽灵。”罗琳确认说。

我兴奋地从自己的口袋里拿出了大幽灵的照片，将这张照片拿给这位渔民看。他说道：“啊，是的，就是他！我真没有想到过去了这么久还会有人跟我谈起他……”

我们问了他一些与红色吉他有关的细节，这位老人差不多把自己知道的一切都告诉了我们。他经常会提到丛林杰克。

罗琳最后问他：“这个丛林杰克还活着吗？”

“他应该还活着。我上个月还见过他。”

“太棒了！我们能拜访他吗？”

“应该可以，但是我没有他的电话号码。不过，我可以开着我的船带你们去他家，只是你们需要付给我汽油费。”

“没问题！”我热切地回答道，伸手去掏自己的钱包。

“我的孩子，可以等一下再付钱给我。”这位渔民对我说道。

我们坐上了他的小船。

“顺便说一下，我叫欧仁。”

“我叫托马。”

“我是罗琳。”

“别把你们的手臂垂到水里，”他命令我们说，“因为湖里生活着不少鳄鱼。”

他拉起了发动机，带着我们穿过一片湖区，然后带着我们进入一支湾流深处。这里的景色如梦如幻，大气磅礴，生长着一些巨大的、让人不安的松柏，松柏垂下的藤蔓上布满了西班牙苔藓。小船轻柔地划过水面，一只苍鹭高高地站在一根树枝上。这时，我看到了一个老头儿，他示意我们在河岸附近有一只钝吻鳄。只一会儿的工夫，就在船驶过它的那一瞬间，这只爬行动物就沉入了咸咸的河水中。再远一些的地方，有一只钝吻鳄在翻倒的一段木头上打盹儿，一只长相可怕的钝吻鳄将自己的头抬了起来。在这片沼泽地中究竟生活着多少钝吻鳄呢？在我们靠近的时候，它们会平静安逸地消失，无影无踪，只在离开的道路上谨慎地留下向外蔓延开来的同心圆和水泡。

巨大的树木破水而出，在布满滚滚乌云的天空中这些巨树显得非常突出。我感觉自己似乎处在一个黑白两色的装饰背景中。我们在曲折的湾流中前行，进入水上植物迷宫的中心地带，这座水上迷宫变得越来越阴暗。我们乘坐的这艘小船非常轻盈，不过，我们这位经验丰富的船长对自己非常有信心。无论如何，我不禁想到，我们在没有任何证人的情况下被带到一个陌生的地方，在这个地方如果真的发生了什么事可能没有人能找到我们……我看了看罗琳，想从她的目光中找到跟我一样的不安，但是她看起来非常开心。该死，真的是这样。这里的景色真是非常独特，还有，我们找到了大幽灵留下的踪迹！经验已经教会了我要学着克制自己的兴奋，但这种兴奋并非一无是处。一股深深的希望侵占了我的思想……很快这种希望就被一种新的焦虑不安所取代。开船的老头儿对我们说："丛林杰克确实还活着。"他指着停在河岸边的简易房车，房车前方站着一个瘦弱的老头儿，他满脸风霜，双手插在腰上。

我们的小船靠近了那个由木板搭成的码头，一部分木板已经朽掉，而那个名叫"丛林杰克"的男人依旧保持着自己原有的姿势站在那儿。

"哎，有人来找你啦。"欧仁说道。

"大概是吧。"丛林杰克边说边在地上吐了口痰，"你把谁给我带过来了？"

"我不知道。"

39. 路易斯安那州布鲁桥附近的某个地方

我们都不敢下船，罗琳摇摇晃晃地站了起来，说道："非常抱歉，我们很想跟您聊聊您的一位老朋友——哈罗德·克莱。他还有另外两个名字：李·大幽灵·罗伯特森和红色吉他。"

丛林杰克并没有回答我们的问题，他问欧仁："你想喝点儿什么吗？"

"我非常愿意，但现在我似乎没有什么时间。"

"好吧，你走吧，赶紧回去吧，我会把他们送回去的。"

我递给欧仁一张50美金的钞票，因此，他告诉了我一些自己可以提供的服务，比如他可以在接下来的几天时间里带我们去这个湾流里我们想去的任何地方。

"您知道在哪里可以找到我的。再见了，丛林杰克！"他一边说着，一边向我们挥了挥手，然后启动自己的那艘小船离开了。

"好吧，我没有想到你们会找到我这里来。"丛林杰克说道，"我只是将他留下的唱片都寄了出去，因为我认为在这里，这些唱片对我而言没有任何用处。但是,我没有想到你们会为了这么一点儿小事儿就找到我这里。现在就是这样,借助卫星还有其他所有的东西,人们可以做任何想做的事情。”

他一边邀请我们进入他的那辆房车中,一边因为房车中的不舒适而提前向我们道歉。房车内部要比外部的状态好一些。他请罗琳坐在了房车内唯一的一张扶手椅上,拉出了一张小凳子让我坐下,问我们想不想喝杯啤酒。我们欣然同意了。他将一桶用过的脏水泼了出去,将桶翻过来,坐在了上面,拉开了易拉罐的盖子。

“祝我们身体健康!”他说道,然后喝了一大口啤酒,咳了一大口痰,“这该死的潮湿气候。”

“您可以接受我们将接下来的谈话录下来吗?”罗琳一边亮出自己的手机一边问道。

“如果这可以让您感到非常开心的话,我的小姐。”

“首先,我们很感谢您将那些唱片寄给我们。那些唱片真的是一个巨大的宝藏。”

“啊?真的吗?”丛林杰克一边说着,一边很明显地思忖着自己是不是与一笔钱擦肩而过了。

“我们试图绘制出哈罗德·克莱的一生,我们觉得对于他来说,您是一个非常重要的存在。您是在何时、在什么情况下遇到了哈罗德·克莱呢?”

“我是什么时候遇到了哈罗德·克莱?啊!那应该是在1959年或者是1960年的冬天,我没有办法告诉你们具体的时间。不过,我记得我是在哪里遇见他的。我是在拉斐特的当铺遇见哈罗德·克莱的,那时我刚刚把我母亲留下的一枚戒指当了几美元。在我离开当铺的时候,我看到了这个奇怪的家伙,他的长相非常吓人,手里拿着一把吉他,就等在当铺的外面。他的脸被烧毁了一半,鼻子也被人打碎了。他看上去非常迷惘、伤心,他几乎要哭出来了。我问他说:'我可怜的孩子,你是怎么了?'他告诉我说自己身无分文,只能将自己的吉他典当出去,因为他已经别无选择了,但如果没有音乐的话……他不能确定自己可以继续生活下去。他既平静又严肃,他看起来已经临近死亡边缘。我问他:'你会弹吉他吗?'他回答我说'是的'。我告诉他:'好吧,这真是太好了,我会吹奏口琴。走吧,先到我家里吃个饭吧,不然明天你就会死的。'然后,他来到了我的家中,留了下来,在这里住了六七年的时间。我想他确实是在我这里住了下来。"

"您是否认识某一个叫雪莉的女人呢?"罗琳问道。

"一开始的时候,他的确跟我讲过一个女孩儿,也就是为了这个女孩儿他才来到了这里。这个女孩儿是一个开始走下坡路的组合成员,她是一个歌手。他甚至还有一张她们组合的专辑。等一下,我想起来了,她们的组合名字是比莱吗?"

"是贝莱特吗?"罗琳试探地问道。

"啊,是的,就是这个名字。"丛林杰克哈哈大笑地说道,"贝莱特!"

"这是一个唱嘟·喔普的女子组合,她们来自芝加哥的克莱弗多纳唱片公司,她们只出版发行过一张专辑。"罗琳对我解释说。

"根据哈罗德自己的说法,他非常喜欢这个小娘儿们,他来到拉斐特就是想跟她见上一面,因为她就住在这里。但是,当这个小娘儿们为他把门打开的时候却大喊大叫了起来,也许是因为哈罗德的整张脸都被烧毁了。哈罗德告诉我,一个身材魁梧的家伙突然出现在那个小娘儿们的身后,朝着他的鼻子就是一拳。哈罗德四脚朝天地摔倒在地上,不过,通过这件事情他清楚地发现了那个家伙并不是那个小娘儿们的兄弟。那个小娘儿们试图为自己辩护,她的那位男朋友大声命令着哈罗德让他不要再过来,然后就把门关了起来。哈罗德也没有再坚持。"

"既然如此,哈罗德为什么还要待在拉斐特呢?"我问道。

"啊,这个……他应该是觉得直接逃离要更好一些。但是,他跑去酒吧买醉了,然后他又开始赌钱。就这样,在来到拉斐特的第一天,他已经变得一无所有。我在他来到拉斐特的第二天就遇到了他。"

从林杰克给我们讲述了哈罗德是如何帮助他修整小棚屋的,还给我们讲述了哈罗德是如何开始跟着自己学习捕鱼的。哈罗德动手制作了一些奇怪的小陷阱来捕鱼,其中就有一个看起来挺可怕的小陷阱,他用这个小陷阱捕虾。之后,哈罗德找到了一份工作,他可以借助弹奏音乐赚钱。每个周五和周六晚上,他在男爵酒吧唱歌,男爵酒吧是一间搭建在浮动船上的下流酒吧。男爵酒吧的老板希望哈罗德可以将自己的艺名改掉,因为在这里伏都教是一件非常严肃的事情,最好不要拿伏都教消遣。他提议哈罗德用"红色吉他"作为艺名。哈罗德很喜欢这个艺名,还将自己的那把黑色吉他漆成了红色。

我将Moderne吉他的照片拿给丛林杰克看，他确认道："他的那把吉他就是这种样式的，只是他将自己的那把吉他涂成了红色。"然后，丛林杰克描绘了男爵酒吧中的演唱会，那些半裸的女孩儿们舞动着自己的身体，派对会持续到很晚很晚。

"但是，请你们不要误会，并非每天都是过节。"丛林杰克继续说道，他的声音重新变得严肃。

丛林杰克告诉我们有一天哈罗德被钝吻鳄咬伤了腿，还有一次哈罗德高烧一个月，完全陷入了癫狂的状态。

他还给我们讲述了哈罗德有时候会借他的小船一个人去到湾流的最深处弹奏吉他，这样一来他就可以不打扰其他人。后来，哈罗德攒够了钱，在距离这里不远的地方为自己建起了一座简陋的小屋。

"也许现在这座小屋已经差不多没剩下什么了。"

"我们能去哈罗德的那座小屋看看吗?"罗琳问道。

"可以，如果你们想过去看看的话。不过我们得马上过去，过一会儿天色就要黑下来了。"

我们离开了丛林杰克的房车，步行几分钟走到了哈罗德那座简陋小屋的所在地。断壁残垣——他的这座小屋是木质结构的，现在只残留了一角，在那里我并没有发现安放Moderne吉他的地下室。放眼望去，这片沼泽的风景让人觉得不可思议，也许这可以给沼泽蓝调的创作带来很多灵感。

"哈罗德更喜欢居住在一座小岛上，但是他没有多余的钱可以买下一艘小船了。”我们的这位向导解释道。

罗琳拍了几张照片，然后我们回到了丛林杰克的家中，又喝了一罐啤酒，继续听他讲大幽灵的故事。

“不久之后，哈罗德又发了一次高烧。他告诉我说自己快要死掉了，他想回到密西西比州看看自己的家人，他需要我陪着他一起回去。他收拾好了行李，除了那把他一直带在身边的吉他之外，他就没有什么值钱的东西了。也就是在那个时候，他将自己的唱片都托付给了我。我问他盒子里面都是些什么东西，他告诉我说这都是他制作的音乐。在此之前，他从来没有告诉过我他录制过唱片。他请求我让我帮他保存这些唱片，但是千万不要跟其他人说起这些唱片，也不要将这些唱片给别人，至少在他姨母去世之前不要这样做。但是，我并不知道他的姨母是否还在世。”

“他的姨母1979年就过世了。”罗琳说道。

“这样的话就还好。简单来说，我们北上到达了格林伍德。我不愿意相信哈罗德很快就会死去，他的病情看起来并没有自己说的那样严重。不过，他请求我在格林伍德住上几天，因为一两周之后他就会死去，他希望我可以出席他的葬礼。因为我想在等待葬礼的这段时间在密西西比州转一转，因此我问他如何将葬礼的时间通知我。他告诉我说：‘等一下，你让我计算一下时间。’然后他告诉了我一个日期，他会如约在那一天死去。”

我和罗琳的面色变得惊恐。

“他是想自杀吗？”

“看起来是这样的。我告诉他不可以这样做，这样做非常不好,所有的一切都非常不好。我还告诉他说我需要他帮我捕虾。但是,他告诉我如果没有我的话他早就死掉了,现在这样已经很不错了。此外,他告诉我:‘我觉得死亡的时间到来了。’这样一来,我跟他道了声永别,将他留在了自己家门口,跟他在一起的还有他的一只手提箱和吉他。”

丛林杰克喝了一大口啤酒,然后继续说道:“因为这件事情,我在密西西比州玩得并不开心。最后,在提前约定好的那一天,我回到格林伍德看望哈罗德。我在哈罗德家里守了他一夜,哈罗德在那一夜死去了。葬礼就安排在他去世的第二天。出席他葬礼的人并不多,在葬礼结束之后我就立刻离开了。在他去世之后的几年间,依旧有人在谈论着红色吉他还有他的那些歌曲,那些让人们全身血液冻结的歌曲。之后就没有人再谈论他和他的音乐了,直到我听到了文斯的电台节目。我几乎从不曾错过他的任何一期节目,那期电台节目简直棒极了。我寻思着也许在不久之后我也会死去,因此,我最好可以把这些唱片寄给一个对哈罗德的音乐感兴趣的人。”

“您无法想象自己做了一件多么伟大的事情。”罗琳称赞道。

“您是否有一些大幽灵的照片呢?他有没有给您留下些什么东西呢?”我带着一丝罪恶感问道。

“没有。”

我有些失望……

“您刚才告诉我们说哈罗德带着自己的吉他回到了密西西比州。被他带回去的那把吉他是不是那把红色吉他呢?”

“是的。”

“他的家人并没有将这件事情告诉我们。无论如何,这把吉他并不在他家里人手中。哈罗德是不是将自己的吉他遗赠给您了呢?”

“没有,完全没有。没有人会拥有他的那把吉他,这很正常。”

“啊? 真的吗? 为什么?”

“因为——”丛林杰克一边望着我一边说道,“因为他要求与他的吉他葬在一起。”

40. 路易斯安那州的同一地点

我哑口无言。

“大幽灵要求与他的吉他葬在一起是吗?”我再次问道。

“是的。”

“大幽灵被葬在了格林伍德吗?”

“是的,就是那里,格林伍德。”

罗琳沉默不言,她为我感到难过。我找到了 Moderne 吉他……它就在地下六英尺①的地方。

“这种做法挺……独特的。”我说道。

“我们可以这样说,哈罗德的所作所为与所有人都不一样,直到生命的终结。”

这确实是一个很中肯的总结……但是,这个总结并不能让我感到满意。讽刺也有自己的限度,在做最后一次尝试之前我不想放弃:“您是否认识某一个可能会给大幽灵拍过照片的人? 比如

①1 英尺约为 0.305 米。——译者注

在男爵酒吧或是别的什么地方拍的照片。”

“没有,至少我不知道。这里的人不太喜欢照相。”

这不是一个可以让我满意的结局,我用尽全身的力气试探地问道:“如果我不接受这个结果的话,有没有百万分之一的可能得到一张从未有人见过的大幽灵的照片呢?我应该从哪里开始呢?”

“好吧,那也就是说……”从林杰克沉默了。我和罗琳都不敢开口说话……然后,从林杰克开口说道:“哈罗德对我提出了这样的请求,因为我不会做出这样的事情,除非……”

从林杰克看起来确实有些犹豫不决……他又不吭声了。我不知所措,我既害怕听到他对我们隐瞒的事情又害怕听不到他对我们隐瞒的事情。最后,他终于开口说道:

“我想,这不太像是一个基督徒会做的事情,但与此同时,这也是哈罗德最后的意愿——他希望我可以拍下一张他躺在棺材里的照片,他希望我就在人们将他下葬之前拍下这张照片。就在这里了。”

我感觉到一种难以诉说的情感出现在自己身上……

“我能看看这张照片吗?”几秒钟之后我问道。

从林杰克撑着自己的腿站起了身。

“可以……”

从林杰克在一只铁盒里翻找了许久,然后递给我一张照片。这是一张老式的小尺寸银版黑白照片,这张照片的拍摄角度是在棺材的斜上方，大幽灵穿着一套西装平躺在棺材里，Moderne 吉他就放在他的身旁。

我没有办法放下这张照片，我还感觉到罗琳从我身后走了过来，她也想看看这张照片。

她什么都没有说。

41.声电桥

丛林杰克将这张照片送给了我，不求任何回报，就像他不求任何回报将那些唱片寄给我们一样。当他驾驶着小船送我们回去的时候，夜幕降临在湾流之上，这与他把大幽灵接到自己家中时的场景一模一样。丛林杰克是一个第一眼看上去会让人感到害怕的家伙，但实际上这个人有着金子般的心。

这张照片让我跟罗琳都感到非常惊慌，但在内心深处，我们都为这个发现感到激动。罗琳带回大幽灵故事的结局，而我则带走了寻找数月的那个证据。

“我们走吧！”我启动了野马汽车之后罗琳说道。

“去哪里？”我问。

“去新奥尔良，我们需要庆祝一番！”

“是的。”我模仿着丛林杰克的口音。

我感觉到幸福，两小时四十分钟的车程一会儿就结束了。我们来到新奥尔良的法国城，午夜的钟声刚刚敲过，波旁大街的狂欢才刚刚开始。

一整夜我们都在喝酒，大笑，跳舞。黎明时分我们离开新奥尔良……将近晚上九点半，我们回到了牛津市，我和罗琳都精疲力尽，我们都很迫切地希望可以赶紧躺到床上。尽管如此，罗琳还是提议去一个地方吃点儿东西，大学生们总会在球赛结束后去那里吃一些鸡肉串儿，那里是少数在这个时间还开门营业的餐厅。

在那里，我们遇到了……乔伊。他向我们做手势示意我们坐到他那边，我们没有办法对他视而不见。我们在他对面的一张红色仿皮长椅上坐了下来。

“怎么样，乔伊？有什么新鲜事儿吗？”我问道。

乔伊的脸色有些苍白，还有黑眼圈。他神情紧张地看了看四周，然后又看向我，严肃地开口说道：“我只是想跟你聊聊。你知道吗，你提到的那个人，就是查尔斯·德克斯特·温斯莱勋爵，他真是一个可怕的人物？”

“啊？真的吗？”我有些狼狈地问道，“你这话是什么意思？”

“我做了些研究，一些非常严肃认真的研究。”在说这句话的时候他将目光锁定在罗琳身上，他着重强调了“严肃认真”这个词。

然后，他将目光又一次转移到我身上。

“对了，他的姓氏并不是温斯莱，而是查普曼，他的真实姓名是爱德华·特伦斯·查普曼。他是一个所谓的贵族，他跟你和我都一样。”

“你是从哪里找到这些信息的?”我问道。

“我在调查自阿莱斯特·克劳利起博莱斯金之屋的所有户主时发现了他的真实姓名。查普曼在1991年买下了这座博莱斯金之屋。在他买下博莱斯金之屋以前,20世纪60年代末期他创立了一个邪教组织,这是他对克劳利遗留下的思想的一种继承,一种带有个人色彩的演绎。他自称是克劳利的精神之子,不过,他还对不少人进行了诈骗,其中还有一些是摇滚明星。这还不是最最可怕的。”

“啊? 真的吗?”

“这还没有结束。1973年,有一个女孩儿死在了一个晚会上,这个晚会是他在伦敦举办的。这个案子被列入了无后续案件,不过,这件事确实不甚明朗。现场出现了某种含有苯丙胺的兴奋剂以及一些山羊腿,如果你能明白我想说的是什么的话……”

“他是怎样……”

“在接下来的几年时间中他的行事更为小心谨慎,直到20世纪80年代,他又一次在伦敦因为一场经济诈骗案被警方逮捕。这是一种类似于金字塔形的事件,不过他再次从中全身而退。然后,就是最近才发生的一件事,一个家伙死在了离他的小城堡不远的地方,这个家伙为……工作。”

“乔伊,谢谢你。你……干得真不错。”

“我听说那个家伙可能是偷了……”

“乔伊,谢谢你! 非常感谢。”

“你不想知道这究竟是怎么回事儿吗?”

“不,我想我已经知道得够多了。你只需要告诉我温斯莱勋爵有没有因此受到指控,这就足够了。”

“没有,至少我知道的是这样。不过,这件事情看起来非常奇怪……”

我感觉非常糟糕。罗琳问我:“你难道已经把照片给他发送过去了吗?”

“没有。”

“你什么都没有对他说,是吗?”

“没有,好吧……我说了,我就说了一点点。”

罗琳看着我,非常震惊:“你都跟他说了些什么?”

我拿出自己的手机。在新奥尔良的那天夜里,我相当兴奋,以至于我无法克制自己,想将我成功找到证据的好消息告诉温斯莱勋爵。在酒精的作用下,我没有办法跟他进行通话,不过,我在卫生间的时候给他发了一封简短的邮件,然后我们借助邮件快速地聊了几句。我知道自己没有把那张照片给温斯莱勋爵发送过去,但是……我在邮件里究竟写了些什么呢?我在手机上翻看着我们之间的对话,罗琳站在我身后,越过我的肩膀,也在看我们之间的对话:

3点33分:我找到了一张照片,照片上出现了大幽灵的那把Moderne吉他。

3点36分:恭喜您!我们可以很清楚地看到Moderne吉他吗?

3点36分:是的,在这张照片上可以看到完整的Moderne吉他,属于大幽灵的那把Moderne吉他。我想您一定会对这张照片非常满意……

3点36分:那把Moderne吉他呢?它在哪里呢?

3点37分:我们已经无法找回那把Moderne吉他了。

3点37分:为什么我们已经无法找回吉他了呢?

3点37分:吉他与大幽灵葬在了一起。我明天会给您打电话仔细聊聊这张照片。

3点39分:托马,谢谢您,晚安。

“你告诉了他那张照片的存在!”罗琳对我吼叫着。

“我……当时我不知道……无论如何,他是否知道这张照片的存在都改变不了什么了。我们已经无法找回Moderne吉他了。”

“为什么?”

“好吧,无论如何我是不会去……”

“是的,你是不会去做那件事情的,这一点可以肯定,但是他呢?”

“他现在在苏格兰!他还坐在一张轮椅上!”

“他有足够的时间来到美国做这件事情。”

“不过……他甚至都不知道大幽灵到底葬在了哪里。我从来都没有跟他提起过大幽灵的墓。”

“你之前跟我提到过你已经把大幽灵的死亡证明发给了他!”

“是的,但是……”

“在死亡证明上写着大幽灵所葬墓园的名字!”

我愈发感到难受了。我清楚地知道自己完蛋了,但是……不,罗琳说的话没有任何道理。温斯莱勋爵不过就是一个有点儿古怪的老人,也许在过去他曾经犯过一些错误,但是他现在只想得到一个可以证明Moderne吉他真实存在的证据,而非Moderne吉他本身……还有就是……

“无论如何,这把吉他现在已经一文不值了。从1966年起,这把吉他就被埋入了潮湿的地下……”

“你之前可是明明白白地跟我说过这把Moderne吉他价值100万美金,或者它的价值可能更高,可以达到1000万美金,不是吗?”罗琳问道。

“是的。”

“因此,即便这把吉他被损坏、腐蚀,它还是值些钱的。你再想想那些属于亨德里克斯的被烧毁的吉他吧,它们又价值几何呢? 这还是你告诉我的呢!”

一种非常可怕的预感油然而生。罗琳继续说道:“收藏家们寻找一些非常稀有的东西,即便这个东西遭到损毁,好吧,这可真倒霉,不过只要是这个东西就可以了。这个东西被制作出来并不是为了供人们使用。”

罗琳的话很有道理,非常有道理。

“我会再跟温斯莱勋爵电话联系一下,看看他是否……”

“他并不叫温斯莱勋爵。”乔伊插嘴说道,乔伊没有错过我们对话中的任何一个细节。

“你要跟他说什么呢?”罗琳问道。

“我要看看他是否……哦,真他妈的!”我一边说着一边站起身,想要逃离这个可怕的地方,这个霓虹灯照亮的地方,这个散发着油腻饭菜味道的地方。刚走到外面,我就拨通了……的电话,我拨通了他的电话,我完全不知道自己要跟他说些什么。像这样不经思索地就把电话打过去也许又是一个愚蠢的举动。我只想听听他的说法,看看他想跟我说些什么,他又是如何看待这些事情的。

电话铃声响了又响,响了又响,但他没有接听。现在是苏格兰时间几点钟呢?我的呼叫进入了语音留言系统。我挂断了电话。他在五分钟之内会把电话打回来,主动跟我联系的。

透过窗户,我看到罗琳和乔伊在激烈地争辩着些什么。我尝试着将自己的精神集中起来,但我做不到,我的大脑已经处于爆炸崩溃的边缘。他一直没有回电话,我又给他打了一次,等待连通的嘟嘟声响了起来,呼叫进入语音留言系统。温斯莱勋爵是……好吧……他会是一个能错过我电话的人吗?特别是在这样一个时间段里?还有就是,为什么从昨天晚上开始他就没有再给我打过电话了呢?而第一次时他是那么坚持要我立刻把大幽灵唱片封面的照片发给他,这是怎么回事儿呢?

我试图换位思考,把自己放在他的立场之上,在……的皮囊下……好吧,但是我该怎么办呢?

不!

我奔向那辆野马汽车，迅速地启动了汽车。在我试图从GPS系统上重新找到那座距离格林伍德不是很远的墓园地址坐标时，我险些撞到一棵树上。这里距离墓园有73英里的路程，需要一小时五十分钟才能赶过去……

一路坦途，但我并不想停下来。当我感到疲惫的时候，我还是在某些地方停下来小憩。刚过午夜，我就到达了小锡安传教士浸信会教堂，并将野马汽车停在教堂前方……一个人都没有，也没有传来任何一丝噪声。我究竟是在瞎想些什么呢？

我从野马汽车上下来，快步走向了墓园，直奔大幽灵的墓。他的墓周围灯火通明，光源来自一辆凯迪拉克Eldorado，这辆汽车已经破旧不堪。

这辆汽车血红的颜色呈现在我眼前。

42. 独奏（第一部分）

“啊，是你呀，你这个王八蛋”！ 布鲁斯一边从坑底转身看向我一边对我嚷道。这个坑应该是他自己挖出来的。

大幽灵的棺材已经被布鲁斯强行撬开了一半，布鲁斯正用十字镐撬开棺材封板上的最后几块木板，他手中那把十字镐如同一把撬棍，他赤裸的胸膛上满是汗水与泥土。

“你等着我结束了手头上的活儿再来找你算账。”他又补充了一句，“我很确定你对这件事情也非常感兴趣。”

布鲁斯转过身去，背对着我，我差点儿就跳到了他的身上，但是，就在这时，他撬开了棺材封板上的最后两块木板，我无法控制自己不去看向棺材内部。墓穴内的光线非常微弱，我既看不到大幽灵的尸体，也看不到他的骸骨……

“我们可以这么说，虫子们已经把大幽灵的尸体给啃噬干净了，还是说大幽灵从自己的坟墓中溜了出去呢？ 啊，看看吧，这里有些东西！”他边说边用自己手中的十字镐敲打着……什么东西。

我呆住了。

布鲁斯从棺材中取出了一个东西，这个东西就比吉他大了那么一点点，颜色介于棕色与卡其色之间。这是一只行军睡袋。布鲁斯将这只睡袋拆开，将手伸进了睡袋中摸索着。

“哦，哦。”布鲁斯一边叫着，一边用讥讽的神情打量着我。

然后，布鲁斯拿出了……那把Moderne吉他。

“好吧……”布鲁斯继续说道，“它比我想象中的要好多了。你瞧，我现在有了一把真正的Moderne吉他，不是吗？你可不能再把我当成一个傻瓜了。”

“哦，不，你就是有一个傻瓜，一个完完全全的下流胚。”

“朋友，你对垃圾倒很是了解啊！那个什么勋爵难道跟你不是一伙儿的吗？”

“温斯莱？”

“是的，就是他。很明显，你把我跟那个女孩儿之间发生的小事情告诉了他！还有，你还跟他说了那个该死的卖吉他的蠢货。不过，你没有把我给供出来，你对我还算和善。但是，他，他却威胁我说要将所有的一切都告诉警察，不然的话，我就得给他帮这个小忙。不过，他跟我保证说如果我可以帮他这个小忙，他可以付给我报酬。你难道不觉得这个家伙就像上帝一样伟大吗？至于我的Moderne吉他，我可以得到二次赔偿，可是你呢？你瞧，你可不能把我当成一个傻瓜。”

“不，布鲁斯，你才是一个真正的傻瓜，一个下流胚，你甚至比这还要糟糕。我找不到合适的词汇来形容一个亵渎他人墓地的家伙。你是……”

“哎,伙计,别生气呀。重新找回这把漂亮的吉他难道不是一件很酷的事情吗?这难道不是你想要的吗?你不是个男人,就是这样。不过,我并不生你的气。你想不想试试这把吉他呢?我们一起弹奏一小段音乐如何?为什么你不走近一些来看看这把吉他呢?”布鲁斯一边把吉他递给我,一边提议道。

我没有办法行动,甚至没有办法回答他提出的问题。

布鲁斯轻柔地将Moderne吉他倚在刚刚被撬开的棺材旁。

“如果你愿意的话,我可以离你稍远一些……你看起来有些害羞。”

一时间布鲁斯转身背对着我……然后转身,用十字镐砸向我的双腿。因为诧异,我的身体向后仰去,我摔倒在地。布鲁斯在疏松的土壤上滑动着,试图从墓穴中爬出来。就在我刚刚从地上爬起来的时候,布鲁斯扑向了我。在他的重压下,我又一次倒在了地上,布鲁斯骑在了我的胸口上,用双手掐住了我的脖子。他一边勒住我的脖子,一边将我的头部撞向地面。我尝试着拽着他的袖口逃脱,但是布鲁斯比我更为强壮。突然,他的一只手松开我的脖子,他这么做只是为了抓起一把土塞进我的嘴巴里。我喘不过气来,这是一种非常可怕的感觉。当布鲁斯一拳打在了我的太阳穴上时,我的感觉模糊了。布鲁斯这一拳打得我头晕目眩,口吐白沫。布鲁斯继续用两只手掐住我的脖子,这一次我抓住了他的头发。我尝试着将他的头发扯向后方,但这对他毫无影响。情急之下,我将自己的大拇指戳向布鲁斯的眼睛,用尽全部力量戳下去。布鲁斯立刻从我身上跳了起来,用手按住受伤的眼睛:“王八蛋!我会让你付出代价!”

布鲁斯重新拿起了自己的十字镐,向我所在的方向挥来,划破了我的耳朵。我滚向一边,试图重新站起来。那把十字镐又一次落在了我的身旁,但布鲁斯失去了精准度,他只能一边摸索着前进一边左右晃动着手中的十字镐,我都不知道自己是怎样避开攻击而再次站起身的。现在,我又一次站了起来,背靠在一棵树上。布鲁斯一瘸一拐地向我靠近,将自己那把十字镐抡得团团转,他逆着光,站在凯迪拉克汽车车头灯的光线中。

布鲁斯将十字镐插在了一棵树旁,就在与我的脑袋平齐的地方,在撞击的作用下,这棵树开始摇晃颤动,树皮落到了我的脸上。布鲁斯尝试着拉扯十字镐想把它拔出来。我用脚狠狠地踹向了布鲁斯,他双膝触地,跪倒在我面前。我的拳头直接砸向他的面部,布鲁斯向后倒下。鲜血滴落在我的眼睛里,在鲜血与尘土的作用下,我什么都看不清。我不知道自己究竟做了些什么,但是我知道我的胯部如同脱臼了一般。我没有办法再向前一步,一步都不行。借助散射的光,我发现十字镐的尖出现在我的上方,我刚好有时间可以把双手举起来护住头部。我的左臂向后方落去,我感受到了巨大的疼痛——十字镐的尖刺穿了我的手掌……

妈的……我的手掌……

我的愤怒油然而生,并且爆发了出来。我胡乱地扔出了一把直角尖钩,这把直角尖钩正好插在了布鲁斯肥胖的下巴中央,伴随着一声闷响,布鲁斯脸朝下直挺挺地倒下了。

他的脑袋撞到了一块石头上，再没有一丝动静。

我精疲力尽地靠着树干坐下，鲜血不断从我的左手处流出。我将流血的左手紧紧夹在肋骨与右臂之间，试图避免出血过多。但是，疼痛在蔓延，鲜血依旧不停地流，我觉得自己就要昏厥过去了。我需要给自己包扎一下，布鲁斯放在凯迪拉克顶棚上的那件衬衣应该非常合适。我挣扎着站了起来，不过，尽管疼痛万分，我还是得承认我的胯部应该是复位了，因为我可以走路了。

我绕过了大幽灵的墓穴，坐到凯迪拉克汽车前方的引擎盖儿上。我将那件衬衣卷在自己的左手上，与手掌直接接触的前几层布料已经被鲜血浸透，我一边用尽全力将这件被我当作绷带的衬衣拉紧，一边更加快速地将它缠绕在左手上。跟布鲁斯其他的衬衣相比，这件看起来还挺干净……

Moderne吉他就在那里，就在我的面前，就在下面的墓穴中。尽管这把吉他已经遭到腐蚀，但是，在车头灯的照射下它的零部件与琴弦依旧闪烁着光芒。这把吉他的琴身为红色，边角处还有磨损的痕迹，露出了这些边角处的木料，这把吉他的琴头保留了黑色。这把吉他……棒极了。看上去这把吉他被保存得很好，简直不可思议。是谁想到了这个主意，将Moderne吉他放入一只行军睡袋中呢？这是否是大幽灵最后的遗愿呢？是不是……

如同一块经受磁铁吸引的铁块儿一般，我钻进墓穴中，走向Moderne吉他。我的一只脚踩在棺材的一角，身体前倾，想看看棺材里面的情形，但我很担心自己会不小心滑落到棺材中。我没有看到大幽灵的尸体，我也不知道50多年前就被埋葬的尸体会是什么样子。但不管怎么说也应该留下些骸骨,不是吗?可是,在大幽灵的棺材里只有一些泥土,一些新近被崩落的泥土,还有一些碎木片儿。

而那把Moderne吉他是不是也和看上去那样被保存得很好呢?来吧,我只是想查证一下……

我的手开始轻轻触摸Moderne吉他那造型有些奇特的琴头——U型机械装置。我从琴颈处拿起了这把Moderne吉他,以便可以更好地观察。无论如何,这把Moderne吉他依然受到潮湿的侵袭。它变得有些过于笨重,琴身有些稍微隆起,琴颈的连接处也有些变形。需要把这个连接处拆卸下来烘干,并将所有的金属零部件都轻柔细致地打磨擦亮,最好把这些金属零部件更换了;然后把连接处重新与琴颈粘起来;当然,还要重新布置内部接线。修复这把Moderne吉他非常麻烦,不过……没有克服不了的困难。我是真的很想为这把吉他进行一些初步的养护。

我坐在墓穴的边缘,摆好了姿势准备拨弄琴弦……然后我看到了自己那缠满"绷带"的左手,被我已经忘却的痛苦立刻出现。当我观察Moderne吉他并且沉浸其中的时候,这种痛苦变得无足轻重。我看向Moderne吉他不同层次的擦伤,从最表面的划擦到最深处的磨损;深红色的漆料非常漂亮但是漆料的涂抹方式非常糟糕;可以看到深红色漆料之前的黑色漆料、原始漆料,最后就是原始木料的颜色——蜜色。发生在这把吉他上的所有故事都可以从这些漆料中一览无余。现在,只有我一个人才知道这个完整的与Moderne吉他有关的故事。

我从墓穴中爬了出来，手里拿着那把Moderne吉他，肩上背着那只老旧的行军睡袋。我最后看了一眼这个巨大的墓穴、车头灯亮着的凯迪拉克汽车，还有那个躺在地上的悲怆的、不祥的模仿埃尔维斯·普雷斯利的家伙，然后离开了墓地。

43.独奏(第二部分)

我将那把Moderne吉他还有那只行军睡袋放入野马汽车的后备厢中,钻进野马汽车,倒在了方向盘上。我立刻就发觉,如果我长时间像这样待着,我会昏厥过去。我启动野马汽车,将车开上了莫内路,但就在我开向第二条路的时候,方向盘从我手中滑落——我左手上厚重的衬衣阻止我将方向盘握在手中。月光勉强将道路照亮,这条并不算笔直的道路非常狭窄,路面凹凸不平,路两旁种满了树木。

我放慢了车速,试图用牙齿咬掉“绷带”,这样的场景似乎只能出现在电影中,我完全做不到。我将野马汽车停到了路边,开始动手将缠在手上当作绷带的衬衣解开。倒霉!在将衬衣解去两圈之后,剩下的布料跟我的手掌紧紧地贴在了一起。我是不是应该在上面浇上些酒呢?酒……那瓶被我胡乱放在车上的金馥力娇酒还在不在呢?

我在车座下面胡乱翻找着,终于找到了那瓶酒。我试了两次才拧开了瓶盖,作为给自己的奖励,我喝了一大口。这让我感觉非常舒服。这样一来,这瓶酒差不多所剩无几了……我真的应该把剩下的酒浪费在我的手上吗?这难道不是只会在电影中出现的一幕吗?

就在我思考着这些事情的时候,汽车发动机的轰鸣声与汽车轮胎发出的摩擦声打破了深夜的寂静。我转过头,看到了布鲁斯的那辆凯迪拉克划过地面,驶出了墓园。这辆凯迪拉克有气无力地在老旧的缓冲器上左右摇摆着,车头灯让我头晕目眩,但我很清楚,这辆Eldorado向我猛冲过来。

我驶过第一个路口,将油门一踩到底;然后是第二个路口,我用自己依旧缠着衬衣的左手握着方向盘,我的手非常痛。驶过了第三个路口,我狠狠地踩下了油门。Eldorado靠近了,野马汽车的引擎系统已经被我踩到了极限,我需要越过第四个路口,但就凭这个速度,再看看乱七八糟的“绷带”,还有这只手,这只……的手……

我的背部感受到猛烈的撞击,伴随撞击的还有一阵金属的爆裂声,我的头部猛烈地撞向了后方。这辆野马汽车没有安装防止头部受伤的弹性头垫,这真是一个错误。我的颈部受到了重创,几秒钟之后,我的颈部受到了第二次重创,这次重创跟之前的那次几乎同样粗暴剧烈。布鲁斯正在向前推挤着我的车,野马汽车变得无法控制。野马汽车非常危险地向前斜滑而去,它已经做好准备随时掉头开走或者是撞上一棵树。与野马汽车相比,凯迪拉克要重很多,我不能长时间与布鲁斯玩这种你追我赶的小游戏。

我咬紧牙关通过了第四个路口，与此同时，我感觉到来自左手的剧烈疼痛。我的野马只与凯迪拉克拉出了一段不算远的距离——当然，这并不是我的本意，我原打算可以甩开布鲁斯的追逐。我又一次狠狠地踩下了油门，这一次，凯迪拉克被甩远了。我在驾驶室中开心地大叫着，并对布鲁斯竖起了中指。

凯迪拉克车头灯发出的光亮渐渐远离了我的视线，直到彻底消失在我的视野中。前行的道路畅通无阻，但是道路的整体状况非常糟糕，我决定减慢行驶速度。我一直都没有看到凯迪拉克的车头灯出现在我的视野中，一切正常。如果保持着这样的速度，我可以……突然，引擎系统上的数值开始下降，我踩下了油门，但野马汽车的速度变得越来越慢，发动机也开始抽噎起来……汽油油量表上的数值已经降到最低点。

我已经不在状态，无法正确地思考了。我继续开车前行，希望可以把车重新开回主路上，或者可以找到某个小镇子，遇到一些人……就在我将野马汽车开上一处斜坡的时候，就在爬坡爬到一半的时候，野马汽车的发动机突然熄火。在冲力的作用下，野马汽车继续向上爬行，但是，继续滑行一小段距离之后，它停在了道路正中央。

我的车头灯一直亮着……在我下车前，我将车头灯都熄灭了。我需要以最快的速度逃离这里。就在我起身离开车里的时候，我又感觉到自己的胯部开始疼痛起来，我发现自己的双腿还是一跛一跛的，无法正常前行。我听见远处传来了凯迪拉克的轰鸣声，我还有一点儿时间可以从这里逃离。就在这个时候，我想到了……Moderne吉他！它还在野马汽车的后备厢中！

我绕过了野马汽车，它的后方被凯迪拉克撞得凹陷了下去，非常严重，不过，我还是可以从后备厢中取出Moderne吉他。我按下了后备厢上的按钮，但是，后备厢的变形使得厢盖无法被打开。我用手指使劲儿地扳着后备厢厢盖，试图把它稍微掀起。凯迪拉克的轰鸣声越来越近。我需要可以当作撬棒使的工具，但我现在手头上什么工具都没有，更何况现在是深夜。我看了看四周，什么都看不到。我用手敲打着厢盖，用手肘锤击着它，试图将它掀起，但是没有成功。我继续敲打它，完全没用。凯迪拉克的车头灯照亮了道路，我看到斜坡稍微低一些的地方有一块大石头，然后我又一次陷入了黑暗之中。我摸索着走过去，抱起了那块大石头。凯迪拉克发出的噪声离我越来越近，声音也越来越大，我们之间只有几百米的距离。我用这块大石头砸向野马汽车的后备厢，厢盖终于被我打开了。后备厢虽然被我打开了，但是我什么都看不到……在老旧的、被踩到极限的V8发动机发出的吼声中，凯迪拉克车头灯射出的光线照亮了野马汽车后备厢的最深处。那把Moderne吉他就在那里，琴头与琴身已然分离，仅被琴弦连接在一起。我抓起Moderne吉他就跳到了路边。

当凯迪拉克重重地撞上野马汽车的时候，我感受到了冲击波。我不知道布鲁斯有没有时间踩下刹车，也不知道他是否明白究竟发生了什么。金属碎片四散开来，幸好我没有被碎片伤到……我保持站立姿势待在那里。接下来发生的事情距离我要更为遥远：这两辆撞到一起的车向前滑行了20米左右，然后从公路上滑下去，一起撞到了一棵橡树上。

在一阵震耳欲聋的噪声之后就是可怕的死寂。Eldorado的一只车头灯依旧亮着，在深夜中散发着不祥的红色光芒。烟雾开始从凯迪拉克的车架处升起，然后就燃起了大火。火焰变得越来越大，照亮了整个现场。火焰吞噬了橡树的枝杈，然后又吞噬了整棵树。火焰直升到天际，那时，我就站在那里，目光注视着Eldorado。

布鲁斯没能从自己的车里下来。

44.副歌

我在黑暗中前行，把这把珍贵的吉他夹在臂弯中，一直走到了第一个路口。我倒在了地上，稍微回过神来，我给罗琳打了一个电话，跟她简单地解释了一下我所在的位置和情况。我请求她不要报警，她回答我说“我马上就过去”，然后我就晕倒在了草地上。

在满天繁星的夜里，我看到一张人脸出现在我的正上方，是罗琳来了。

“你必须得去医院接受治疗。”

“不用了，我会痊愈的。”

“你在开玩笑吧？”

“罗琳，我求你了。”

在罗琳的帮助下，我重新站起身，我们一起坐上了她的车。她看到了Moderne吉他还有我的手。

“我送你去医院。”

“罗琳,不要。医院和警察局对我而言都一样。还有就是,我甚至都不清楚我在美国有没有保险,我明天就回法国接受治疗。请你对我好一些,带我回牛津市。”

罗琳接受了我的请求。在返回牛津市的途中,我将所有的一切都告诉了罗琳。我们回到了我居住的汽车旅店,罗琳陪我到房间,帮我清洗伤口。

天亮了,罗琳出门给我买抗生素、止痛药与绷带。在这段时间里,我收拾好了自己的行李。当罗琳回来的时候,我正在思考如何将Moderne吉他带回法国。我吞下罗琳给我带回来的药,几分钟之后,我感觉好了一些。

尽管我的胯部依然非常疼痛,但我可以走路了,而我脸上的伤口在经过清理之后看起来也没有那么可怕了。我的左手,它的状态非常糟糕,让我痛苦万分。不过,在经过了重新包扎之后,我只感受到一些灼痛感。

我拿来我的那把Silvertone吉他的琴盒,想把Moderne吉他放入这只琴盒中。罗琳仔细观察着这把吉他,说道:“你所做的一切都是为了它……”

“是的,我所做的一切都是为了它。”

罗琳走近了一些,抚摸着这把Moderne吉他。

“这把吉他属于大幽灵。”

“我知道……那我这样算不算偷盗呢?”我问道。

“在你当时所处的环境中……大幽灵已经去世了,他的家人也对此不屑一顾……无论如何,这把吉他还是值一些钱的。”

“也许吧……”我一边将琴盒盖起来一边将自己的那把Silvertone吉他递给她，“这把吉他现在是你的了，罗琳。”

“太棒了！”她兴奋地说道，“也许，我终于可以专心于吉他弹奏了。”

罗琳拨动着琴弦，唱了一首古老的蓝调歌曲。罗琳得停止她的演奏了，不然我会爱上她。她停了下来，神情有些忧伤地看着我。如果我们还可以有更长的时间相处，如果我没有被这把吉他牵绊住，也许……

“你还得赶飞机呢……”罗琳说道。

“是的，确实如此。”

“我陪你过去吧，我们去哪个机场？”

“……在孟菲斯路上，在孟菲斯路上……”我用埃迪·米切尔式的抑扬顿挫唱着法语歌。

在孟菲斯机场，我乘坐第一班飞机到达芝加哥，然后从芝加哥机场飞回了巴黎。我用自己最后的一点儿钱付了机票，因为温斯莱勋爵为我开的银行卡又一次被冻结了。为了不引起别人的注意，我为Moderne吉他办理了托运手续，我非常顺利地通过了所有的检查。

我回到家中，将Moderne吉他放到自己的房间，然后就去了医院的急诊室。

尾声

为我做手术的医生告诉我说，我可能没有办法再像以前那样弹奏吉他了，即便接受了手部复健，我的左手也无法恢复如初了。我应该与我的职业吉他手生涯道声永别了……

我被这个消息给击倒了，感到非常沮丧，唯一可以激起我欲望的事情就是弹奏Moderne吉他了。不过，为了弹奏Moderne吉他，我需要先修复它。我跟阿兰借了一些设配，在接下来的一个月里，我一直忙于将被琴弦缠绕起来的琴颈重新安装在琴身上，一毫米一毫米地慢慢将琴颈修复好。

温斯莱勋爵，或者更确切地说是爱德华·特伦斯·查普曼——他的真实名字，没有再给我打过电话。他已经不再使用之前的那个电话号码了。此外，他还取消了自己的电子邮件邮箱账号。

在网上搜索了一下，我或多或少地找到了一些乔伊跟我说过的信息……

我得到了Modrne吉他，无论如何，我还可以找到一位澳大利亚买主，但是，这并不能令我满足。我想面对面地与温斯莱勋爵谈一谈，想要弄明白他的想法。还有就是，他想要一个证据，并不一定是要得到Moderne吉他，现在我已经掌握了一些证据。那张拍摄于1966年的照片，在那张照片上大幽灵就躺在自己的墓穴中；我还有更好的证据，我从美国回来之后，我就给Moderne吉他拍摄了很多高清照片，我把这些照片暂存到了一封电子邮件中。这回，这些证据应该就确凿无误了。这些证据……的价格是100万美金。我会原谅他的背叛吗？会原谅他为了这笔金钱而怂恿布鲁斯亵渎大幽灵的坟墓吗？会对他的这些所作所为保持沉默吗？这既是他关心的事情，也是我关心的事情……

我等着医生为我拆除夹板，我左手的伤口尽管已经愈合得很好了，但我还是没有办法将它攥紧。我只能勉强将自己的手指蜷起，我手上的动作也非常缓慢。给我做手术的医生告诉我在复健之后，我左手的状态会变得更好些，不过我很清楚要是想重新弹奏吉他……

几天之后，我坐上了飞往因弗内斯的飞机，到达目的地后又在当地租了一辆小汽车。我直接去了博莱斯金之屋——这里大门紧锁。小城堡沉浸在一片厚重的浓雾之中，我按下了门口的呼叫按钮，没有人应门。我又按了一次呼叫按钮，在一阵呲呲的噪声之后，一个女人的声音出现了，询问我是谁。

“托马·迪普雷，我非常真诚地想见温斯莱勋爵一面。”

“温斯莱勋爵？”

“是的。”

“先生，我并不认识叫这个名字的人，您应该是弄错了。”

“不好意思，我想说的是查普曼先生。”

“查普曼先生不再住这儿了。”

“什么？”

“大约在三个月前他就从这里搬走了。”

“真的吗？我……那他有没有给您留下一个联系地址呢？”

“没有，我想他应该……应该在没有留下任何联系地址的情况下就离开了。”

“啊？真的吗？这……很抱歉打扰了。”

“不客气。不过……也许，您可以去一趟因弗内斯中央警察局。您可以咨询一下加洛韦警官，或许可以获得更多的信息。”

“加洛韦警官？”

“是的，没错。”

“好吧，谢谢您……非常感谢。”

“不客气。”这个女人边说边挂断了呼叫对讲机。

我又坐上了车，开车回到因弗内斯市。一路上，我权衡了一下去警察局的利与弊。这有些冒险，但是……我天生好奇心重。

尽管如此，在面对着中央警察局那威严的建筑时，我依然踟蹰了一番。中央警察局的建筑风格简单，由红色砖石与玻璃搭建而成。

我走进中央警察局，来到了警察局前台：“您好，我想见一下加洛韦警官，谢谢您。”

“见面缘由？”

“我想跟他谈谈查普曼先生的事情。”

“您的姓名,先生。”

“托马·迪普雷。”

前台的警察拿起了电话总机,按下了几个数字,然后操着一口浓重的苏格兰腔与电话机那头的人简单交谈了几句。

“加洛韦警长等一下会接待您,您可以在这里等一下。”

五分钟之后,加洛韦警官出现了。在请我坐下之后,他自己也落座……然后一场正式的审讯就开始了。

在我对他表明了自己的身份后,他核实了我的证件,又询问了我此行的目的。

我向他介绍说自己是一位来自巴黎的吉他店售货员,几个月前受托给温斯莱勋爵送来一把价格不菲的吉他。我解释说自己此行的目的是想再跟温斯莱勋爵见一次面,将另外一把吉他推荐给他。“我才得知他已经搬离了博莱斯金之屋,然后……我就来到了这里。”

我的自我介绍非常简短,但至少我没有骗人。

“您近期是否去过美国?”加洛韦警官向我发问。

“确实如此。”我有些困惑地回答道。

“您去那里干什么?”

“我……去寻找一些吉他。”

“是为查普曼先生寻找吉他吗?”

我犹豫了片刻。

“为查普曼先生,也为我自己,同时也为我的客人。”

“您说您想把另外一把吉他推荐给他。那把吉他在哪里呢?”

“我没有把吉他带来,吉他现在还在美国。在将吉他带回来之前,我想问问查普曼先生是否对这把吉他感兴趣。”

“您就是为了这件事情才特意来到因弗内斯的?”

“是的……好吧……其实也不是。我也想来参观一下尼斯湖。上一次过来的时候,我没有足够的时间好好转转,那个地方风景宜人。”

“您说您想给查普曼先生推荐一把吉他,那您是否带着那把吉他的照片呢?”

“有的。”我边说边试图保持一种自然的神色。

“先生,您能把那张照片拿给我看看吗?”

“当然可以……”

我拿出自己的手机,想从手机里找到一张照片,但我决不能把Moderne吉他的照片拿给加洛韦警官看。我手机里面的照片都是在“魔力吉他”店里拍摄的,不过,我还说过这把吉他现在还在美国……我小心谨慎地进入了乔治·格鲁恩的吉他网站,他的实体店就在纳什维尔,他出售一些非常罕见的吉他。最后,我决定将1958年制作的Les Paul Standard吉他拿给加洛韦警官看。这把吉他琴面华丽,散发着如同火焰般的光芒,而且这把吉他的售价为8.5万美金。我将手机递给了加洛韦警官,他非常仔细地看着这张图片。

“这是吉普森公司制作的一把吉他,不是吗?”

“是的。”

“一把吉普森公司的古着吉他……”

“这是1958年制作的。”

“但是,这并不是一把Moderne吉他。”加洛韦警官说着,他直视着我的眼睛。

我不敢回答加洛韦警官的这个问题,我也不知道该怎么办才好……我尝试着通过一种含混不清的方式来回答他这个问题:

“真可惜,这不是一把Moderne吉他。”

“真可惜,这不是一把Moderne吉他……您这句话是什么意思?”

“查普曼先生希望我可以给他找到一把Moderne吉他,但是,我没有找到。不过这把Les Paul……”

“也就是说,您没有找到Moderne吉他。”

“是这样没错。”

“您认为这把Moderne吉他真的存在吗?”

“我……这很难说。”

“为什么?”

“某些证据可以让人们相信Moderne吉他真实存在,但是另一些证据……”

“即便如此,您还是找到了一张那个时代留下的照片。”

“您说的是……这张老旧的唱片封面吗?”

“是的。”

“没有人可以找到一张非常具有说服力的照片。在那张照片上我们只能看到Moderne吉他的一小部分……不过,话说回来,您是怎么知道这张照片存在的呢?”

“我就是知道它的存在,其他的与您无关。”

“是查普曼先生告诉您的吧?”

“差不多就是这样。为什么您会称呼他查普曼先生呢?”

“我知道他另外一个名字是温斯莱勋爵,不过,我想查普曼应该是他真正的姓氏。”

“确实是这样没错。这是谁告诉您的?”

“我刚刚去了一趟博莱斯金之屋,它的新主人告诉我前一任主人是查普曼先生。”

“是的,这与她刚刚跟我说的一模一样。”

“她……给您打过电话吗?”

“我曾经跟她说过,如果有人去她那里试图寻找查普曼先生的话,请她一定要提前告知我。”

“但是,这又是为什么呢?”

“因为我们正在试图找到查普曼先生的行踪。”加洛韦警官叹了一口气,说道。

“他是失踪了吗?”

“他逃走了。”

看上去我已经正确地回答了他提出的所有问题,加洛韦警官同意将自己对查普曼进行调查时获得的一些信息告诉我。上一次查普曼先生对一个名叫戈尔东·马克·博伊尔的人提出控诉时,加洛韦警官才认识他;而那个名叫戈尔东·马克·博伊尔的人是因弗内斯的一位弦乐器制造商,查普曼先生之所以对他提出控诉是因为这个人偷了他的一把吉他——一把Moderne吉他。不久之后，博伊尔先生被人发现死亡，他的尸体被人扔进了尼斯湖。经过调查发现，他生前曾经欠下了不少钱，有很多债主，可能会谋杀他的嫌疑人有很多，不过查普曼先生是嫌疑最大的一个人：博伊尔偷走了他最好的一把吉他来偿还自己的债务。这笔交易进行得不算太好，他也因此丧了命。无论如何，加洛韦警官都在思量到底谁才是这场谋杀案的受益者。很明显，那把Moderne吉他的新主人一定是受益者。此外，查普曼先生应该也能从中受益，因为在丢失了这把吉他之后，他向保险公司索赔至少1000万美金……除此之外，在对保险公司进行了调查取证之后，警方发现查普曼先生在Moderne吉他被偷走前不久才为自己的这把吉他投了一份保险，而且在这份合同中还存在着一些疑点，因为查普曼先生与合同的中间人是熟人。

还有就是，查普曼先生无法提供一张证明自己拥有那把Moderne吉他的照片，更为奇怪的一点就是，没有人可以证明这把吉他曾经被制作出来。所有这一切都发生在他一个人身上，很多古怪的事情也开始随之出现。警方研究了之前的那些与他有关的诉讼，即便他从未因为这些诉讼被定罪，诚然这些诉讼都对他不利。加洛韦警官从司法部门申请到对查普曼先生进行监听的权限，因此，他也就知道了我们之间的交易。

我出了一身大汗……

"通过监听他的电话您发现了些什么呢？"我一边问着，一边试图表现出一种泰然自若的神色。

“没有什么大的发现……查普曼先生请您找到一个可以证明这把吉他真实存在的证据。不过,他应该察觉到了某些事情,因为我怀疑他后来又使用了另外一条电话线路来躲避我的监听。除此之外,他还将自己的小城堡挂牌出售,他给出的价格非常便宜,而且这一切都是秘密进行的,并不引人注目。”

这样一来我就安心了,看起来加洛韦警官只知道这件事情的开端。我想起来温斯莱勋爵有时候会用隐藏了号码的电话跟我联系。

“您认为查普曼先生会是一个诈骗犯吗?”我问道。

“对此我非常确定,因为现在他已经逃跑了。不过,我怀疑他不仅仅是一个诈骗犯。”

“您的意思是?”

“他也是一个谋杀犯。”

“查普曼先生已经年迈……而且他腿脚不便,还坐在轮椅上。”我说道。

加洛韦警官冷笑了起来。他在自己的电脑键盘上敲打了一阵,然后说道:“他在因弗内斯机场乘飞机飞往希斯罗机场,从伦敦他们又坐飞机前往新德里。阿维纳什——他那个万能仆从,一直陪在他的左右。他在希斯罗机场留下的影像资料是我们掌握的有关他的最新情况。您请看。”

加洛韦警官将电脑屏幕转向了我。这是一段俯拍的黑白视频,在视频上,温斯莱勋爵,或者应该是查普曼先生,似乎是在回答着一位海关官员提出的问题。他站立着……身边根本没有轮椅。当他回答完海关官员的问题之后,他离开了,他是步行离开海关的……加洛韦警官继续说道:“事实上,当我见到他的时候,他确实是坐在一张轮椅上。从十多年前开始,他的保险公司每个月都会为他提供一大笔补贴款,作为他的伤残津贴。不过,当人们处在仓促之中时……”

“我……真的是太吃惊了。”

实际上,我感到非常震惊。这个家伙将所有人都玩弄于股掌之中,可是看起来他总是可以从中全身而退。至少……他是一个诡计多端的人。

“不过,您刚才还跟我提到了谋杀案,不是吗?”

“这只是一个猜测,我们可以假设一下,如果我们希望可以从保险公司那里获得一把吉他的失窃赔偿金,而我们又没有办法证明这把吉他的存在,我们至少需要证明吉他已经失窃……还有什么能比让一个受尽千夫所指的罪人闭嘴更好的呢?查普曼先生的行事风格偏向投机主义,也许那位弦乐器制造商真的偷走了他的吉他,但是之后的计划显得有些过于精心策划,而且这个计划应该是一早就被策划好了。这一切看上去完全不像是临时起意做出的事情……可是,我没有找到任何证据来证明我的猜测。”加洛韦警官带着一丝苦笑,“这也就是为什么我想请求您做一件事情。如果有一天查普曼先生跟您联系并跟您谈起Moderne吉他的话,请您告诉他您已经找到了它,请您提议说自己可以把这把吉他以一个便宜的价格出让给他……到时候请您提前告知我们一下,这样一来,我们就有机会逮捕他。还得烦请您尝试着编造出一个可信的故事，告诉他您是如何找到这把吉他的……当然了，这个故事看起来得非常了不起。”

“好的，我记住了。”

我告别了加洛韦警官，没有束缚，跳上了第一班飞往巴黎的航班。我试图消化自己刚刚从加洛韦警官处得到的信息。也就是说，温斯莱勋爵从来都不曾拥有一把Moderne吉他，他可能还借助谋杀那位可怜的弦乐器制造商策划了一起诈骗案，我之所以说“可能”是不想使用“应该是”这样的词语。保险公司甚至对这把吉他的存在都产生了怀疑，因此他委托我找到一个证据来证明Moderne吉他的存在。但是，因为加洛韦警官追求真相的强烈热忱，他的这个计划进行得并不顺利。从那之后，温斯莱勋爵需要保全自己的身家性命，因此，他可能放弃了保险公司的赔偿金……他要求我寻找的那个证据现在变得毫无用处了。那么，他为什么还要继续资助我寻找Moderne吉他存在的证据呢？也许这是因为他跟自己打了个赌，赌我不仅仅可以找到Moderne吉他存在的证据，还可以找到那把吉他。“人们因为相信而去看。”这句话也是帮助人们重新振作的一个好方式。尤其是在最后一刻，温斯莱勋爵找到了布鲁斯，他对布鲁斯承诺的酬劳应该不会多于他许诺给我的100万美金……不过，最终，还是我得到了Moderne吉他。

那我现在应该如何处置这把吉他呢？将它卖给大岛先生吗？这应该是最理智的做法，但我不能就这样把它卖掉，因为现在这把吉他的状况非常糟糕。

在接下来的几周时间里，我把所有的时间都花费在修复这把吉他上，我得到的数据证明原装传声器运转得非常不错，它们发出的能量不同凡响。需要更换的零部件只有接线与几个内部电子部件，我用与它同一时期生产的零部件完成了修复，这些零部件与同一时间段吉普森公司制作的其他吉他上的一模一样。我没有对涂料和套环进行处理，不过，就在修复Moderne吉他的同时，我也慢慢找回了左手的感觉。我将这把Moderne吉他整体清理干净，尽最大可能小心谨慎地将琴头与琴身重新粘在一起。最后，我为这把吉他装上了新的琴弦，花了几天时间将其调配到最好的状态。

我永远都会记得那个将Moderne吉他通上电的时刻，然后我试着用这把吉他弹奏了一下《地狱之歌》的连复段，这把吉他发出的声音多么悦耳呀……这是一把多么好的吉他呀……虽然，在此之前我也弹奏过不少好吉他。确切说来，我的手……这把吉他几乎可以自行将音符弹奏出来，偶尔，这会与我手上的动作发生一些分歧，但是……我可以弹奏吉他了。

我也试着用自己的那把Gretsch吉他和温斯莱勋爵送给我的ES-345吉他弹奏歌曲，但我发现对于我来说用这两把吉他弹奏要困难许多。Moderne吉他的琴颈让我更为中意，尤其是……Moderne吉他还能给以我灵感。我又一次开始了自己的音乐创作，而在此之前我已经有好几个月没有进行这项工作了。

我将自己的全部时间都用在了弹奏Moderne吉他上，几天之后，我的吉他弹奏水平恢复到以往的水平……几个星期之后，我超越了自己。

如同它曾经作用在大幽灵身上的效果一样，这把Moderne吉他将我带入了宽广的音乐领域。与Moderne吉他相比，其他任何一把吉他都无法让我将自己内心深处的想法表达出来。根据我选择的不同模式与使用的不同弹奏方式，这把Moderne吉他可以发出要么沙哑粗野、要么轻柔灵动、要么激烈圆润的声音。它可以回应我的所有情感，也能明白我的所有情感，我感觉这把Moderne吉他似乎与我的情感直接连通。这把吉他，这把吉他的价值超越世间一切贵重的物品……

我先录制了一段歌曲，然后又录制了一段。某一个星期日，就只是在几个小时的时间里，四首新歌便闪现在我的脑海里。在两个月的时间里，我每天晚上都会录制，我一共录制了24首完整的歌曲。对此我感到心满意足，但是我并不知道这些歌曲的价值。

有一天，我独自一人在阿兰的店内闲逛，一个非常知名的英国乐队的吉他手兼主唱来到了店里，他想寻觅一把新的吉他，而那时阿兰并不在店里。我询问了他的想法。他正在筹备自己的新专辑，他想找到一个“既现代又复古的声音”。因此，为了帮助他弄清楚对吉他的需求，我让他听了一首我用手机录制的音乐小样。他觉得这个小样非常棒，他迫切地想知道是谁录制的，我回答说这是我的一位朋友。他问我是否还有这位朋友录制的其他小样，我让他听了好几首。他感到非常惊讶，他迷上了吉他的声音，让他更为狂爱的就是吉他的弹奏方法。他表示想要认识我的朋友,想跟他合作……我告诉他我可以把他的想法告诉我的这位朋友,不过,我的这位朋友一定会拒绝他的提议……因为他是一个非常孤僻的人。实际上,我感觉自己并没有做好准备,特别是我发现只有在弹奏Moderne吉他的时候,我才能正确地将自己内心的想法表达出来,但我并不想把它展示到众人面前。不过,我的“这位朋友”最终非常谨慎地接受了这位吉他手兼主唱提出的合作建议,他同意用自己的艺名与这位吉他手合作。这位吉他手给我发来了自己专辑的几首小样,我制作了一些附加音轨,给某些连复段做了一些改变,重新演绎了某段独奏部分,甚至还给他提供了一首别出心裁的原创歌曲。最终,这张专辑大获成功……跟上一张专辑的销量相比增加了一倍。评论界对那个“低沉、狂野又兼有巧妙的异样声音”大加赞赏,而那首由我创作的歌曲成为专辑中最大的亮点。没有必要告诉人们我从大幽灵制作的音乐中吸收到了大量灵感,但不可否认,他那既带有形式感又带有概念性的原创给予了我巨大的启发。

从此之后,所有事情的发展速度都加快了。我的名字,或者更确切地说是我的艺名开始在气氛柔和的著名录音室之间传播开来,我收到了来自法国与英国的合作邀请,最近我还收到了来自美国的合作邀请。我只接受做自己喜欢的音乐,与那些享有盛名的乐队合作,甚至有时我都不敢相信自己可以跟他们合作。我没有办法仔细说明自己究竟是跟哪几个乐队合作,因为我签订的合同明确禁止我将这些信息公之于众。如果你们喜欢听最近出版发行的摇滚歌曲的话,我制作的歌说不定会出现在你们循环播放的歌单里……

我非常喜欢这种隐姓埋名的音乐人生活，这样的生活给我提供了之前从未感受过的物质保障，这给予了我极大的自由。不过，我希望组建自己的乐队与在舞台上进行表演的欲望越发强烈，因此，可能有一天……

偶尔我也会登陆布鲁斯·佰尔维斯·普雷斯利乐队的官方网站，谢尔比应该是将自己丈夫在一次车祸中丧生的悲剧消息公布了出来，她还号召人们给她捐款，帮助她把孩子抚养成人，我也匿名给她捐了一笔金额不高的款项。然后，她又组建了一个新的乐队，一个双人音乐组合，这个双人音乐组合的名字非常简单，就是谢尔比与诺曼乐队。诺曼将自己弹奏的低音贝斯换成了民谣吉他。两个月之前，他们宣布了小女儿出生的喜讯。

我时不时还会与罗琳聊聊天，她过得非常不错。她将自己博士论文的题目定为"李·大幽灵·罗伯特森"，她声情并茂地进行了论文答辩，并且轻而易举地获得了博士学位。她一直都在文斯的陪伴下于密西西比大学工作，不过明年，她应该可以在芝加哥大学找到一份工作。至于乔伊，他每天都会有很多发现，也可以找到很多的主题，但是他还在寻找最适合自己的论文题目。

有一天，罗琳给我打来一个电话，这个电话与大幽灵的墓有关。她跟进了格林伍德警察局的调查，她跟我确认说警察在大幽灵的墓穴里没有发现尸身。这件事本该继续保持神秘性，但是很显然，罗琳希望自己可以知道得更多。她带着几瓶上好的酒回到了丛林杰克家里，最后，丛林杰克终于将事实告诉了她……

大幽灵认为自己,不管是否出于本意,给周围的人带来了很多痛苦,他希望终结自己的音乐事业,特别是想……消失在众人的视野中。为了实现自己的这一想法,他幻想着可以让人们将他活着葬入坟墓中……不过,看起来完全就像是死了一样。大幽灵以真的自杀相威胁,成功地说服了家庭医生在他订好的那个时间过来证明他的"死亡",他的家庭医生甚至还给他开了一种麻醉药,这种麻醉药可以延缓他的新陈代谢,这样就可以加速死亡状态的出现。大幽灵请求丛林杰克给躺在棺材中的自己拍摄一张照片,以便证明他确实死去了。

大幽灵在说好的那天吞下了医生开给他的麻醉药。第二天,当参加葬礼的一小群人离开之后,丛林杰克给大幽灵拍下了那张照片,并且将他从坟墓中救出。

恢复意识之后,大幽灵决定将自己的那把Moderne吉他留在坟墓中。他说自己的这把吉他受到了诅咒,他需要借助摧毁诅咒来开始自己全新的生活。

丛林杰克声称自己从此之后再也没有见过这位朋友,因此,罗琳重新找到大幽灵踪迹的希望破灭了。那一天之后,丛林杰克也不清楚李·大幽灵·罗伯特森是否还活在这个世界上……

无论如何,大幽灵没有像罗伯特·约翰逊、布莱恩·琼斯(Brian Jones)、吉米·亨德里克斯、吉姆·莫里森(Jim Morrison)和贾尼斯·乔普林(Janis Joplin)一样在27岁那年就离开人世,科特·柯本(Kurt Cobain)与艾米·怀恩豪斯(Amy Winehouse)是最近这些年才去世的音乐人。

一直以来，我都认为这个“27岁俱乐部”的故事非常荒谬，因为很多伟大的艺术家并没有在27岁那年去世。我感觉自己的生活才刚刚开始，当我在深夜弹奏Moderne吉他的时候，我会告诉自己梦想冷不防地就会成真，我的这个非凡的梦想并非白日做梦。就像罗伯特·约翰逊在自己的那首《我和魔鬼蓝调》中唱的那样，不久之后，我也可以这样唱：

今天一早
就在你敲响我房门的那一刻
今天一早，喔喔喔
就在你敲响我房门的那一刻
我说道：魔鬼，早安
我猜想这应该是我离开的时候了……

图书在版编目(CIP)数据

古着吉他 / (法) 格雷瓜尔·埃尔维耶著 ; 黄欣桐译. — 重庆 : 西南师范大学出版社, 2018.10
ISBN 978-7-5621-9809-3

Ⅰ. ①古… Ⅱ. ①格… ②黄… Ⅲ. ①长篇小说 - 法国 - 现代 Ⅳ. ①I565.45

中国版本图书馆CIP数据核字(2019)第216202号

古着吉他

GUZHUO JITA

[法] 格雷瓜尔·埃尔维耶(Grégoire Hervier) 著　黄欣桐 译

出 品 人:米加德
总 策 划:卢　旭　闫青华
责任编辑:何雨婷
特约编辑:孟玉嫣
装帧设计:夏玮玮
出版发行:西南师范大学出版社
重庆市北碚区天生路1号　邮编:400715
http://www.xscbs.com　市场营销部电话:023-68868624
印　　刷:重庆紫石东南印务有限公司
成品幅面尺寸:148mm×210mm
印　　张:12.75　　字　　数:250千字
版　　次:2019年11月 第1版
印　　次:2019年11月 第1次印刷
著作权合同登记号:版贸核渝字(2019)第088号
书　　号:ISBN 978-7-5621-9809-3

定　　价:62.00元

读者 Readers 回函表 WIPUB BOOKS

电子回函表入口

姓名：____________ 性别：______ 年龄：______ 职业：_________ 教育程度：______

邮寄地址：______________________________ 邮编：_________

E-mail：________________________ 电话：__________________

您所购买的书籍名称：《古着吉他》

您对本书的评价：

书名：	□满意	□一般	□不满意	故事情节：	□满意	□一般	□不满意
翻译：	□满意	□一般	□不满意	书籍设计：	□满意	□一般	□不满意
纸张：	□满意	□一般	□不满意	印刷质量：	□满意	□一般	□不满意
价格：	□便宜	□正好	□贵了	整体感觉：	□满意	□一般	□不满意

您的阅读渠道（多选）：□书店 □网上书店 □图书馆借阅 □超市/便利店
□朋友借阅 □找电子版 □其他__________

您是如何得知一本新书的呢（多选）：□别人介绍 □逛书店偶然看到 □网络信息
□杂志与报纸新闻 □广播节目 □电视节目 □其他

购买新书时您会注意以下哪些地方？
□封面设计 □书名 □出版社 □封面、封底文字 □腰封文字 □前言、后记
□名家推荐 □目录

您喜欢的书籍类型：
□文学-奇幻小说 □文学-侦探/推理小说 □文学-情感小说 □文学-散文随笔
□文学-历史小说 □文学-青春励志小说 □文学-传记
□经管 □艺术 □旅游 □历史 □军事 □教育/心理 □成功/励志
□生活 □科技 □其他__________

请列出3本您最近想买的书：__________、__________、__________

请您提出宝贵建议：______________________________

★感谢您购买本书，请将本表填好后，扫描或拍照后发电子邮件至wipub_sh@126.com，您的意见对我们很珍贵。祝您阅读愉快！